KB187461

애니미즘의 상상력

일본 초등 국어교과서 연구

신지숙

Publishing Corporation

서문

우리나라에서도 일본의 초등학교 국어교과서가 소개 및 연구의 대상이 되고 있는 것은 주지의 사실이다. 수록된 문학작품 일부를 한일 대역으로 실어 일본어 학습을 위한 교재로 엮은 책도 있고 연구 분야에서는 일본어학, 일본어교육 및 국어교육 분야에서 다양한 논문이 나와 있으며 최근에는 일본의 사회와 문화를 연구하기 위한 텍스트로도 사용되고 있다. 또 국문학 전공자들이 한국과 일본의 국어교과서에 실린 작품을 비교한 논문도 있다. 그러나 국어 교육이나 국문학 연구의 경우 한국에서 나온 교과서선집을 사용하기 때문에 여러 출판사의 교과서가 섞여 있어 한 교과서를 전체적으로 체계적으로 조감하지는 못한다는 한계가 있다. 한편 일본문학 연구자에 의한 연구는 단일작품의 한일비교나 특정 장르의 한일비교에 머물고 있다. 일본 초등학교 국어교과서에 실린 문학작품의 주제를 학년별로 체계적으로 분석한 선행연구는 아직 없다. 일본에서도 이러한 시도는 없는 것 같다.

필자가 일본 초등학교 교과서에 주목하는 이유는 초등학교와 중학교 교육이 의무화되어 있는 일본에서 초등학교 교과서란 일본의 문화와 가치관을 계승할 다음 세대를 길러내는 가장 기본적이면서도 강력한 텍스트이기 때문이다. 특히 국어교과서는 문학텍스트가 많은 비중을 차지하는 만큼 일본인의 정서적, 정신적 표준을 만들어내는 데 가장 광범위하게 기능하고 있다고 생각한다. 따라서 초등학교 국어교과서에 실린 문학작품 주제의 총체적 분석은 일본의 교육이 문학교육을 통하여 길러내고자 하는 인간상 나아가 일본인상을 파악하는 데 매우 유력한 방법이 될 수 있다. 이미 고노 겐스케(紅野健介)도 지적했듯이 국어교과서만큼 광범위한 '국민'적 기반을 가진 교과는 없기 때문이다.

이 작업을 수행하는 이유는 앞으로도 가까이에서 더불어 살아가야 할 이웃 일본인들이 어떤 마음과 가치관을 갖도록 교육을 받고 있는지 살펴보는 일은 일본문학을 연구하는 필자의 과제로 느껴지기 때문이다.

목 차

제9장

초등 국어교과서 문학 텍스트의 문화적 배경으로서의 신도 _241

제1장

일본 국어 교과의 교육 목표와 본서의 연구 범위

1. 일본의 교육기본법과 「초등학교 학습지도요령」의 교육 목표

일본 학교에서 사용되는 교과서는 국가에 의한 검인정제도를 통과해야 한다. 따라서 교과서는 국가의 교육 이념을 반영하며 주무 관청인 문부과학성이 요구하는 각 교육 단계별, 과목별 목표와 내용을 반영하게 된다. 그러므로 일본의 초등학교 교과서에 실린 문학작품의 주제를 분석하기에 앞서 교과서가 따라야 하는 편찬의 지침을 알아보는 것은 교과서에 대한 큰 밑그림을 그릴 수 있게 해준다. 검토해야 할 대상은 일본의 교육기본법과 「학습지도요령」이다. 교육기본법이 일본이 지향하는 교육의 이념적 지침이라면 「학습지도요령」은 학교 교육의 구체적인 지침이라 할 수 있다. 먼저 교육기본법에 대해 알아보겠다.

1947년에 시행된 일본국헌법 제26조는 "모든 국민은 법률이 정하는 바에 의하여 그 능력에 따라 교육 받을 권리를 갖는다."고 규정하고 있다. 교육기본법은 그 권리를 보장하기 위해 제정된 교육에 관한 근본적이며 기초적인 법률로 1947년에 공포・시행되었고 2006년에 전면 개정되었다. 개정된 교육기본법은 전문과 제 1장~제 4장, 부칙으로 구성되어 있다. 제 1장은 교육의 목적 및 이념, 제 2장은 교육 실시에 관한 기본, 제 3장은 교육 행정, 제 4장은 법령의 제정이다. 일본의 기본적인 교육의 이념을 알기 위해 제 1장 교육의 목적 및 이념을 살펴보겠다.

제 1장 교육의 목적 및 이념

(교육의 목적)

제 1조 교육은 인격의 완성을 목표로 하며 평화롭고 민주적인 국가 및 사회의 형성자로서 필요한 자질을 갖춘 심신 모두 건강한 국민의 육성을 꾀하기 위해 행해져야 한다.

(교육의 목표)

제 2조 교육은 그 목적을 실현하기 위해 학문의 자유를 존중하면서 다음에 게시하는 목표를 달성하도록 행해져야 한다.

1. 폭넓은 지식과 교양을 익혀 진리를 추구하는 태도를 기르며 풍부한 정서와 도덕심을 배양함과 동시에 건강한 신체를 기를 것.
2. 개인의 가치를 존중하고 그 능력을 신장하며 창의성을 배양하여 자주 및 자율의 정신을 양성함과 동시에 직업 및 생활과의 관련을 중요시하고 근로를 중시하는 태도를 기를 것.
3. 정의와 책임, 남녀의 평등, 자타에 대한 경애와 협력을 중시함과 동시에 공공의 정신에 기초하여 주체적으로 사회의 형성에 참가하며 그 발전에 기여하는 태도를 기를 것.
4. 생명을 존중하고 자연을 소중히 하며 환경보전에 기여하는 태도를 기를 것.
5. 전통과 문화를 존중하며 그것을 길러온 우리나라와 향토를 사랑함과 동시에 타국을 존중하고 국제사회의 평화와 발전에 기여하는 태도를 기를 것.[1]

교육은 개인적으로는 인격의 완성이 목적이지만 국가적으로서는 민주 국가를 존속시킬 건강한 국민의 양성이 목적임이 제 1조에 천명되어 있다. 따라서 제 2조 교육의 목표 각 항목은 현재의 일본의 교육

1 教育基本法 http://law.e-gov.go.jp/htmldata/H18/H18HO120.html

이 지향하는 인간 상 내지 국민 상을 구체적으로 알 수 있는 부분이다. 5개의 항목은 교육의 목표에 내재된 두 차원을 반영하여 개인, 사회, 자연환경, 국가 및 국제사회로 순차적으로 시야를 넓혀가며 기록하고 있다. 즉 1과 2는 개인으로서의 목표이고, 3은 사회구성원으로서 추구해야 할 목표이고, 4는 인간의 환경인 자연에 대한 교육 목표, 5는 국가와 국제사회에 대한 교육 목표이다. 개인 차원의 목표를 볼 때 패전 후 민주국가로서 새 출발한 일본인 만큼 전전과 다르게 개인의 가치가 존중되고 있음을 알 수 있으며 지・덕・체, 정서, 능력의 신장을 통해 자립하는 것이 목표로 제시되어 있다. 능력에 포함시킬 수도 있는 창의력을 별도로 언급하고 있어 중요시하고 있음을 할 수 있다. 사회적 차원에서는 정의로운 사회, 남녀가 평등한 사회의 발전을 위해 책임감 있게 기여하는 것이 목표로 제시되어 있으며 대인 관계 속에서는 경애와 협력이 중요시되고 있다. 자연에 대해서는 인간의 환경으로서의 자연을 보존하는 것만이 아니라 자연 자체를 소중히 하고 자연 속의 생물들을 중시하는 태도를 기를 것을 요구하고 있다. 국가에 대한 사랑은 전통과 문화와 향토에 대한 사랑을 강조하고 있으며 타국과 국제사회에 대한 기여도 적시하고 있다. 자국과, 타국 및 국제사회에 대한 서술의 균형에 대한 배려가 느껴진다.

이상을 통해 교육기본법이 개인, 사회, 자연, 국가와 세계라는 순서로 목표가 제시되어 있는 것을 확인하였다. 물론 이와 같은 교육 목표는 학교 교육에만 해당되는 것은 아니다. 개정된 교육기본법에는 개정 전부터 있었던 학교 교육, 사회 교육의 조항뿐만이 아니라 생애학습의 이념, 가정 교육, 유아기의 교육에 대한 조항이 신설되어 교육의 목표는 전 생애를 통하여 달성되어야 하는 것으로 설정되어 있기 때문이다. 라고는 하지만 무엇보다도 학교 교육의 전 교육 활동 및 전 교과 과목을 통하여 추구되어야 하는 목표이다. 따라서 국어 교과의 교재의 구성 및 내용도 당연히 이를 반영해야 할 것이며, 특히 이런 목표를 구체적인 인물의 모습으로 재현하는 것이 국어교과서 문학작품에 요구되는 하나의 역할일 것이다.

다음은 「학습지도요령」이다. 교육기본법이 교육 전반의 근본을 규정하는 법률이라면 문부과학성(文部科学省)이 교육단계별 그리고 과목별로 교육내용 및 방법의 지침을 고시(告示)하는 것이 「학습지도요령」[2]과 그 해설이다. 초등학교, 중학교, 고등학교 교육을 대상으로 각 교과목별로 고시되며 각 학교별, 각 교과목별로 「학습지도요령 해설」이라는 책자의 형태로도 간행된다. 해설에는 각 교과목에 대한 「학습지도요령」의 취지 및 요점이 해설되고, 각 교과목의 목표와 내용이 학년별로 게시되며, 지도계획의 작성과 내용에 대해서도 게시된다. 현행 「초등학교 학습지도요령」(이하 「학습지도요령」으로 표기)은 2008년3월28일에 고시되어 2011년부터 전면 실시되었다.

---

2 "学習指導要領とは何か? 全国のどの地域で教育を受けても、一定の水準の教育を受けられるようにするため、文部科学省では、学校教育法等に基づき、各学校で教育課程(カリキュラム)を編成する際の基準を定めています。これを「学習指導要領」といいます。「学習指導要領」では、小学校、中学校、高等学校等ごとに、それぞれの教科等の目標や大まかな教育内容を定めています。また、これとは別に、学校教育法施行規則で、例えば小・中学校の教科等の年間の標準授業時数等が定められています。各学校では、この「学習指導要領」や年間の標準授業時数等を踏まえ、地域や学校の実態に応じて、教育課程(カリキュラム)を編成しています。" 文部科学省 홈페이지, 검색어: 学習指導要領とは何か? 검색일: 2017.5 http://www.mext.go.jp/a_menu/shotou/new-cs/idea/1304372.htm

"살아가는 힘"이라는 부제가 붙어 있다. 다음 개정은 2016년에 행해져 2017년3월에 고시되었고 도쿄올림픽이 열리는 2020년부터 전면 실시될 예정이다

먼저 문부과학성이 고시한 현행 학습지도요령의 기본적인 생각을 살펴보자.

「새 학습지도요령의 기본적인 생각」

'살아갈 힘' = 지・덕・체의 균형 잡힌 힘 / 변화가 격심한 앞으로의 사회를 살아가기 위해 확실한 학력, 풍요로운 마음, 건강한 몸의 지・덕・체를 균형 있게 배양하는 것이 중요합니다.[3]

살아갈 힘을 강조하고 있는데 덕에 대한 해설이 풍요로운 마음으로 되어 있어 도덕적인 '덕'보다 함의하는 바가 크다고 말할 수 있다. 그렇다면 국어 교육을 중심으로 개정된 「학습지도요령」을 검토해보자.

개정에 앞서 방향을 제시한 것은 문부과학대신의 요청에 따라 중앙교육심의회가 제출한 '유치원, 초등학교, 중학교, 고등학교 및 특별지원학교의 학습지도요령 개선에 대하여'라는 답신이다. 이 답신은 21세기 지식기반사회의 변화에 대처하고 OECD의 PISA 조사 등을 통해 부각된 일본 아동들의 문제점을 먼저 지적한 후 그에 대한 처방으로 7가지의 기본 방향을 제시하고 있다. 먼저 지적된 일본 아동들의 문제점이다. 『초등학교 학습지도요령 해설 국어 편』[4]에서 인용한다.

---

3 文部科学省 홈페이지, 검색어: 新学習指導要領 http://www.mext.go.jp/a_menu/shotou/new-cs/idea/index.htm 2014.4.2. 검색.

4 文部科学省(2006)『小学校学習指導要領　解説　国語編』東洋館出版社, 이후 『해설 국어 편』으로 약칭함, 「학습지도요령」 관련 인용은 이 책자가 출전이며 이하

① 사고력・판단력・표현력 등을 묻는 독해력이나 서술식 문제, 지식・기능을 활용하는 문제에 과제가 있음
② 독해력에서 성적분포의 분산이 확대되고 있으며 그 배경에는 가정에서의 학습시간 등의 학습의욕, 학습습관・생활습관에 과제가 보임
③ 자신에 대한 자신감의 결여 및 스스로의 장래에 대한 불안, 체격의 저하 등의 과제가 보임 (『해설 국어 편』, p.1)

다음은 위의 문제를 해결하기 위해 제시된 개선의 방향이다.

① 개정교육기본법 등에 입각한 학습지도요령 개정
② '살아가는 힘'이라는 이념의 공유
③ 기초적・기본적인 지식・기능의 습득
④ 사고력・판단력・표현력 등의 육성
⑤ 확실한 학력을 확립하기 위해 필요한 수업시수의 확보
⑥ 학습의욕의 향상과 학습습관의 확립
⑦ 풍요로운 마음과 건강한 몸의 육성을 위한 지도의 충실
(『해설 국어 편』, pp.1-2)

답신에서 ①에 대해서는 교육기본법의 이념에 입각하여 각 학교 단계별로 규정된 목표에 입각한 개정이 요청되었다. ③④에 대해서는 저・중학년에서 읽기・쓰기・계산 등 기초지식・기능의 기반을 구축하고 고학년에서 관찰・실험, 리포트, 논술 등 지식・기능의 활용을 꾀하는 학습활동을 단계에 따라 추진하도록 하며, 이를 위한 언어 능력을 국어에서 배양하고 각 교과목에서 기록・요약・설명・

페이지만 기록하겠다.

논술 등의 학습활동을 실시할 필요가 있다고 요청하였다. ③④에 관한 한, 국어 교과에 대한 요청이 도구로서의 국어 능력에 초점이 맞추어져 있는 것을 알 수 있다. 그러나 ⑦에 대해서는 언어를 도구로 한 문학 체험과 관련되는 지도를 요청하고 있다.

> 또 ⑦의 풍요로운 마음과 건강한 몸의 육성을 위한 지도의 충실에 대해서는 덕성 함양이나 체육의 충실 외에, 국어를 위시한 언어에 관한 능력의 중시나 체험활동의 충실을 통해 타자, 사회, 자연・환경과 교섭하는 가운데 이들과 함께 살아가는 자신에 대한 자신감을 갖게 할 필요가 있다는 제언이 있었다. (『해설 국어 편』, p.2, 밑줄 필자)

밑줄 친 부분은 풍요로운 마음의 육성을 꾀하기 위해 직접적인 체험활동만이 아니라 언어 능력을 활용한 문학의 간접 체험도 활용할 것을 제안하고 있다고 생각된다. 이런 문학 체험의 효용을 달성하기 위해서는 이런 내용을 담고 있는 작품의 선정이 요구되고 있다고도 볼 수 있다. 문학을 통해 타자, 사회, 자연, 환경과 교류하고, 이를 통해 개인으로서 자신에 대한 자신감을 얻는다. 이것은 교육기본법에서 개인, 사회, 자연, 국가 및 국제사회로 교육 목표의 달성이 확대되고 있었던 것과도 호응하는데 다만 국가의 레벨이 빠지고 개인에 필요한 자질로서 자신감에 방점이 찍혀 있다고 할 수 있다. 앞서 지적한 일본 아동의 자신감 결여 문제에 대해 문학에 기대하는 바가 느껴진다.

이와 같은 중앙교육심의회 답신에 기초하여 개정된 「초등학교 학습지도요령」 국어과의 주요 내용은 다음의 7가지 항목이다.

(1) 목표 및 내용의 구성 ①목표 ②내용의 구성의 개선
(2) 학습과정의 명확화
(3) 언어활동의 충실
(4) 학습계통성의 중시
(5) 전통적 언어문화에 관한 지도의 중시
(6) 독서활동의 충실
(7) 문자지도 내용의 개선

(『해설 국어 편』, pp.6-8)

문학작품 교재와의 관련을 중심으로 살펴보겠다. 먼저 (1)국어과의 목표이다.

> 국어를 적절하게 표현하고 정확하게 이해하는 능력을 육성하고 전달하는 힘을 높임과 동시에, 사고력과 상상력 및 언어감각을 배양하고 국어에 대한 관심을 심화시켜 국어를 존중하는 태도를 기른다. (118쪽)

목표 전체가 문학작품 교재를 통해 배양될 수 있는 능력이지만 언어가 갖는 일반적인 기능에 초점에 맞추어져 있어 구체적인 인간상은 떠오르지는 않는다. 의사소통능력, 사고력, 상상력 등의 계발을 통해 최종적으로 도달하고자 하는 인간상은 교육기본법의 목표에 제시된 인간상일 것이다. 즉 지・덕・체의 능력을 갖춘 자립적인 주체로서 정의로운 사회의 발전과 자연의 보존에 기여하며 일본의 전통과 문화를 존중하고 국제사회의 발전에 기여하는 인간상이다. 또한 현재의 일본 아동의 문제점을 생각할 때 중앙교육심의회의 답신에 제시된 인간상, 즉 "타자, 사회, 자연・환경과 교섭하는 가운데 이들

과 함께 살아가는 자신에 대한 자신감"을 갖는 인간상이 목표가 될 것이다.

내용의 구성의 개선은 개정 전의 4영역 즉 말하기・듣기. 쓰기, 읽기, 언어사항의 영역 수는 유지하면서 언어사항이 전통적인 언어문화와 국어의 특질에 관한 사항으로 바뀌었다. (5)의 "전통적 언어문화에 관한 지도의 중시"에 따라 내용 구성이 변경된 것이다.

(3)의 언어활동이란 교재를 통해 배운 기초적・기본적 지식・기능을 활용하여 과제를 탐구하는 아동 주체의 학습 활동을 말한다. 실제 생활에 필요한 기록, 설명, 보고, 소개, 감상, 토론 등의 활동이 포함된다. 문학작품을 본격적으로 다루는지 아닌지는 이 언어활동을 보면 알 수 있다. 언어활동을 통해 작품 읽기 자체에 목표가 맞추어지는 것은 주로 읽기 영역에 채택된 문학작품 교재이며 그 경우 언어활동의 설명을 보면 그 작품에 대한 읽기의 방향성도 거의 파악할 수 있다.

(4)의 학습계통성이란 지도 내용이 학년 단계별로 확대, 심화되는 것을 가리킨다. 이를 위해 '각 학년별 목표 및 내용의 계통 표(초등・중학교)'가 게시되어 있다. 말하기・듣기 등 각 영역별로 저・중・고 학년별 목표와 그를 달성하기 위한 하위 구분의 목표, 그리고 언어활동의 예가 게시되어 있다. 읽기 영역의 경우 하위 항목이란 음독, 효과적인 읽기의 방법, 설명적인 문장의 해석, 문학적인 문장의 해석, 자신의 생각 형성하기 및 교류, 목적에 의한 독서이다. 이 중 문학적인 문장의 해석의 단계별 목표를 발췌하면 다음과 같다. 1・2학년, 3・4학년, 5・6학년의 세 단계로 제시되어 있다.

장면의 모습에 관하여, 등장인물의 행동을 중심으로 상상을 확대시키며 읽을 것.

장면의 변화에 주의하여, 등장인물의 성격・기분의 변화, 정경 등에 관하여 서술에 근거하여 상상하며 읽을 것

등장인물의 상호관계나 심정, 장면에 관한 묘사를 파악하고, 뛰어난 서술에 관한 자신의 생각을 정리할 것. (『해설 국어 편』, p.134)

학년 단계별 목표가 명확하게 정해져 있고 이 구체적인 목표는 읽기 영역 문학작품 교재 바로 뒤에 실리는 언어활동에도 그대로 반영되어 있다. 따라서 작품 선정 단계에서 목표와의 적합도가 고려의 대상이 될 것이 추측된다.

"(5)전통적 언어문화에 관한 지도의 중시"[5]에 대해서는 전통적인 언어문화, 구체적으로는 고전 문학과 고전 언어예능을 초등학교 국어과 내용에 포함시켜 저학년 때부터 접하게 하여 평생 전통적인 언어문화를 즐기는 태도를 육성하도록 요청하고 있다.

---

5 [전통적인 언어문화와 국어의 특질에 관한 사항]은 우리나라 역사 속에서 창조・계승되어온 전통적인 언어문화를 친근히 하며, 계승・발전시키는 태도를 기르는 것과 국어가 담당하는 역할과 특징에 대해 종합적인 지식을 갖추고 언어감각을 길러 실제 언어활동에 있어서 유기적으로 작동하는 능력을 기르는 것에 중점을 두고 구성되어 있다. / 언어문화란 우리나라의 역사 속에서 창조・계승되어온 문화적으로 높은 가치를 갖는 언어 그 자체, 즉 문화로서의 언어, 또 그것들을 실제 생활에서 사용함으로서 형성되어온 문화적인 언어생활, 또 고대에서 현대까지 각 시대에 걸쳐 표현하고, 수용되어온 다양한 언어예술과 예능 등을 폭 넓게 지칭한다. 이번 개정에서는 전통적인 언어문화를 저학년부터 접해 전 생애에 걸쳐 친근히 하는 태도를 중시한다. (『해설 국어 편』, pp.7-8)

2. 미쓰무라도서 발행 초등학교 국어교과서의 문학 텍스트 공간

일본은 전후, 교육제도의 민주화의 일환으로 전전의 국정교과서 제도를 폐지하고 검인정교과서 제도를 채택하고 있다. 민간 출판사가 만든 교과서 중 문부과학성의 검정을 합격 통과한 교과서가 사용되는 것이다. 교과서의 채택 권한은 공립학교의 경우 학교를 설치한 지방자치단체인 시초손(市町村)이나 도도후켄(都道府県)의 교육위원회에 있고 국립과 사립학교의 경우 교장에게 있다. 교과서의 검정, 채택, 사용의 주기는 원칙적으로 초등학교(小学校) 및 중학교는 4년이며 고등학교는 1년이다. 예를 들어 2015년부터 사용이 개시된 현 초등학교 교과서는 2012년에 작성되어 2013년에 검정에 합격하고 2014년에 채택이 결정되어 2015년부터 사용이 개시되어 2018년까지 사용되는 것이다.[6]

일본에서는 다음 5개의 출판사가 초등학교 국어교과서를 발행하고 있다. 미쓰무라도서(光村図書), 도쿄서적(東書書籍), 교육출판(教育出版), 학교도서(学校図書), 산세이도(三省堂)이다. 이들 출판사 중 교과서 전체의 점유율에서 수위를 점하는 것은 도쿄서적이다. 그러나 국어교과서만을 보면 상황이 다르다. 2011년과 2015년의 초

6 「(2015年4月)平成26年度教科用図書検定結果の概要」에 첨부된 파일 「(参考)教科書の検定・採択・使用の周期」에 의함. http://www.mext.go.jp/a_menu/shotou/kyoukasho/kentei/1356470.htm

등학교 국어교과서의 점유율을 보면 미쓰무라도서 61.6%/60.9%, 도쿄서적 20.7%/21.8%, 교육출판 14.4%/14.5%, 학교도서 2.4%/1.9%, 산세이도 0.9%/0.8%이다.[7] 미쓰무라도서가 독보적인 점유율을 나타내고 있다. 따라서 미쓰무라도서 국어교과서는 일본의 초등학교 국어교과서로서 대표성을 띤다고 할 수 있으며 동시에 일본의 초등학교 학생 나아가 일본 국민의 양성에 지대한 영향력을 미치고 있는 교과서라고 할 수 있다. 물론 국어교과서 간의 차이를 규명하는 작업도 일본을 이해하는 데 흥미로운 논의가 될 수 있다. 하지만 본 연구에서는 타의 추종을 불허하는 채택율을 유지하고 있는 미쓰무라 국어교과서의 대표성에 주목하여 텍스트로 선택했다. 단 이 연구를 스타트 한 시점이 2015년 이전이었던 관계로 본서가 텍스트로 삼은 것은 2011년 발행되어 2014년까지 사용된 미쓰무라도서 발행 국어교과서이다.

2011년 발행 미쓰무라도서 국어교과서는 국어교육의 내용을 다음의 4개 영역으로 구분하여 구성하고 있다. 말하기・듣기 영역, 쓰기 영역, 읽기 영역, 그리고 언어 영역이다. 내용 구성의 명칭에 있어서는 개정 전 「학습지도요령」의 명칭을 그대로 사용하고 있다. 개정 「학습지도요령」의 "전통적 언어문화에 관한 지도의 중시" 라는 고전 중시의 지침에 대해서는 언어 영역의 두 코너 '계절의 말'과 '소리 내어 즐기자'라는 별도의 코너를 통하여 대응하고 있다.

7 内外教育編集部編(2010.12.17.)「2011年度小学校教科書採択状況文科省まとめ」『内外教育』6045 時事通信社, pp.10-11. 内外教育編集部編(2015.5.15.)「15年度小学校教科書採択状況-文科省まとめ」『データで読む 2014~2015調査・統計解説集』時事通信社, p.37.

문학작품이 본격적으로 다루어지는 것은 읽기 영역이다. 그러나 듣기 영역이라 할 수 있는 '들으며 즐기자'(1학년-5학년) 코너도 문학 작품을 싣고 있다. 듣기라는 방법 또한 문학의 향수 방법으로 채택하고 있는 것이다. 이 코너는 입에서 입으로 전해져온 민화를 주로 교재로 채택하는데 제목과 함께 두 페이지에 걸쳐 그림이 실리고 학습 목표와 언어활동은 그림 좌우에 명시된다. 스크립은 교과서 거의 맨 뒤쪽에 별도로 실려 있다. 이 외에 '책은 친구' 코너나 '부록'(2학년-4학년), 부록이 진화한 단계인 '학습을 넓히자'(5학년-6학년)에도 문학 작품이 실려 있다. 실린 영역이 다르듯 영역에 따라 작품을 다루는 방식도 조금은 차이가 있다. 읽기에 실린 산문작품에는 바로 뒤에 작품을 분석하기 위한 다양한 언어활동이 행해진다. 가장 본격적으로 문학 교육이 행해지는 영역이며 장르라고 할 수 있다. 반면 같은 읽기라도 시에 대한 언어활동은 이미지를 떠올리며 낭송하는 등 분석보다 시를 즐기는 활동에 중점을 둔다. '들으며 즐기자' 코너는 가장 재미있었던 곳을 친구와 이야기해본다든지 다른 사람에게 자신이 읽어준다든지, 말하기와 읽기 중심으로 작품을 즐기게 하는 언어활동이 제시된다. '책은 친구' 코너도 다양한 언어활동이 제시된다. 등장인물에게 어떤 말을 해주고 싶은지 친구와 이야기하게 하거나, 재미있었던 곳을 친구와 이야기하게 하거나, 감상문을 쓰게 하는 등이다. '부록'에 실린 작품에는 선택할 수 있도록 언어활동이 주어진다. 예를 들어 각본이라면 역할을 나누어 읽는다든지 다른 작품과의 공통점을 찾는다든지 하는 식이다.

반면 언어 영역으로 구분되는 '계절의 말'과 '소리 내어 즐기자' 코

너에 실린 문학작품에 대해서는 언어활동이 개별적으로 행해지지 않는다. '계절의 말'은 2학년 교과서부터 6학년까지 봄, 여름, 가을, 겨울의 4코너가 실려 있다. 각 계절의 풍물과 관련된 어휘들을 익히고 고전 혹은 근현대 운문 작품들을 통하여 계절을 즐기게 하는 것이 주목적이다. 따라서 작품의 주제는 계절의 정취로 통일된다. 계절감을 시각적으로도 느낄 수 있도록 일러스트나 사진도 함께 실려 있으며 계절어(季語)가 필수인 하이쿠 작품이 많이 실려 있다. 한편 '소리 내어 즐기자'는 3학년부터 등장하는 코너인데 고전 운문 또는 산문 작품이 실려 있다. 개정된 「학습지도요령」이 게시한 "전통적 언어문화에 관한 지도의 중시"라는 개선 사항을 미쓰무라 교과서는 '계절의 말'과 '소리 내어 즐기자' 코너를 통하여 반영하고 있는 것이다. 하지만 초등학교에 실린 고전 작품은 문부과학성의 「학습지도요령」에도 나와 있듯이 한 작품, 한 작품의 철저한 읽기 및 감상이 목적은 아니다. 교과서에 제시된 구체적인 목적, "소리 내어 읽으며 말의 느낌이나 울림을 즐깁시다. 마음에 드는 것은 암기하여 말해봅시다"를 보아도 알 수 있듯이 고전과 접하는 첫 단계로 음독 혹은 암송을 통해 리듬감과 분위기를 즐기는 것을 당면 목표로 한다고 할 수 있다. 4학년 하권의 부록 「하쿠닌잇슈를 즐기자(百人一首を楽しもう)」도 마찬가지이다.

3. 본서의 연구 범위와 선행연구

필자가 일본 초등학교 교과서에 주목하는 이유는 9년간의 의무교육이 실시되고 있는 일본에서 초등학교 교과서란 교육에 관한 국가의 법률과 행정 지침 하에 일본의 문화와 가치관을 계승할 다음 세대를 길러내는 가장 기본적이면서도 강력한 텍스트이기 때문이다. 특히 국어교과서는 문학텍스트가 많은 비중을 차지하는 만큼 일본인의 정서적, 정신적 표준을 만들어내는 데 가장 광범위하게 기능하고 있다고 생각한다. 따라서 초등학교 국어교과서에 실린 문학작품 주제의 총체적인 분석은 일본의 공교육이 양성하고자 하는 인간상 나아가 일본인상을 파악하는 데 매우 유효한 방법이 될 수 있기 때문이다.[8]

본서의 연구 범위는 교과서에 실려 있는 문학작품 중 고전과 수필, 평론을 제외한 모든 창작 작품이다. 즉 시, 동요, 민담. 동화, 아동소설이 대상이다. 분석 대상에서 제외시키는 문학작품은 언어 영역 '계절의 말'에 실린 운문 작품[9]과 '소리 내어 즐기자'에 실린 고전 작

8 일본과 한국의 도덕교육이 지향하는 인간상을 비교한 논고는 있다. 구니이 유타카(2011)「한일 도덕교육 교육과정 '목표'에 나타난 인간상의 시대적 특징 비교연구」『일어일문학연구』78집 2호, pp.59-77.

9 예를 들어 5학년 '계절의 말' 코너는「봄에서 여름으로」(pp.28-29),「여름 날」(pp.84-85),「가을 하늘」(pp.126-127),「겨울에서 봄으로」(pp.188-189)라는 제명 하에 계절감을 돋우는 사진, 어휘와 함께 하이쿠가 총 11수, 와카 총 3수, 시 총 2수가 수록되어 있다. 계절어(季語)가 필수인 하이쿠가 5학년에서도 역시 주요 채택 대상

품[10]이다. 전자는 전술하였듯이 각 계절의 정취를 느끼고 어휘를 익히는 것이 목적이어서 작품의 주제 = 각 계절의 정취라는 등식이 성립하기 때문이다. 또 후자에 실린 고전문학은 문부과학성이 전통적인 언어문화 교육을 강조한 것을 반영하는 것으로, "옛 사람들의 마음에 접해봅시다"(『국어5』, p.49)라는 도입부의 문구가 보여주듯 전통에의 접근이 목적이기 때문이다. 따라서 본서에서는 하나의 완결된 작품으로서 감상과 학습의 대상이 되는 환원하면 해당 작품에 대한 언어활동이 부가되는 문학작품만을 분석의 대상으로 삼고자 한다.

필자의 궁극적인 목적은 이 작업을 통해 일본의 학교 교육이 문학교육을 통하여 길러내고자 하는 인간상을 객관적으로 도출해내는 데 있다. 서문에 적었지만 국어교과서만큼 "광범한 '국민'적 기반을 가진 교과"[11]는 없다는 데 동의하기 때문이다.

끝으로 선행 연구에 대하여 언급하고자 한다. 필자와 동일한 목적, 동일한 방식으로 일본 초등학교 국어교과서를 연구한 선행연구는 없다. 한국에서의 선행 논문을 보면 공통분모가 있는 한일 양국의 작품을 비교하는 논문[12]도 있기는 하지만 주로 일본어학이나 일본어교육

이 되고 있다.

10 역시 5학년 '소리 내어 즐기자'에는 49쪽에서 53쪽에 걸쳐 「竹取物語」, 「枕草子」, 「平家物語」의 모두 부분이, 248쪽에서 249쪽에 걸쳐 「徒然草」의 109단 「高名の木登り」가 현대어역과 함께 실려 있다.

11 ""국어" 교과의 교육 내용은 내셔널 히스토리에 대한 무의식을 형성하는 데 크게 기여해 왔다. 광범한 "국민"적 기반을 가진 교과에 "국어"를 능가하는 것은 없을 것이다" 코우노 겐스케(紅野健介) 저, 이규수 역(1999) 「'국어' 교과서 속의 내셔널 히스토리」 『국가주의를 넘어서』(小森陽一・高橋哲哉編, 東京大学出版会, 1998) 도서출판삼인, p.45.

12 심은정(2005) 「한, 일 전래동화 비교연구 -일본 소학교 국어교과서에 실린 [줄지 않는 볏단(へらない稲束)]을 중심으로-」 『일어일문학연구』55, pp.83-99.

분야의 논문이 주를 이룬다.[13] 한편 일본 쪽 선행연구를 보면[14] 실제 수업과 학습 지도에 관한 논문[15] 또는 평가를 위한 논문이 대다수이고 최근에는 전자화에 관련된 논문들이 눈에 띈다. 교과서 자체를 연구의 대상이나 비판의 대상으로 하는 논문들은 예를 들면 교과서 수록작품의 변천을 다루는 논문, 교과서 속의 성차별 문제 등 교과서의 문제점을 지적하는 논문, 그리고 과거 국정 교과서의 분석을 통해 당시의 가치관, 이데올로기, 시대상을 읽어내려는 시도들이 있다.[16] 교과서에 수록된 개별 문학작품을 대상으로 하는 논문의 경우도 수업을 위한 교재 연구가 주가 된다.

한편 단행본으로는 이시하라 지아키(石原千秋)의 『국어교과서의 사상(国語教科書の思想)』 및 『국어교과서 속의 일본(国語教科書の中の日本)』, 후쿠시마 다카시(福嶋隆史) 『국어가 어린이를 망친다(国語が子どもをダメにする)』[17] 등이 있다. 단 텍스트로 사용한 교과서의 발행연도 등이 달라 분석대상이 완전히 일치하지는 않는다. 이시하라는 국어교과서의 독해 교재 전체 즉 창작과 평론 전체를 하나의 텍스트로 간주하여 텍스트론의 입장에서 분석했다. 『국어교과서의 사상』에서는 문명비판의 자연회기라는 교과서의 전체 밑그림을 파헤치고 있고[18] 『국어교과서의 일본』에서는 '일본'이라는 '상상

13 최근에는 교과서를 텍스트로 일본 사회문화를 연구한 논문도 나오고 있다. 이미숙(2013) 「한,일 초등학교 국어교과서의 삽화에 나타난 사회, 문화적 가치관 연구-저, 중, 고학년의 변화에 주목하여-」 『일본학보』95, pp.31-45.

14 일본 국립국회도서관의 잡지색인 검색 서비스로 검색해 봄.

15 奥田俊博(2012.3) 「小学校国語科における比喩表現の指導について」 『九州共立大学研究紀要』2(2), pp.39-44 등.

16 코우노 겐스케, pp.44-61.

17 福嶋隆史(2012) 『国語が子どもをダメにする』 中公新書ラクレ426, pp.6-43, pp.223-253.

의 공동체'의 개인들이 국경을 내면화할 때 국민국가가 성립되며 역사적으로 근대의 국민국가는 폭력적인 힘을 발휘했는데 국어교과서에는 이 작은 '상상의 공동체'로서의 '일본'이 감추어져 있다고 지적한다.[19] 탁월한 근대문학 연구자이며 '국어교육' 연구자인 저자의 '국어교육'에 대한 식견과 제안은 귀 기울이기에 충분하다. 다만 몇몇 작품의 특징을 대담하게 서로 엮어내고 있어 체계적이며 정치한 분석이라기보다는 인상주의적인 분석이라 생각된다. 또 특징의 배후에 있는 문화적 풍토에 대한 분석이 결락되어 있다고 생각한다. 개별 교재에 대한 이시하라의 지적에 대해서는 본론에서 필요에 따라 거론하고자 한다. 후쿠시마는 도덕교육, 감성교육을 멈추고 '논리적 사고력' 향상을 위한 교육을 행할 것을 촉구하며 방법을 제안하고 있는데 수록 작품에 대한 분석은 행하지 않는다.[20]

---

18 이시하라는 먼저 '독해력 저하 문제'를 논한 후 2002년에서 2004년까지 사용된 미쓰무라도서 발행 초등학교 및 중학교 국어교과서의 독해교재를 텍스트로 분석했다. 국어교육에 대한 그의 중심 주장은 다음과 같다. 어린이의 개성과 능력을 신장시키고 비평정신을 길러주어야 할 국어 교육의 현장에서 '주어진 교재를 비평적으로 읽는 것이 허락되지 않아'(p.68) 자각하지 못한 채 '넓은 의미에서의 도덕 교육' '보이지 않는 이데올로기교육'이 행해지고 있다는 것이다(p.71). 이시하라에 의하면 교과서 전체의 도덕, 이데올로기는 "자연으로 돌아가자"라는 것. 옛날, 시골을 배경으로 동물이 많이 등장하고 영리하게 그려지고 있으며 아버지가 죽거나 부재한다는 점을 연결시킨다. 도시와, 문명 그 편에 서는 아버지는 부정하며 자연(=어머니), 동물, 동물화된 인간으로 돌아가라는 메시지라는 것이다. 아울러 이시하라는 우려를 표명한다. 자연에 순응하는 동물화된 인간이 누구에게 편리한가, 라고. 위정자나 권력을 갖는 자에게 이용되기 쉬운 측면이 있다는 것이다(p.84). 石原千秋(2005)『国語教科書の思想』ちくま新書563, pp.58-138.

19 2008년에 인쇄된 초등 국어교과서 3종(光村図書、東京書籍　教育出版)과 중등 국어교과서 4종(光村図書、教育出版、三省堂、東京書籍)의 독해 교재를 텍스트로 사용하고 있다. 石原千秋(2009)『国語教科書の日本』筑摩新書806, pp.73-138.

20 선행 연구에 대한 것은 2학년 교과서와 4학년 교과서를 분석한 필자의 선행 논문에서 정리한 것임.

제2장

초등학교 1학년 국어교과서

1. 『국어1 상』의 구성

본장에서는 미쓰무라도서가 출판한 1학년 국어교과서[1]를 텍스트로 교과서가 어떻게 구성되어 있고 문학작품이 어느 정도의 비중을 차지하고 있으며 수록된 문학작품들이 개별적으로는 어떤 특징을 갖으며 총체적으로는 어떤 경향을 갖는지를 분석하고자 한다.

미쓰무라도서에서 출판된 일본 국어교과서는 언어의 영역을 다음의 4개 영역으로 구분하다고 했다. 말하기・듣기 영역, 쓰기 영역, 읽기 영역, 그리고 언어(言葉) 영역[2]이다. 언어 영역이란 앞의 세 영역의 기본이 되는 낱말과 문법 그리고 표현방법, 이 세 가지를 묶어서 한 영역으로 한 것이다. 주 2의 내용 "言葉(ことば)" 즉 고토바는 한국어로는 말, 언어, 낱말 등으로 옮길 수 있지만 여기서는 언어가 가장 적절하다고 생각된다.

각 영역에 대해 중학교에서는 하위구분이 명시되는데 말하기・듣기와 쓰기는 학습활동별로 구분된다. 예를 들면 말하기・듣기의 학습활동은 발표・기본, 듣기, 대화・소개, [회의] [토론 보고] [보고]로 구분되어 있다. 한편 읽기는 문학, 독서・정보, 고전으로 분류된 뒤 문학은 다시 장르별로 구분된다. 그러나 초등학교에서는 4영역으로

---

1 宮地裕ほか(2011)『こくご一上　かざぐるま』東京: 光村図書出版, pp.1-124.
宮地裕ほか(2011)『こくご一下　ともだち』東京: 光村図書出版, pp.1-132.

2 미쓰무라 도서가 발행한 중학교 국어교과서『国語1』(2011)「학습 과정을 미리 보자」(pp.10-13)에 정리된 것에 의함.

만 분류되어 있고 구체적인 목표가 짧게 추가되거나 머리말(리드문)로 설명되어 있다. 단 『국어1 상』에서는 영역 표시도 총 124쪽 중 92쪽부터 명기된다.

다음은 『국어1 상』의 내용을 읽기와 언어 영역을 중심으로 정리한 것이다. 문학 작품은 굵은 글씨로 나타냈고 *는 학습내용을 필자가 정리했다는 표시이고 ▼는 교과서에서 사용되고 있는, 언어활동을 나타내는 기호이다. 92쪽 이전의 영역구분은 필자에 의한 것이다.

쪽수	「제목」 장르/작가 〈읽기〉・학습내용 〈말하기・듣기, 쓰기, 언어〉
1	**「봄」 동시/나카가와 리에코 〈읽기〉**
8-9	「밝은 목소리로」 *인사 〈언어〉
24-25	**「빨간 새 작은 새」 동요 〈읽기〉・형용사 〈언어〉**
26-31	**「꽃 길」 동화 〈읽기〉・'が'복습 〈언어〉**
34-37	「수수께끼 놀이」 *글과 그림을 보고 수수께끼 맞추기 철자법 'は', 쉼표, 장음 〈언어〉
38-42	「아이우에오랑 놀자」 *50음도의 행과 단 〈언어〉 ▼세로로 읽자 ▼가로로 읽자 ▼즐겁게 읽자 ▼낱말을 찾자 ▼낱말을 잇자
54-55	**「원숭이가 배를 그렸습니다」 동시/마도 미치오 〈읽기〉**
58-65	**「주먹밥 데구르르」 민담/하소베 다다시 〈읽기〉・의성어, 의태어 〈언어〉**
70-80	**「커다란 순무」 러시아민화/사이고 다케히코 〈읽기〉・감탄사 〈언어〉**
88-89	「히라가나 모여라」 *히라가나 복습 〈언어〉・〈쓰기〉 ▼가로 세로 비스듬히 많은 낱말이 숨어 있다. 찾아서 정성들여 쓰자
90-91	**「1학년의 노래」 동시/나카가와 리에코・첫 한자一 〈언어〉**
92-99	**「소나기」 동화/모리야마 미야코 〈읽기〉** **신출한자 획순 〈언어〉[3]** **"木라는 한자는 나무의 모습에서 만들어졌다" 〈언어〉**
114-117	「한자 이야기」 *한자의 유래를 글과 그림으로 설명 ▼한자를 사용해서 다시 쓰자. *가나와 그림으로 된 문장의 그림을 한자로 쓰기 〈언어〉
123-124	히라가나 표

3 신출 한자 획순은 이후 새로 나오는 한자가 있는 매 교재에 나오나 생략함.

전체적인 구성을 볼 때 『국어1 상』은 다음과 같은 특징을 지적할 수 있다. 먼저 영역별 분량을 순서대로 열거하면 총 124쪽 중 읽기 60쪽, 언어 47쪽, 말하기・듣기 8쪽, 쓰기 2쪽, 목차와 그림 7쪽으로 읽기가 가장 많은 분량을 차지하고 있는 것을 알 수 있다. 다만 국어교육의 시작인 만큼, 언어가 아닌 읽기 등 다른 영역에서도 언어 영역교육의 측면 또한 감안한 교재 선택이 이루어지고 있다. 둘째로, 학습방법에 있어서 학생들의 흥미를 유발할 수 있도록 유희적 방법을 최대한 사용하고 있는 것을 알 수 있다. 언어유희나 운, 음수율 등 음감을 즐길 수 있는 교재를 사용하고 수수께끼, 끝말잇기 등 놀이방식을 동원하여 문자, 발음 등을 재미있게 익히도록 유도하고 있다. 셋째로, 학생들의 눈높이에 맞추는 전략을 취하고 있음을 지적할 수 있다. 교재에 동물이 자주 등장하는 것은 그런 이유일 것이다. 문학작품 총 8편 중 동물이 주인공으로 등장하는 것이 5편이다. 설명문도 2편이 실려 있는데 각각 새의 부리와 곤충에 관한 설명으로 역시 동물이 테마이다. 또 언어활동을 지시할 때는 '▼' 표를 사용하는데 언어활동 과정에서 나올 법한 학생들의 말 또는 생각을 말풍선, 생각풍선으로 제시하여 위로부터의 시선이 아니라 학생들의 눈높이에 맞추려고 한다. 이 말풍선 생각풍선은 6학년 교과서까지 계속 사용된다.

2. 『국어1 상』 문학작품 교재의 특징

다음으로 본 논문의 주요 관심사인 문학작품 교재를 살펴보자. 문학작품은 총 8편이 실려 있는데 동시 3편, 동요 1편, 동화 3편, 외국 민담 1편으로 총 124쪽 중 44쪽을 점하여 3분의 1의 조금 넘는 분량이다. 먼저 주제를 살펴보자. 나카가와 리에코(中川李枝子 1935-)의 **「봄(はる)」**(표지 뒷면-p.7)은 봄꽃과 아침 햇살을 노래하는 1연과 우린 모두 1학년 친구라는 2연으로 이루어져 학교생활에 대한 희망과 우정을 심어주려는 내용이다. 시는 표지 뒷면에 실려 있는데 뒷면부터 7쪽까지 관련 그림이 이어진다. 오카 노부코(岡信子 1937-)의 **「꽃길(はなのみち)」**(pp.26-29)은 꼬마 곰이 친구 다람쥐에게 보여주려고 꽃씨를 가지고 가다 실수로 다 떨어뜨리는데 봄바람이 불자 꽃길이 만들어졌다는 이야기이다. 우정과 봄의 신비를 소박하게 담고 있다. 나카가와 리에코의 **「1학년의 노래(いちねんせいのうた)」**(pp.90-91)는 파란 하늘을 향해 팔을 뻗쳐 '1학년(一年生)'의 '一'을 한자로 쓴다는 내용이다. 1학년의 자부심, 활달한 기개를 노래하고 있다. 모리야마 미야코(森山京 1929-)의 **「소나기(ゆうだち)」**(pp.92-97-99)[4]는 서로 다툰 토끼와 너구리가 소나기와 천둥 덕택에 화해를 하게 된다는 내용이다. 한편 하소베 다다시(羽曽部忠 1924-)의 **「주먹밥 데구르르(おむ**

4 수록 페이지 표시 중 두 번째 '-'은 해당 작품의 언어활동이 실려 있는 페이지를 나타낸다.

すびころりん)」(pp.58-65)는 옛날이야기 형식이다.

할아버지가 떨어뜨린 주먹밥이 데굴데굴 굴러 쥐구멍에 떨어진다. 구멍에서 노래 소리가 들려온다. 흥이 난 할아버지는 이번에는 일부러 주먹밥을 떨어뜨린다. 마침내 자신도 그 구멍에 들어가 쥐들에게 대접을 받고 장구를 선물로 받아와 부자가 된다, 라는 내용이다. 내용상으로는 보은물이지만 보은이라는 주제보다 4, 4, 5 또는 4, 4, 6으로 반복되는 음수율과 음감의 재미를 느끼게 하는 것이 이 교재의 의도라고 생각된다. 반복되는 구절을 인용해보겠다.

> 주먹밥이 데구루루 쏘옥 통통
> 데굴데굴 데구루루 쏘옥 통통
> おむすび　ころりん　すっとんとん
> ころころ　ころりん　すっとんとん (『1 상』, p.60)[5]

의성어 의태어가 갖는 소리로서의 재미를 각인시켜, 말은 장난감과 같이 재미있고 즐거운 것이라는 인식을 심어주려고 하는 것 같다. 또 사이고 다케히코(西郷竹彦 1920-2017)의 **「커다란 순무」**(pp.70-79-80)는 러시아민화로, 할아버지 혼자서는 뽑지 못한 순무를 할머니, 손녀, 개, 고양이, 쥐가 힘을 합하여 뽑는다는 내용으로 어려운 일도 힘을 합하면 가능하다는 협동심을 읽을 수 있는 교재이다. 하지만 이 역시 이런 주제보다는 반복적으로 나오는 'て'형을 통해 반복법과 점층법이라는 수사법이 주는 재미를 느끼게 하는 데 주안점이 있다고 하겠다. 기타하라 하쿠슈(北原白秋 1885-1942)의 **「빨간 새 작은 새」**(pp.

5 지면 관계 상 출천에서 '국어'는 생략했음. 한글 역은 필자에 의함. 이하 동일.

24-25)는 굳이 말하자면 호기심을 만족시키는 단순명쾌함, 마도 미치오(まどみちお 1909-2014)의 **「원숭이가 배를 그렸습니다」**(pp.54-55)는 재미있는 그림놀이가 주제가 되겠지만 그와 함께 전자는 색깔을 나타내는 형용사를 가르치기 위한, 후자는 주격조사 'が'와 동사로 이루어진 문을 복습시키기 위한 언어의 측면 또한 고려된 작품 선정이라 생각된다. 원래 「빨간 새 작은 새」는 아동문학잡지의 시초인 『빨간 새(赤い鳥)』[6]에 게재된 기타하라 하쿠슈(北原白秋)의 작품인데 본문에는 작품명만 실려 있고 작사가 이름이 실려 있지 않다. 정확히 말하면 이 작품뿐만이 아니라 앞표지 뒷면에 실린 「봄」외에는 모든 작품의 지은이가 본문에는 명기되어 있지 않다. 지은이를 명기한 목차는 거의 맨 뒤라고 할 수 있는 120쪽에 실려 있다. 문자에 아직 익숙하지 않은 1학년 학생의 눈높이에 맞추기 위한 배치라 생각된다.

이상과 같이 『국어1 상』의 읽기 문학교재는 테마뿐만 아니라 재미와 언어 영역의 측면이 고려되고 있으며 주제에 있어서는 막 학교생활을 시작한 학생들이 봄이라는 생동감 넘치는 계절의 축복을 받으며 친구들과 사이좋게 또 힘차게 배움을 시작하기를 바라는 기원이 담겨져 있는 것 같다. 그러나 한 가지 「소나기」라는 작품 속에 그려진 토끼와 너구리의 화해는 시가 나오야(志賀直哉 1883-1971) 「화해

---

6 1918년 스즈키 미에키치(鈴木三重吉)가 창간한 아동 잡지로 미에키치의 의뢰로 기 타하라 하쿠슈(北原白秋)가 동요 부분을 담당하게 된다. 11월 호에 실린 「赤い鳥小鳥」는 하쿠슈가 '내 동요의 근원(私の童謡の本源である)'라고까지 말하는 노래로 홋카이도 오비히로에 전해지는 자장가를 힌트로 만들었다고 한다. 그는 전래 동요의 맛을 살리며 당시 독자들이 원하는 새로움을 담아내려고 노력했다고 평가되고 있다. '北原白秋朗読' 「赤い鳥小鳥」解説 http://hakusyu.net/Entry/81/ 검색일: 2013.9.21.

(和解)」와 상통하는 바가 있어 흥미롭다. 여기의 화해는 반성과 사과를 통한 화해가 아니라 소나기, 천둥이 가져온 화해, 자연이 이루어준 화해이다.

> 두 마리는 서로의 얼굴을 일부러 보지 않으며 조금 떨어져서 섰습니다.… 그 때 두 마리의 머리 위에서 땅을 후려치는 듯한 소리가 울려 퍼졌습니다. 천둥입니다. 두 마리는 쓰러지듯 땅에 엎드렸습니다. / 그리고 조금 시간이 흘렀습니다. / 정신을 차리고 보니 두 마리는 서로 딱 달라붙어 있었습니다.
>
> にひきは、あいての　かおを　みないように　して、すこし　はなれて　たちました。… その　とき、にひきの　あたまの　うえで、たたきつけるような　おとが　なりわたりました。かみなりです。にひきは、たおれるように　じめんに　ふせました。/ それから　すこし　じかんがすぎました。/ きが　つくと、にひきは、ぴったり　よりそって　いました。
>
> (『1 상』, p.95)

잘잘못을 따지는 즉 이성을 통한 화해가 아니라 자연의 위엄 앞에선 공포심이 가져온 굳이 말하자면 생물적 본능에 의한 육체적 화해이다.

이상 살펴본 바와 같이 『국어1 상』의 문학교재는 재미를 중요시하며 언어 영역에도 배려하며 내용적으로는 계절을 느끼자, 친구와는 사이좋게, 라는 테마로 정리할 수 있다.

3.『국어1 하』의 구성

목차가 앞에 배치되어 있다. 목차에는 먼저 목표와 영역이 작은 글씨로 제시되고 이어서 글의 제목과 지은이가 게시된다. 창작 등 저작권이 있는 글의 경우이다. 출판사에서 집필한 글은 저자명이 없다.『국어1 하』의 영역별 분량을 보면 총 132쪽(상 124쪽) 중 읽기 85쪽(60쪽), 언어 20쪽(47쪽), 쓰기 14쪽(2쪽), 말하기・듣기 10쪽(8쪽), 기타 3쪽(7쪽)이다.『국어1 상』에서 히라가나와 철자법이 끝났음으로 언어 영역이 줄고 읽기와 쓰기 영역이 늘어났다고 할 수 있다. 내용을 목차대로 정리한 것을 일부 발췌해보겠다.

쪽수	[목표] 〈언어 영역〉 「제목」 장르/작가 〈읽기〉・학습내용 〈말하기・듣기, 쓰기, 언어〉
1	하권 제목인 '친구'에 관한 그림 및 글
2-3	목차
4-16	**[소리 내어 읽재 〈읽기〉** **「고래구름」 동화 / 나카가와 리에코**
17-20	[잘 보고 쓰재 〈쓰기〉 「알려주고 싶다, 보여주고 싶다」 *학교에 있는 생물이나 학교에서 발견한 것을 가족에게 알려주자 -〉다 쓴 후 다시 읽어보자 • 마침표는? • 쉼표는? • 틀린 글씨는?
21	「말이랑 놀자」 〈언어〉 *낱말 넣기
22-29	[비교해보재 〈읽기〉 「자동차 비교」 설명문 ・가타카나 〈언어〉 ▼자동차가 하는 일과 생김새를 노트에 쓰자 ▼사다리차는 화재 때 일하는 차이다. 어떤 일을 하며 어떻게 만들어져 있나? ▼이 외의 자동차의 하는 일과 모양을 문장으로 써서 설명하자. 그림도 그리자(예시문 구급차) ▼가타카나를 읽고 쓰자 • 장음 • 요음 촉음

30-31 (126-129)	**[들으며 즐기자] 〈듣기〉 「운이 좋은 사냥꾼」옛날이야기/이나다 가즈코・쓰쓰이 에쓰코 ▼어떤 부분이 재미있었나 친구와 얘기하자**
40-41	「날짜와 요일」〈언어〉
42-45	[가루타를 만들자] 〈쓰기〉 「모여라 겨울 낱말」 "놀이: 연날리기, 눈싸움 음식: 떡국, 귤 집안: 고타쓰, 스토브 복장: 머플러, 장갑" ▼이 외에 어떤 낱말이 있을까? 노트에 적자.

상권에 보였던 특징 중 하나인 언어 영역에 대한 고려는 읽기 교재 「자동차 비교」(p.22)라는 설명문에서 가타카나를 함께 다루는 정도로 남아 있을 뿐 자취를 감추고 각 영역이 독자적인 목적으로 구성되어 있다. 하지만 유희적 학습방법과 눈높이 맞추기 전략은 하권에도 이어지고 있다.

언어 영역 「말이랑 놀자」(p.21)에서는 "가방 속에는 가바(かば/악어)가 있다(かばんの なかには かばが いる)"처럼, 낱말 속의 낱말 찾기 놀이를 하고, 언어 영역 「말을 즐기자」(p.82)에서는 "나마무기 나마고메 나마타마고(なまむぎ なまごめ なまたまご/생보리 생쌀 생달걀)"처럼 빨리 말하기 놀이를 한다. 또 쓰기 영역 「모여라 겨울 낱말」(p.42)에서는 겨울 낱말 가루타를 만들어 가루타 놀이를 하게 하는데 음식, 놀이, 집안, 복장의 4영역, 즉 어린이의 관심과 생활에 밀착한 영역으로 나누어 겨울 낱말을 모으게 한다. 예시된 가루타는 "털실로 뜬 장갑 후끈후끈(けいとの/手ぶくろ/ぽっかぽか)"과 같이 어린이의 복장에 밀착하거나 "새해 첫날은/새해 떡국 먹고서/새해 첫인사(お正月/おぞうにたべて/おめでとう)"로 정월 음식에 밀착하되 5, 7, 5의 하이쿠 음수율을 따르며 '오(お)'라는 두운도 즐기게 한다. 또 말하기・듣기 영역 「이건 뭘까요?」(p.84)도 놀이방식으로 진

행된다. 또 언어 영역 「날짜와 요일」도 어린이의 눈높이에 맞는 세시기 형식으로 제시된다.

1월1일은 설날입니다. / 2월2일은 모두 고타쓰. / 3월3일은 복숭아 꽃. / 4월4일은 벚꽃놀이.…

一月一日　お正月 / 二月二日は　みんなで　こたつ。/ 三月三日は　ももの　はな。/ 四月四日は　さくたの　はなみ。… (p.40)

"햇님 너무 좋아 일요일. / 달이 떴다 떴다 월요일. / 불을 조심하자 화요일. / 호스로 물뿌리기 수요일. / 밤나무 발견했다 목요일. / 돈을 받았네요 금요일. / 흙과 장난치는 토요일.

お日さま　大すき、日よう日。/ 月が　出た　出た、月よう日。/ 火の　ようじんだ、火よう日。/ ホースで　水まき、水よう日。/ くりの木　見つけた、木よう日。/ お金を　もらった、金よう日。/ 土あそびする、土よう日。 (『1 하』, pp.40-41)

원어에서는 날짜 각행의 후반은 7음 또는 5음으로 끝내고 요일의 경우는 8, 5조 혹은 7, 5조로 음수율을 지키고 있어 반복되는 리듬감을 즐길 수 있게 되어 있다.

4. 『국어1 하』 문학작품 교재의 특징

하권에는 문학작품이 총 7편이 실려 있다. 5편은 읽기 교재이고 1편은 '들으며 즐기자' 코너에 실려 있다. 「운이 좋은 사냥꾼」이라는

작품이다. 문학의 감상방법으로 '듣기'라는 방법도 채택하고 있는 것이다. 또 "가키쿠케코끼리의(ざじずぜぞうさんの)"로 시작하는 언어유희적 동시인 나카가와 리에코의 **「코끼리의 모자(ぞうさんの ぼうし)」**(pp.82-83)는 「말을 즐기자」라는 제목으로 언어 영역 교재로 들어 있다. 문학작품 교재 또한 유희적 언어 교육의 교재로 활용하고 있음을 알 수 있다.

장르는 동시 2편, 동화 5편인데 동화 중 2편은 옛날이야기 형식이다. 분량은 교과서 총 132쪽 중 67쪽을 차지하여 절반을 넘는 분량이다. 총 124쪽 중 44쪽이었던 것 상권과 비교하면 우선 양적으로 비중이 높아진 것을 알 수 있다. 동화 쪽부터 수록된 순서대로 내용을 살펴보자.

나카가와 리에코의 **「고래구름(くじらぐも)」**(pp.4-13-16)은 체육시간에 나타난 고래구름이 아이들의 체조를 따라 하고 그 구름에 올라탄 아이들이 바다로 농촌으로 도시로 날아다니다가 학교로 돌아온다는 이야기이다. 날아오르고 싶은 아이들의 꿈이 반영됨과 동시에 넓은 세상으로 날아오르게 하고 싶은 어른들의 바람이 투영된 동화라고 볼 수 있다. 1학년 2반 4교시라는 현실적인 설정 속에 메르헨이 삽입되어 있어 아이들의 상상력, 공상력이 학교라는 현실 속에서 길러지기를 원하는 기대 또한 느껴진다. 교훈과는 무관하다.

이나다 가즈코(稲田和子 1932-)와 쓰쓰이 에쓰코(筒井悦子 미상-)가 지은 **「운이 좋은 사냥꾼(まのいいりょうし)」**(pp.30-31, pp.126-129)은 거짓말을 잘 하는 사냥꾼 백일이가 주인공이다. 오리를 잡으러 산속 늪지에 들어가 총을 한 발 쐈는데 오리 15마리에, 새우와 미꾸라

지와 잡어를 합하여 5되, 멧돼지 1마리, 마 25줄기, 게다가 꿩알까지 10개 수확해서 집에 돌아왔다는 이야기이다. 하지만 백 중 하나 정도 참말을 해서 백일이라고 불린다는 백일이의 이름 설명이 서두에 나와 있어 이 이야기 또한 전부 거짓말일 수 있다는 반전이 가능한 구조이다. 거짓말이란 장치를 이용하여 이야기를 즐기게 하는 오락성이 강한 이야기로 이 작품 또한 교훈과는 무관하다.

한편 독일 작가 한스 빌헬름(Hans Wilhelm 1945-)이 지은 **「언제나 언제나 정말 좋아해(ずうっと、ずっと、大すきだよ)」**(pp.46-55-57)는 매우 사실적인 동화로 어린이 소설에 가깝다. 소년 '나'는 엘프란 이름의 개와 유아시절부터 함께 자라며 놀아왔다. 하지만 엘프는 이제 노년이 되어 산책도 싫어하고 계단도 잘 못 올라간다. 그런 엘프를 '나'는 끝까지 잘 돌본다. "나의 개"(p.47)라고 생각하고 있기 때문이다. 어느 날 아침 엘프가 죽은 것을 발견한다. 슬픔을 견디기 어려웠지만 늘 엘프에게 좋아한다고 말을 해왔기에 '나'의 마음은 편하다. 앞으로 다른 동물을 다시 기르게 되어도 매일 밤 "언제나 언제나 정말 좋아해"라고 말해줄 거라고 다짐한다.

이 작품은 주제가 매우 뚜렷하다. 사랑하면 책임져야 하고 표현해야 한다. 그렇게 하면 죽음이란 이별이 왔을 때도 후회가 없으며 또 다른 대상을 사랑할 수 있다, 라는 것이다. 작품 속 '나'는 그런 엘프와의 관계를 통해 성장하는 모습까지 보여준다. 엘프가 죽은 후 옆집 친구가 강아지를 주겠다고 한다. '나'는 그 제의는 거절하지만 엘프의 바구니를 친구에게 준다. 자신보다 그 친구에게 그 바구니가 더 필요하다고 생각한 것이다. 등장인물의 변화가 보인다는 점에서도 소설적이라고 할 수 있다. 수록된 일본 작품과는 달리 일체의 메르헨이 배제된, 현실적이고 교훈적인 작품이다.

다음, 기시 나미(岸なみ 1912-2015)의 **「너구리의 물레(たぬきの糸車)」**(pp.70-79-81)는 호기심 많은 장난꾸러기 너구리의 즐거운 보은 이야기이다. 나무꾼 부부가 살고 있는 산 속 외딴 오두막에 너구리가 밤마다 찾아와 장난을 친다. 부부는 너구리를 잡으려고 덫을 놓는다. 그런데 어느 날 밤 찢어진 장지문 사이로 너구리가 아주머니의 물레 돌리는 모습을 들여다본다.

> 물레가 삐걱삐걱 돌아가자 두 개의 눈알도 빙글빙글 돌았습니다. 이윽고 달빛이 환하게 비추는 창호지에 너구리가 물레 돌리는 흉내를 내고 있는 모습이 비쳤습니다./ 아주머니는 웃음이 터져 나오려는 것을 참고 물레를 돌렸습니다.
>
> 糸車が　キークルクルと　まわるに　つれて、二つの　目玉も、くるりくるりと　まわりました。そして、月の　あかるい　しょうじに、糸車を　まわす　まねを　する　たぬきの　かげが　うつりました。/ おかみさんは、おもわず　ふき出しそうに　なりましたが、だまって　糸車を　まわして　いました。　(『1 하』, p.72)

너구리는 매일 밤 찾아와 흉내 내기를 반복한다. 아주머니는 "장난꾸러기지만 귀엽다"고 생각하게 되고 어느 날 밤 덫에 걸린 너구리를 구해준다. 겨울을 마을에서 지내고 봄이 되어 산속 오두막에 돌아와 보니 방안에 실타래가 산더미처럼 쌓여 있다. 이상하다 생각하며 아주머니는 밥을 짓기 시작하는데 방에서 물레질하는 소리가 난다. 깜짝 놀라 들여다보니 너구리가 능숙한 손짓으로 물레를 돌리고 있다.

> 너구리는 실을 다 잣자 아주머니가 늘 하듯이 타래로 묶어 옆에 쌓아 놓았습니다. / 너구리는 문득 아주머니가 들여다보고 있는 것을 알아차렸습니다. / 너구리는 깡총하고 밖으로 뛰어내렸습니다. 그리고는 기뻐서 어쩔 줄 모르겠다는 듯이 깡충깡충 춤을 추며 돌아갔다고 합니다.たぬきは、つむぎおわると、こんどは、いつも　おかみさんが　して　いた　とおりに、たばねて　わきに　つみかさねました。/ たぬきは、ふいに、おかみさんが　のぞいて　いるのに　気が　つきました。/ たぬきは、ぴょこんと　そとに　とび下りました。そして、うれしくて　たまらないと　いうように、ぴょんぴょこ　おどりながら　かえって　いきましたとさ。
> (『1 하』, p.78)

마치 귀여운 아이의 모습을 그리는 것 같은 애정 어린 시선이다. 너구리의 호기심과 기쁨, 장난기가 눈알 돌리기나 경쾌한 동작으로 묘사되어 하나의 캐릭터로서 존재감을 발휘한다. 동물의 보은담은 민담에서는 흔한 이야기 틀이다. 하지만 동물이라도 은혜를 입으면 보답할 줄을 안다는 인과응보, 권선징악이 테마이므로 등장하는 동물의 성격, 개성이 전면에 부상하는 일은 없다. 이름이 필요 없는 것이다. 그런데 이 작품의 너구리는 마치 이름이 필요한 것 같은 느낌이다. 단순하긴 하지만 하나의 사랑스러운 캐릭터로서 너구리가 그려지고 있다는 점이 특기할 만하다. 다시 말해 동물도 인간과 동등한 하나의 성격, 존재로 취급되고 있는 느낌이다. 어릴 때부터 함께 자란 개 엘프를 '나의 개' 즉 나에게 속한 개니까 끝까지 돌보고 사랑한다는 「언제나 언제나 정말 좋아해」와는 사뭇 다르다. 이와 같은 동물의 존재감은 사노 요코(佐野洋子 1938-2010)의 **「왜냐면 왜냐면**

할머니(だってだってのおばあさん)」(pp.95-115-117)에서도 느낄 수 있다.

주위에 작은 밭을 일군 작은 집에 98세의 할머니와 5살 먹은 남자아이 고양이가 살고 있다. 고양이는 매일 낚시를 하러 나간다. 하지만 할머니는 현관 의자에서 콩깍지를 까거나 졸며 시간을 보낸다. 함께 낚시를 가자고 해도 할머니는 거절한다. "왜냐면 나는 98세인걸. 할머니가 낚시하는 건 안 어울려"라는 것이 이유이다. 그런데 99세가 되는 할머니 생일날 할머니는 5살이 되고 만다. 할머니가 손수 생일케이크를 만들고 고양이는 양초를 사러 갔는데 들고 오다 강에 빠뜨려 5자루만 남은 것이다. 할머니는 케이크에 꽂은 양초를 세며 이제 5살이 되었다고 자축한다. 고양이는 나랑 같은 5살이 되었다고 축하한다. 다음날 할머니의 말은 "왜냐면 나는 5살이니까…"로 바뀌게 되고 고양이를 따라 94년 만에 들로 나간다. 즐거운 도전의 연속이다. 돌아오는 길에 할머니는 "왜 일찍감치 5살이 안 됐을까? 내년 생일에도 양초 5자루만 사다줘."라고 부탁한다. 말과 생각이 행동을 바꾸고 사람을 바꾼다는 내용이다. 진취적이고 긍정적인 말과 생각의 중요성을 일깨워주는 작품으로 재미와 교훈을 함께 내포한 작품이다.

그런데 흥미로운 것은 동물 묘사 방법이 이솝 우와의 의인법은 물론 일본 보은담의 동물 묘사와도 다르다는 점이다. 즉 이솝 우화처럼 등장인물 전체가 동물이고 그 동물들이 인간처럼 생각하고 행동하는 것이 아니다. 또 개성 없는 이름 없는 동물이 보은의 행동을 하는 것도 아니다. 만약 이 작품에 그림이 없고 고양이 나이가 조금

더 많다면 고양이라는 별명의 소년과 할머니 사이에 벌어지는 이야기로 읽을 수도 있을 것 같다. 할머니의 사실적인 삶을 완전히 소년으로 인간화한 고양이가 함께 하는 리얼리즘과 메르헨의 융합이다. 물론 리얼리티를 담보하려면 고양이와 함께 사는 할머니의 상상의 세계로 읽을 수도 있겠지만 그런 의도는 아닐 것이다. 어린이들은 사람과 동물의 공생을 무리 없이 받아들일 것이며 그 점 또한 이 작품이 시사하는 바일 수 있다. 그리고 이 배경에는 인간과 동물을 소유주와 소유물이라는 개념이 아니라 등가적 존재, 함께 사는 존재로 받아들이는 애니미즘적 사고가 깔려있다고 생각된다. 이런 사고는 유일하게 읽기 영역에 수록된 동시, 가와사키 히로시(川崎洋 1930-2004) 지음 **「무당벌레(てんとうむし)」**(pp.58-59)의 기법 및 주제와도 무관하지 않다.

> 한 마리라도 / 무당벌레란다 / 작아도 / 코끼리와 같은 목숨을 / 하나 갖고 있어 / 나를 보면/ 안녕하고 인사해줘 / 그럼 나도 / 무당벌레 말로 / 안녕이라고 인사할게 / 네게는 안 들리겠지만
>
> いっぴきでも / てんとうむしだよ / ちいさくても / ぞうと　おなじいのちを / いっこ　もって　いる / ぼくを　みつけたら / こんにちはって　いってね / そしたら　ぼくも / てんとうむしの　ことばで / こんにちはって　いうから / きみには　きこえないけど (『1 하』, pp.58-59)

생명존중을 노래하는 시이다. 다만 시의 화자는 인간이 아니라 무당벌레이다. 무당벌레가 인간에게 동물의 생명은 크기에 관계없이 같은 가치를 갖고 있음을 또 자신을 무시하지 말고 인사해달라는 메

시지를 전하고 있는 시이다. 인간과 무당벌레가 같은 생물로서 서로 존중해야 함을 가르치는 것이다. 그야말로 애니미즘의 세계이다.

이상『국어1 하』에 실려 있는 7편의 문학작품을 살펴보았다.『국어1 상』보다 양적인 비중이 증가했을 뿐 아니라 다채로움도 증가했음을 알 수 있다. 메르헨 동화, 리얼리즘 동화가 있는가 하면 리얼리즘과 메르헨이 융합된 작품도 있다. 또 현대 동화와 옛날이야기 형식이 있고 일본의 동화와 함께 1편의 외국 동화가 실려 있으며 읽기뿐 아니라 듣기를 감상 방법으로 채택한 동화도 있다. 이런 다양성과 함께 내용적으로는 다음과 같은 특징을 지적할 수 있다. 첫째, 유쾌한 공상을 즐기는 어린이들의 욕망을 충족시킨다는 점. 둘째, 넓은 세상을 지향하고 도전하는 진취적인 태도를 고양시킨다는 점. 셋째, 동물의 생명을 존중하며 동물과의 공생을 지향한다는 점. 넷째, 번역된 외국문학을 감상대상으로 편입한다는 점이다. 넷째 특징은 독서지도를 통해서도 이뤄지고 있다.「옛날이야기가 가득」이란 읽기 영역 교재가 그것이다. "그림 속에서 아는 이야기를 찾아 친구와 얘기하자. 읽고 싶은, 듣고 싶은 이야기에 표시를 하자."라는 독서 코너인데,「사루카니캇센」,「분푸쿠차가마」,「산넨네타로」,「가구야히메」,「우라시마」 등 일본 민화의 주인공과「브레멘의 음악대」,「헨델과 그레텔」,「아기 돼지 삼 형제」 등 서양 전래동화의 주인공이 각각 두 쪽에 걸쳐 그림으로 제시되어 있다.

다양성을 추구하는 가운데 수록된 모든 작품에 일관된 것은 반드시 동물이 등장한다는 점이다. 동물들은 여러 층위로 등장한다.「운이 좋은 사냥꾼」에서는 사냥의 대상으로 그려지고,「언제나 언제나 정말 좋아해」에서는 사랑하고 책임져야 하는 대상으로 그려진다. 하지만 반복적으로 등장하는 것은 인간과 함께 생활하는 인간 같은 동물이다. 이들 작품을 통해 동물은 그 생명이 존중되어야 할 존재, 나아가 인간과 공생해야 하는 존재로 부각된다. 「너구리의 물레」「무당벌레」「왜냐면 왜냐면 할머니」가 여기 속하고 「고래구름」도 주제는 전혀 다르지만 아이들과 함께 체조를 하는 고래라는 이미지는 이와 일맥상통한다. 또 한 가지 주목하고 싶은 것은 성별의 조합이다.

「너구리의 물레」에서는 처음에 나무꾼 부부라고 나오지만 아저씨는 등장하지 않고 아주머니와 장난꾸러기 소년 같이 느껴지는 너구리의 교류만이 그려진다. 「왜냐면 왜냐면 할머니」도 할머니와 소년 고양이의 조합이다. 「무당벌레」 또한 남녀의 조합니다. 무당벌레는 자신을 보쿠(ぼく)로 나타내고 이 시의 독자인 인간 어린이를 기미(きみ)로 부르고 있다. 보쿠는 남자의 1인칭대명사이고 기미는 일반적으로 남성이 애인이나 손아래 사람에게 사용하는 2인칭 호칭이므로 남녀의 조합으로 볼 수 있기 때문이다. 이런 남녀의 조합 또한 인간의 남녀가 함께 공생하듯이, 라는 암시로 작용한다.

5. 『국어1』 문학작품 교재의 영역별 주제

이상 미쓰무라도서 발행 1학년 국어교과서의 구성과 문학작품의 주제 및 특징을 고찰했다. 교과서에 수록된 문학작품이 담고 있는 테마를 6학년까지 체계적으로 조감하기 위해서는 일정한 분류의 틀을 고안할 필요가 있다.

「교육기본법」은 교육 목표에 대해 개인, 사회, 자연환경, 국가 및 국제사회로 순차적으로 시야를 확대하며 기록하고 있었다. 「학습지도요령」에서는 국어 교과의 교육 목표를 의사소통능력, 사고력, 상상력, 언어감각의 배양과 국어 존중으로 설정하고, 「학습지도요령 해설」에서는 언어 능력을 통하여 타자, 사회, 자연・환경과 교류하고, 이를 통해 개인으로서 자신에 대한 자신감을 얻게 할 필요가 있다는 제언이 있었다. 교과서 또한 이런 목표 하에 편찬될 것이므로 주제 분석을 위해 다음의 4가지 영역을 설정하도록 하겠다. 개인으로서의 삶을 다루는 개인영역, 타자와의 일대일의 관계를 다루는 관계 영역, 소속집단이나 사회・국가의 구성원으로서의 태도를 다루는 공동체영역, 자연에 대한 이해와 바람직한 태도를 다루는 생태영역이다. 또한 개인영역의 경우 1학년에서 3학년까지의 문학작품 교재를 누적시켜 생각했을 때 '쾌감', '문제해결', '성장', '이상'으로 다시 하위분류가 가능하다고 판단되어 하위 구분을 두었다.

다음 표는 이와 같은 기준으로 『국어1 상』 『국어1 하』에 실린 문학작품 교재 총 14편의 테마를 영역별로 구분하여 정리한 것이다. 복수테마를 인정해야 하는 작품은 복수로 기재했다. 최하단의 숫자는 항목별 합산 수치이다. 국적은 일본인이 아닌 경우만 기록했다.

〈표 1〉

장르	연번	작품명 / 작가(국적) / 수록 면	개인				관계	공동체	생태
			쾌감	문제해결	성장	이상			
산문	상 1	꽃길 / 오카 노부코 / 26-29							봄의 신비
	2	주먹밥 데구르르 /하소베 다다시 / 58-65	율동감, 음감						
	3	커다란 순무(러시아민화) / 사이고 다케히코 / 70-79-80						협동	
	4	소나기 / 모리야마 미야코 / 92-97-99					화해		
	하 1	고래구름 / 나카가와 리에코 / 4-13-16	공상						
	2	운이 좋은 사냥꾼 / 이나다 가즈코 · 쓰쓰이 에쓰코/ 30-31 / 126-129	행운						
	3	언제나 언제나 정말 좋아해/ 한스 빌헬름(독일)/46-55-57					애정		
	4	너구리의 물레 / 기시 나미 / 70-79-81					보은		
	5	왜냐면 왜냐면 할머니 / 사노 요코 / 98-115-117			도전				
운문	상 1	봄 / 나카가와 리에코 / 표지뒷면-7	화창한 봄				친구		
	2	빨간 새 작은 새 / 기타하라 하쿠슈 / 24-25		호기심					
	3	원숭이가 배를 그렸습니다 / 마도 미치오 / 54-55	창작						
	4 4	1학년의 노래 / 나카가와 리에코 / 90-91			의욕				
	하 1	무당벌레 / 가와사키 히로시 / 58-59							생명 존중
	2	코끼리의 모자 / 나가가와 리에코 / 82-83	언어유희						
계	15	『국어1』	6	1	2	0	4	1	2

6. 소괄

이상 미쓰무라도서에서 출판된 일본 초등학교 1학년 국어교과서를 텍스트로 그 구성과 문학교재의 특징에 대하여 고찰하고 주제를 표로 정리하여 나타내었다.

교과서의 구성에 대해서는 다음 3가지 특징을 지적할 수 있었다. 먼저 양적 비중이다. 상권은 읽기, 언어, 말하기・듣기, 기타, 쓰기(60-47-8-7-2)의 순이고, 하권은 읽기, 언어, 쓰기, 말하기・듣기, 기타(85-20-14-10-3)의 순으로 양쪽 다 읽기 영역의 비중이 가장 높다. 단 상권의 경우 내용적으로는, 읽기 등 다른 영역의 교재에서도 언어 영역 교육에 유용한 점이 고려되고 있다. 둘째로, 학습방법을 보면 학생들의 흥미를 유발하도록 유희적 방법을 최대한 사용하고 있는 것을 알 수 있었다. 언어유희적 문학작품 또한 여기에 활용되고 있다. 셋째로, 학생들의 눈높이에 맞추는 전략을 취하고 있는 점이다.

다음으로는 문학교재의 구성과 특징에 관해 고찰하였다. 문학교재는 양적으로 상권은 3분의 1, 하권은 절반을 넘는 비중을 점하고 있다. 장르별로는 상권은 4대4로 산문과 운문의 작품 수가 같고 하권은 5대2로 산문의 비중이 크다. 또 문학의 감상방법으로 '듣기'라는 방법도 채택하고 있는 것을 알 수 있었다.

문학작품의 내용적 특징은 다음과 같았다. 상권은 막 학교생활을 시작한 학생들이 봄이라는 생동감 넘치는 계절의 축복을 받으며 친구들과 사이좋게 또 힘차게 배움을 시작하기를 바라는 기원이 담겨져 있었다. 한편 하권은 양적인 비중만이 아니라 다채로움도 증가하여, 메르헨 동화, 리얼리즘 동화가 있는가 하면 리얼리즘과 메르헨이 융합된 작품도 있었다. 이런 다양성과 함께 내용적으로는 다음과 같은 특징을 지적할 수 있었다. 첫째, 재미와 유쾌한 공상을 즐기는 어린이들의 욕망을 충족시킨다는 점. 둘째, 인간과의 친화, 협력뿐만 아니라 자연과의 친화, 특히 동물의 생명을 존중하며 동물과의 공생을 추구한다는 점이다. 일본의 애니미즘적 전통을 반영하는 이 특징은 거의 전 작품에서 묻어나는 핵심적인 특징이라 할 수 있다. 셋째, 넓은 세상을 지향하고 도전하는 진취적인 태도를 고무한다는 점이다.

이상의, 1학년 교과서의 구성과 문학작품의 특징으로부터 도출되는 인간상은 즐거움을 긍정하며 인간과의 친화, 협력 및 자연과의 공생을 중시하는 진취적인 인간이라 생각한다.

제3장

초등학교 2학년
국어교과서

1. 『국어2 상』 문학작품 교재의 특징

2학년 국어교과서[1] 『국어2 상』에 수록된 문학작품 교재는 총 7편으로 동화 3편과 옛날이야기 1편, 동시 1편이다. 분량으로는 총 128쪽 중 49쪽이다. 수록된 순서대로 살펴보자.

구도 나오코(工藤直子 1935-)의 **「머위 순(ふきのとう)」**(pp.4-12-14)은 봄이 되어 눈을 헤치고 싹을 틔워 바깥세상을 보고자 하는 머위 순이 주인공이다. 힘을 쓰는 머위 순에게 눈은 자신도 빨리 물이 되어 멀리 가서 놀고 싶은데 대나무 그늘이라 햇빛이 비치지 않는다고 유감을 표명한다. 그러자 대나무 숲은 자신도 춤을 추고 싶은데 바람이 불지 않아서, 라며 안타까워한다. 이를 본 해님이 남쪽을 향해 봄바람을 깨운다. 늦잠을 자던 봄바람이 그제야 크게 하품을 하며 기지개를 펴더니 가슴 가득 숨을 들이쉬었다가 내 뿜는다. 대나무 숲이 흔들린다. 눈이 녹는다. 힘을 주던 머위 순이 드디어 대지 위로 얼굴을 내민다. 생명이 약동하는 봄의 계절감이 의인법을 통하여 잘 묘사 되어 있다. 뿐만 아니라 머위 순이 싹을 띄우는 과정을 통해 자연은 각각 홀로 존재하는 것이 아니라 서로 연결되어 공생하는 하나의 유기체라는 사실도 가르치고 있다. 작품 말미에 보이는 주어의 생략은 시사적이다.

---

1 宮地裕ほか(2011)『こくご二上　たんぽぽ』東京: 光村図書出版, pp.1-128.
宮地裕ほか(2011)『こくご一下　赤とんぼ』東京: 光村図書出版, pp.1-144.

바람이 날려 / 흔들려 / 녹아 / 힘을 주어 / --불쑥. / 머위 순이 얼굴을 내밀었습니다. /' 안녕하세요?'

ふかれて、/ ゆれて、/ とけて、/ ふんばって、/ーーもっこり。/ ふきのとうが、かおを / 出しました。/ 「こんにちは」(『2 상』, p.11)

필자가 밑줄을 친 동사는 순서대로 주어가 바람, 눈, 머위 순으로 각각 다르지만 생략된 채 서술된다. 고리처럼 연결된 거대한 하나의 자연이 주어로 존재하는 것이다.

나카가와 리에코의 **「이나바의 흰 토끼(いなばの白うさぎ)」**(pp.36-37 pp.119-121)는 옛날이야기 형식이다. 어여쁜 아가씨에게 구혼을 하러 떠난 80명의 형제 신들 중에서 막내지만 자비로워 곤경에 빠진 토끼를 구해준 오쿠니누시가 경쟁적이고 약자를 놀려먹는 형님들보다 뛰어난 신으로 세상에 전해졌다는 이야기로 평화와 자비가 그 주제라고 할 수 있다. 하지만 주인공인 오쿠니누시가 이즈모타이샤(出雲大社)의 제신이라는 점, 이 이야기의 원전이 『고사기(古事記)』[2]인

2 『古事記』상권에 나오는 이즈모(出雲)계열 신화이다. 武田祐吉(1977) 『新訂古事記』(角川文庫)의 구분에 의하면 오쿠니누시는 '序文' '一. 伊耶那岐の命と伊耶那美の命' '二. 天照らす大神と須佐の男の命' '三. 須佐の男の命' 다음 '四. 大国主の神'와 '五. 大天照らす大御神と大国主の神'에 등장하며 이나바의 흰토끼 이야기는 '四. 大国主の命' 에 가장 먼저 나오는 이야기로 「兎と鰐」란 제목으로 실려 있다. 교과서에는 생략되어 않지만 『古事記』에서는 도움을 받은 토끼가 야카미히메는 오쿠니누시을 선택한다는 예언을 하고 이야기가 끝난다. 이어지는 이야기에서는 예언대로 되어 시기한 형제들이 오쿠니누시를 죽이지만 어머니의 도움으로 다시 살아나고 '黄泉の国'의 스사노오노미코토에게도 시련을 당하지만 이겨내고 돌아와 도와주는 두 신을 만나 나라를 만들게 된다. 하지만 '五. 大天照らす大御神と大国主の命'에서 오쿠니누시는 아마테라스의 뜻을 받아들여 그 아들에게 '葦原の中つ国'를 양보하게 된다. 다만 "내가 거주할 곳만은 천신(天神)의 자손이 천황의 지위를 계속 이어가는 훌륭한 궁전처럼 땅 속의 반석(磐石)에다 두텁고 큰 기둥을 세우고 천상계(高天原)를 향해 치기(千木)를 높이 세운 신전(神殿)을 만들어 준다

점을 고려하면 이 작품은 일본의 신화 및 일본 전통종교인 신도(神道), 나아가 고전문학으로 관심을 열어줄 수 있는 작품이기도 하다. 1학년 교과서에 실린 옛날이야기형식 「주먹밥 데구르르」와는 다른 성격의 작품이다.

한편 레오 레오니(Leo Lionni 생몰년 미상)의 **「스이미(スイミー)」**(pp.46-56-57)는 「미운오리새끼」의 패러디라고도 할 수 있는 작품이다. 빨간색의 작은 물고기 형제들이 사는 바다에 혼자만 새까만 물고기가 있었다. 스이미이다. 어느 날 거대한 참치가 나타나 형제들을 다 먹어버린다. 스이미만 헤엄이 빨라서 도망칠 수 있었다. 외톨이가 된 스이미는 무섭고 외롭고 슬펐다. 하지만 바다에는 멋진 것들이 가득했다. 재미있는 것을 볼 때마다 스이미는 차츰 힘을 회복한다. 그러던 중 바위 안쪽에 숨어 지내는 자신과 꼭 닮은 물고기들을 발견한다. 나와서 함께 놀자고 스이미는 권하지만 형제 물고기들은 큰 물고기에게 먹힌다고 거절한다. 열심히 생각한 스이미는 묘안을 제시한다. 함께 모여 거대한 물고기 형상을 만들어 헤엄치자는 것이다. 자신은 그 물고기의 까만 눈이 되겠다고 한다. 까만 눈을 가진 붉고 거대한 물고기가 아침 바다를 또 햇빛이 빛나는 대낮의 바다 속을 헤엄쳐 다닌다. 마침내 그 붉은 물고기는 커다란 검은 물고기를 쫓아내는 데 성공한다.

남들과 다른 것에 주눅 들지 않고 도리어 그것을 기회로 이용하는

면, 나는 멀고 먼 구석진 곳에 숨어서 있겠습니다"(노성환 역주(1987) 『日本古事記 상』 예진, p.162)라고 요구한다. 이즈모다이샤의 제신이 되는 것이다. 이것이 유명한 '国譲り'신화로 내용이다.

지혜, 불행 속에서도 삶 속에 있는 멋진 것에 감동할 줄 아는 힘, 약하다고 주저앉지 않고 지혜와 협동으로 문제를 해결하는 용기와 리더십. 스이미가 주는 교훈들이다. 이런 여러 교훈들이 짧지만 드라마틱한 이야기 속에 용해되어 있다. 그런데 이 작품 또한 「모모타로(桃太郎)」가 갖는 위험성으로부터 자유롭지는 않다. 물론 「스이미」는 「모모타로」보다 진화되어 있다. 개인적인 고뇌가 존재한다는 점이 「모모타로」와 다르다. 또 공동체의 차원이 존재한다는 점에서 「미운 오리새끼」와 다르다. 즉 이 작품에는 개인적인 차원과 공동체의 차원이 함께 혼재하는 것이다. 하지만 남과 다르기 때문에 공동체 내부에서 생길 수 있는 차별의 문제는 개연성으로 떠밀린 채 상정되지 않는다.

> 넓은 바다 어딘가에 작은 물고기 형제들이 즐겁게 살고 있었다. / 모두 빨간데 한 마리만 까마귀보다도 새까맸다. 헤엄치는 것은 누구보다도 빨랐다. / 이름은 스이미. / 어느 날 무시무시한 참치가 배가 고파 무서운 속도로 미사일처럼 달려들었다.
>
> 広い海のどこかに、小さな魚のきょうだいたちが、たのしくくらしていた。
>
> みんな赤いのに、一ぴきだけは、からす貝よりもまっくろ。およぐのは、だれよりもはやかった。/ 名前はスイミー。/ ある日、おそろしいまぐろが、おなかをすかせて、すごいはやさでミサイルみたいにつっこんできた。
>
> (『2 상』, pp.46-47)

밑줄 친 둘째 문과 셋째 문 사이에 ‘しかし’라는 접속사도 없고, 어떤 차별의 이야기도 개재되지 않는다. ‘한 마리만’, ‘헤엄치는 것은’, ‘이름은’ 이라는 식으로 계속 화제를 전환하며 소개하고 있다. 물론

역접의 접속사가 들어가면 남과 다르다는 것이 부정적인 가치로 자리매김 되므로 교과서 교재로는 결격사유가 될 것이다. 하지만 다름이 차별의 원인이 되는 현실을 회피하고 있다는 점에서는 사실성의 한계를 드러내고 있다고 생각된다. '참치'라는 공동체 전체의 적은 존재하지만 작은 물고기 세계라는 공동체 안에 개인의 적은 존재하지 않는다. 모두가 형제이므로 차별 없이 '즐겁게' 지낼 수 있는 곳이라는 것이다. 어린이라도 공동체 안에서 개체로 살아가야 하는 현대의 세태와는 조금 동떨어진 이상론이기도 하고 공동체의 이데올로기가 내포된 작품이기도 하다.

모리야마 미야코의 **「노란 양동이(黄色いバケツ)」**(pp.68-85-86)는 노란 양동이에 대한 꼬마 여우 곤스케(こんすけ)의 애착과 포기를 그리고 있다. 곤스케는 친구들은 모두 갖고 있지만 자신은 갖고 있지 않은 양동이를 그것도 전부터 갖고 싶던 노란 색 양동이를 나무다리 옆에서 발견한다. 친구인 꼬마 토기, 꼬마 곰과 의논하니 일주일 기다려보고 그때도 주인이 나타나지 않으면 자신이 가져도 된다는 결론에 이른다. 다음날인 화요일 오전, 곤스케는 풀숲에 앉아 양동이를 황홀하게 바라보고 있다. 오후가 되자 양동이 옆에 쪼그리고 앉아 꼬박꼬박 졸더니 저녁이 되자 양동이를 들고 다리 위를 왔다 갔다 하더니 양동이를 강물로 정성스레 헹군다. 수요일은 양동이를 들고 강가에 가서 낚시꾼 흉내를 내며 논다. 낚인 물고기를 양동이에 넣는 시늉을 하며 양동이를 톡톡 두드려본다. 목요일은 양동이로 물을 퍼서 가까운 곳에 있는 나무에 물을 준다. 실은 양동이로 집 사과나무에 물을 주고 싶은 것이다. 빨갛게 익은 사과를 노랑 양동이에 담아

친구 집에 갖다 주는 상상을 하니 저절로 미소가 떠오른다. 하루하루 강해져 가는 양동이에 대한 애착이 꼬마 여우의 귀여운 행동으로 묘사된다. 그러나 기다렸던 월요일 아침 양동이는 사라지고 없다. 주인이 가져갔나, 누가 주워 갔나, 하며 아쉬워하는 두 친구와는 달리 곤스케의 태도는 담백하다.

> "어느 쪽이든 괜찮아." 꼬마 여우는 생각했습니다. 딱 일 주일이었지만 퍽 오랫동안 노란 양동이와 함께 있었던 것 같은 느낌이 들었습니다. 그동안 그 노란 양동이는 다른 누구의 것도 아닌 늘 자신의 것이었다고, 꼬마 여우는 생각했습니다. / "됐어, 이제"… / "됐어, 정말로" / 꼬마 여우는 한 번 더 그렇게 말하더니 꼬마 곰과 꼬마 토끼를 보며 빙긋 웃어보였습니다.
>
> 「どっちでもいい。」と、きつねの子は思いました。たった一週間だったのに、ずいぶんながいこと、黄色いバケツといっしょにいたような気がしました。その間、あの黄色いバケツは、ほかの、だれのものでもなく、いつも、じぶんのものだったと、きつねの子は、おもいました。/「いいんだよ、もう。」… /「いいんだよ、ほんとに」/ きつねの子は、もういちど、そう言うと、くまの子とうさぎの子にむかって、にこっとわらってみせました。 (『2 상』, pp.84-85)

한 주 동안 양동이를 자신의 것으로 소유했음에 자족하는 모습이다. 양동이 바닥 뒷면에 막대기로 '여우 곤스케'라고 자신의 이름을 썼던 금요일의 모습, 양동이가 바람에 날려갈까 걱정되어 강물을 길어 놓았던 일요일 밤의 모습을 생각하면 예상하기 어려운 반응이다. 곤스케의 미소는 모리 오가이(森鴎外 1862-1922)「다카세부네(高瀬

舟)」의 주인공 기스케(喜助)의 맑은 얼굴, 웃음을 연상시키기조차 한다.[3] 여우에 가탁하여 어린이의 욕망을 매우 사랑스럽게 묘사하고 있는 작품이지만 한편으로는 의논, 자족, 깨끗한 단념이라는 일본인의 전통적인 미덕[4]을 확실하게 담고 있는 작품이기도 하다.

『국어2 상』에 실린 동시는 1편이다. 읽기 교재로 실린 사카다 히로오(阪田寛夫 1925-2005)의 **「커져라(おおきくなあれ)」**(pp.96-97)이다. 음감을 즐기는 언어유희성을 갖는다.

비 알알이 / 포도에 들어가라 / 푸룬 푸룬 츠룬 / 푸룬 푸룬 츠룬 / 무거워져라 / 달아져라

비 알알이 / 사과에 들어가라 / 푸룬 푸룬 츠룬 / 푸룬 푸룬 츠룬 /

---

3 '其額は晴やかで、目には微かなかがやきがある'森鴎外(1973) 「高瀬舟」『鴎外全集』16巻 岩波書店, p.225. 「다카세부네」는 존엄사와 '足るを知る' 즉 자족의 문제를 다룬 소설로 유명하다. 동생과 함께 어려서 고아가 된 기스케는 극빈한 생활 속에서도 성실하게 살아왔다. 어느 날 병에 걸린 동생이 면도칼로 자살을 시도하고 그 때 돌아온 가스케는 동생의 소원대로 목에서 면도칼을 빼어준다. 인용한 구절은, 살인죄를 언도받은 기스케를 유배지로 호송하는 관리의 눈에 비친 기스케의 모습이다. 기스케의 맑은 표정, 즐거워 보이는 얼굴을 너무나 이상하게 여긴 관리가 연유를 물으니 기스케는 '빙긋(につこりと)' 웃은 후 이야기한다. 유배지라고는 하지만 자신에게 있을 장소가 생긴 것이 감사하고 나라에서 200문의 돈을 주셔서 평생 처음으로 이런 돈을 소지해 보며, 이 돈을 밑천으로 섬에서 일을 시작하는 것이 기대된다, 는 것이다. 관리는 기스케의 '욕심 없음(慾のなさいこと)', '만족할 줄 하는 마음(足るを知つてゐること)'에 경탄하며 자신도 모르게 '기스케 씨'라고 부르게 된다.

4 루스 베네딕트는『국화와 칼』제3장「각자 알맞은 위치 갖기」에서 일본 문화의 틀의 기반에는 계층제가 있음을 지적한다. "질서와 계층제도를 신뢰하는 일본인과, 자유와 평등을 신뢰하는 미국인 사이에는 큰 차이가 있다.… 계층제도에 대한 일본인의 신뢰는 인간 상호관계뿐 아니라 인간과 국가의 관계에서 일본인이 품고 있는 관념의 기초가 된다."(루스 베네딕트(Ruth, Benedict) 저, 김윤식・오인석 역(2007)『국화와 칼』을유문화사, p.71) 나아가 '각자 알맞은 위치 갖기'란 기본 관념이 어떻게 기획되고 훈련되었는지를 설명한다. 모든 계층의 사람에게 '알맞은 위치 갖기'의 관념이 통용되려면 '足るを知る' 즉 자족의 정서가 미덕이 되어야 하는 것은 자명하다.

무거워져라 / 빨개져라

あめの つぶつぶ / ブドウに はいれ / ぷるん ぷるん ちゅるん / ぷるん ぷるん ちゅるん / おもくなれ あまくなれ

あめの つぶつぶ / リンゴに はいれ / ぷるん ぷるん ちゅるん / ぷるん ぷるん ちゅるん / おもくなれ あかくなれ (『2 상』, pp.96-97)

연결된 유기체로서의 자연을 그린다는 점에서는 「머위 순」과 같지만 부드러운 탄력을 표현하는 의태어의 음감과 함께 알이라는 연상법을 효과적으로 이용한 언어유희적 시이기도 하다. 빗방울, 포도 알, 사과 알에 공통된 탱탱함, 탄력감이 빗방울이 포도 알과 사과 알로 변한다는 발상을 저항 없이 받아들이게 한다.

2. 『국어2 하』 문학교재의 특징

『국어2 하』에 수록된 문학작품 교재는 총 6편이다. 동화 3편, 옛날 이야기 2편과 동시 1편으로 전체 144쪽 중 73쪽을 차지한다. 절반을 조금 넘는 분량이다.

처음에 실린 동화 **「편지(お手紙)」**(pp.4-15-18)는 미국의 동화작가 아놀드 로벨(Arnold Lobel 1933-1987)의 작품으로 우정을 제재로 한다. 개구리가 친구 두꺼비를 찾아가니 슬픈 표정으로 현관에 앉아 있다. 매일 편지를 기다리지만 지금까지 한 번도 편지를 받아본 적이 없다고 한다. 함께 슬퍼하며 기다리던 개구리는 할 일이 있다며 집에

돌아가 두꺼비에게 보내는 편지를 쓴다.

> 친애하는 두꺼비군. 나는 자네가 내 친구인 것을 기쁘게 생각하고 있습니다. / 그대의 친구 개구리
>
> 親愛なる がまがえるくん。ぼくは、きみが ぼくの親友であることを、うれしく思っています。/ きみの親友、かえる。 (『2 하』, p.13)

달팽이에게 배달을 부탁하고 다시 와보니 친구는 편지 기다리기를 포기하고 낮잠을 자고 있다. 편지가 올지도 모른다는 자신의 말도 믿지 않는다. 개구리는 자신이 편지를 보낸 것을 말하고 편지 내용을 들은 두꺼비는 "매우 좋은 편지다"라고 답한다. 행복한 기분으로 둘은 현관에 앉아 편지를 기다리고 나흘 후 편지가 도착한다, 라는 내용이다. 우정이란 무엇인가를 구체적으로 그린 작품인 것을 알 수 있다. 고민을 나누고 상대의 소중함을 표현하고 필요를 채워주는 것이 우정이라고 이 작품은 말하고 있다. 『국어1 상』에도 우정과 관계되는 작품은 있었다. 2연으로 이뤄진 「봄(はる)」이란 동시의 2연은 우리는 모두 1학년 친구라는 내용이었고, 「소나기(ゆうだち)」는 서로 싸웠던 친구 토끼와 너구리가 우연히 만난 소나기와 천둥 덕택에 화해를 하게 된다는 내용이었다. 두 작품 다 실천적인 교훈은 없는 작품이다. 그에 비해 「편지」는 우정이란 무엇이며 어떻게 키워가야 하는 것인지 구체적으로 제시하고 있다고 할 수 있다.

이시이 무쓰미(石井睦美 1957-)의 **「나는 언니(わたしはおねえさん)」**(pp.48-59-62) 또한 관계 속에서 어떻게 행동해야 하는지를 가르

치는 작품이라고 할 수 있다. 스미레는 가린, 이라는 2살짜리 동생의 언니인데 2학년이 된 후 이런 노래를 만들었다.

> 나는 언니다 / 상냥한 언니다 / 씩씩한 언니다 / 쪼그만 가린이 언니다 / 1학년 애들의 언니다 / 대단하지요
>
> わたしはおねえさん / やさしいおねえさん / 元気なおねえさん / ちっちゃなかりんのおねえさん / 一年生の子のおねえさん / すごいでしょ (『2 하』, pp.48-49)

일요일 오전 스미레는 훌륭한 언니가 되기 위해 스스로 훌륭한 일을 하려고 책상 위에 숙제 노트와 책을 펼친다. 그런데 화단의 코스모스에 물을 주고 와야겠다고 잠시 방을 비운 사이에 동생 가린이 들어와 공부를 한다며 언니 노트에 엉망진창의 그림을 그려놓는다. 울어야 할지 화를 내야 할지 모르겠는 스미레가 "이게 뭐야"라고 하자 동생은 '꽃'이라고 하며 창밖의 코스모스를 가리킨다. 노트를 가만히 들여다보고 있자니 웃음이 터져 나왔다. 조금도 코스모스로는 보이지 않는 동생의 그림이 귀엽게 보이기 시작했기 때문이다. 한참을 둘이 웃고는 이번엔 언니가 공부를 할 테니 자리를 비켜달라고 한다. 책상에 앉은 스미레는 지우개로 동생의 그림을 지우려고 하다가는 그만두고 다음 페이지를 펼친다. 상냥하고 훌륭한 언니를 실천하는 스미레의 모습이다.

옛날이야기 형식인 세타 데이지(瀬田貞二 1916-1979)의 **「세 장의 부적(三まいのおふだ)」**(pp.74-75, pp.134-140)은 '들으며 즐기자' 코너에 실려 있다. 화창한 봄날 절의 동자가 벚꽃을 따러 가고 싶다고

주지스님을 조른다. 산에는 산 할멈이 있으니 가지 말라고 하지만 계속 조르자 위급할 때 사용하라며 세 장의 부적을 주어서 보낸다. 산에 들어간 동자는 할멈에게 먹힐 위험에 처하지만 "열심히 생각하고" 부적을 지혜롭게 사용하여 절까지 도망쳐온다. 따라온 할멈은 동자를 안 내놓으면 스님부터 잡아먹겠다고 으름장을 놓는다. 스님은 침착하다. 실력을 겨루어 진 쪽이 먹히자는 제안을 하며 자만하는 할멈에게 콩알로 못 변하면 잡아먹겠다고 도발한다. 할멈은 여 보란 듯이 콩알로 변하고 스님은 곧바로 콩알을 먹어버린다. 어떤 위급한 상황에서도 잘 생각하고 지혜롭게 대처하면 위기를 벗어나고 문제를 해결할 수 있다는 내용이다. 생각이 힘, 지혜가 힘이라는 주제이다. 상권의 「스이미」를 연상시키기는 주제이기도 하다.

부록으로 실려 있는 다니 신스케(谷真介 1935-)의 **「12간지의 시작(十二支のはじまり)」**(pp.126-133) 역시 지혜가 주제이다. 옛날 어느 해 말에 신이 동물들을 소집하여 말한다. 설날 아침에 신년 인사를 하러 오라고. 빨리 오는 순서대로 12등까지 1년씩 동물의 왕으로 임명해 인간 세계를 지키게 하겠다고 한다. 가는 날을 잊어버린 고양이가 쥐에게 가서 물으니 정월 2일이라고 거짓말을 한다. 초하루 날 걸음이 느린 소는 동트기 전부터 집을 나선다. 그를 본 쥐가 소 등에 올라타지만 소는 전혀 모른다. 어전에 도착하니 너무 일러 아직 문이 닫혀 있다. 쥐는 따뜻한 소 등에서 한잠을 잔다. 이윽고 문이 열리고 기뻐하며 들어가려는 소의 등 위에서 "1등은 나야" 하며 쥐가 뛰어내린다. 소는 화도 내지 않고 "뭘, 1등 안 해도 12등 안에 들면 되지" 하며 느긋하다.

호랑이, 토끼 등이 차례로 도착한다. 열두 동물은 정월 상을 대접받고 쥐에겐 왕관이 씌워진다. 다음 날 아침 어전에 도착한 고양이는 아무도 없는 것을 의아해한다. 문지기에게 물으니 "모두 모인 건 어제야. 무슨 잠꼬대를 하는 거야. 집에 가서 세수하고 정신 차려" 라며 놀린다. 고양이는 그제야 쥐에게 속은 것을 알게 된다. 12간지의 유래, 견원지간의 유래, 얼굴을 씻는 고양이 동작의 유래 등이 재미있게 그려져 웃음을 자아낸다. 흥미로운 것은 소의 존재이다. 1등을 한 쥐에 주목하면 작고 약해도 지혜를 쓰면 성공할 수 있다는 지혜를 강조하는 주제가 되지만 소의 모습에 주목하면 최선을 다하고 결과에 만족하며 자족하는 사람 또한 행복을 누린다는 메시지가 되기 때문이다. 후자는 **「노란 양동이」**와 겹쳐지는 주제이다.

마지막 동화 오쓰카 유조(大塚勇三 1921-)의 **「스호의 흰 말(スーホの白い馬)」**(pp.92-106-111)은 몽골 악기 마두금의 유래가 소재이다. 몽골의 양치기 소년 스호는 할머니와 단둘이 가난하게 살지만 부지런하고 노래를 잘한다. 어느 날 집으로 돌아오는 길에 어미를 잃은 망아지를 발견한다. 망아지를 집으로 안고 와서 정성스레 보살핀다. 쑥쑥 멋있게 자란 백마는 밤중에 스호의 양을 지키기 위해 이리와 맞서기도 한다. 어느 해 봄의 일이다. 도시에서 경마대회가 열리고 스호의 말이 우승을 한다. 하지만 욕심 많은 성주는 우승자에게 딸을 주겠다는 약속을 지키기는커녕 스호의 말을 빼앗고 항의하는 스호에게 몰매를 가한다. 친구의 도움으로 겨우 집에는 돌아왔지만 백마를 읽은 슬픔을 스호는 달랠 길이 없다. 한편 성주는 잔치를 베풀고 빼앗은 스호의 백마를 자랑하기 위해 시승식을 한다. 하지만

백마는 성주를 떨어트리고 달리기 시작한다. 악독한 성주는 못 잡을 거면 화살을 쏘아 죽이라고 명령하지만 화살이 몸에 꽂이면서도 스호의 말은 달리기를 멈추지 않는다. 스호에게 돌아온 백마는 다음날 숨을 거둔다. 분하고 슬퍼 며칠 밤을 새운 스호의 꿈속에 백마가 나타나 이렇게 말한다.

> "너무 슬퍼하지 마세요. 그것보다 내 뼈랑 가죽이랑 힘줄이랑 털을 사용해서 악기를 만드세요. 그러면 나는 늘 당신 곁에 있을 수 있으니까요."
>
> "そんなにかなしまないでください。それより、わたしのほねやかわや、すじや毛をつかって、がっきを作ってください。そうすれば、わたしは、いつでもあなたのそぼにいられますから。" (『2 하』, p.105)

스호는 백마가 가르쳐준 대로 악기를 만들었고 그 마두금을 연주할 때면 백마가 옆에 있는 듯이 느껴졌다. 마두금은 몽골 초원에 퍼져나갔고 양치기들은 저녁이 되면 마두금의 연주를 들으며 하루의 피곤을 달래게 되었다, 라는 이야기이다.

이 이야기는 은혜를 입은 동물이 보은한다는 전통적인 보은물을 넘어서는 인간과 동물의 우정, 어찌 보면 남녀의 사랑과도 비슷한 감정을 그리고 있다. 백마의 성별은 봉인되어 있지만 흰색이라는 색깔이 여성성을 상징하는 것으로 보인다. 또 호칭을 보면 말이 자신을 'わたし'라고 칭하고 스호를 'あなた' 라고 부르는 점도 대등한 남녀의 사랑을 방불케 하여 애틋하다. 저(わたくし)와 주인님(ご主人さま)의 주종관계도 아니고 나(ぼく)와 당신(あなた)의 대등한 남남관계도 아니다. 인간과 동물의 공생은 『국어1』에서도 거듭되는 테마이며

그 경우 등장하는 인간과 동물이 서로 다른 성으로 설정되거나 암시된다는 특징이 있음은 필자가 이미 지적한 바 있다. 이 작품도 그 범주에 들지만 권력자의 횡포라는 악을 설정함으로서 선악의 대결 구도를 만들고 있는 점이 다르다. 이런 극적 효과에 의해 인간과 동물 간의 애착이 더욱 감명을 주게 되는 것이다.

동시는 총 4편 수록되어 있다. 읽기 교재로 1편, 쓰기 교재로 3편이 수록되어 있다. 요다 준이치(与田準一 1905-1997)의 **「누굴까?(だれかしら)」**는 꽃에 대한 관심을 꽃 이름에 대한 호기심으로 표현한다.

> 누굴까? / 누굴까? / 꽃에 이름을 붙인 사람은 //[5]
> 누굴까? / 누굴까? / '장미'란 이름을 붙인 사람은 //
> 누굴까? / 누굴까? / '백합'이란 이름을 붙인 사람은 //
> 누굴까? / 누굴까? / 꽃은 알고 있을까?
> だれかしら、/ だれかしら、/ おはなに なまえを / つけた ひと //
> だれかしら、/ だれかしら、/「ばら」って なまえを / つけた ひと。//
> だれかしら、/ だれかしら、/「ゆり」って なまえを / つけた ひと。//
> だれかしら、/ だれかしら、/ おはなは しって / いるかしら。
> (『2 하』, pp.66-67)

이 외에 "시를 쓰자"라는 목표 하에 3편의 시가 수록되어 있다. 노로 사칸(野呂昶 1936-)의 **「금붕어 거품(きんぎょのあぶく)」**(p.72)은 금붕어가 거품을 뿜어내는 모습을 금붕어는 거품으로 '빼끔 빼금 빼끔' 이야기도 하고 노래도 하고 비밀이야기도 한다고 노래한다. 문

5 시의 각 연이 끝나는 곳이지만 지면관계 상 한 줄 띄우지 않고 //로 표시함. 이후의 시 인용에서도 동일함.

부성 창가인 **「달(つき)」**(p.72)은 둥근 달을 쟁반에, 새까만 구름을 숯에 비유한다. 다니카와 슌타로(谷川俊太郎 1931-2016)의 **「살포시 노래(そっとうた)」**(p.73)는 자연과 사람 속에서 여러 가지 새로운 '살포시'를 찾아낸다.

> 살포오시 살포시 / 토오끼의 하얀 등에 / 누운이 내리듯이 // 살포오시 살포시 / 민들레의 소옴털이 / 하아늘을 날듯이 // 살포오시 살포시 / 메아리가 계곡으로 / 사아라져가듯이 // 살포오시 살포시 / 비이밀을 귓전에다 / 소옥삭거리듯이
>
> そうっと　そっと　/ うさぎの　せなかに / うきふるように // そうっと　そっと　/ たんぽぽわたげが / そらとぶように // そうっと　そっと / こだまが　たにまに / きえさるように // そうっと　そっと　/ ひみつを　みみに / ささやくように (『2 하』, p.73)

음수율을 맞추어 번역해보았다. 토끼 등에 내리는 눈, 날아다니는 민들레 씨, 사라지는 메아리 소리, 비밀을 속삭이는 소리, 이것들의 공통점을 살포시라는 말로 포착하고 있다. 쓰기 교재로 실린 이 3편의 시들은 어떤 메시지 담고 있다기보다는 시가 갖는 감각적 측면을 부각시킨다. 이 단원에서 시란 우리 주위에 존재하는 대상, 펼쳐지는 현상에 대한 자신의 느낌을 언어로 표현하는 예술임을 가르쳐준다. 3편 다 그 주 대상은 자연이다. 이어지는 언어활동은 물론 시를 쓰는 것인데 설명을 보면 역시 감각과 표현에 중점이 있다. 학생들이 자신이 시의 제재로 하고자 대상을 시각적으로 청각적으로 후각적으로 촉각적으로 그리고 미각적으로 포착하도록 질문을 던지고 있다. 예

민하게 느끼고 표현하는 시의 학습을 통해 풍부한 정서와 창의성을 배양하고자 하는 것이다. 시의 주제는 3편 다 느끼고 표현하는 즐거움이라 할 수 있다.

3. 『국어2』 문학작품 교재의 영역별 주제

다음 표는 『국어2 상』 『국어2 하』에 실린 문학작품 교재 총 14편의 테마를 『국어1』과 같은 요령으로 정리한 것이다. 복수 테마를 인정해야 하는 작품은 복수로 기재했다. 최하단의 숫자는 항목별 합산 수치이며 참고로 『국어1』의 합산 수치를 작게 병기했다.

〈표 2〉

장르	연번	작품명/작가(국적)/수록 면	개인				관계	공동체	생태
			쾌감	문제해결	성장	이상			
산문	상1	머위 순/구도 나오코/4-12-14							유기체
	2	이나바의 흰 토끼/나카가와 리에코/36-37, 119-121					자비		
	3	스이미/레오 레오니 (미국·이탈리아)/46-56-57		감동				지혜/협동/용기/리더	
	4	노란 양동이/모리야마 미야코/68-85-86		자족				의논	
	하1	편지/아놀드 로벨(미국)/4-15-18					우정		
	2	나는 언니/이시이 무쓰미/48-59-62					관용		
	3	세 장의 부적/세타 데이지/74-75, 134-140		지혜					

	4	12간지의 시작 / 다니 신스케 / 126-133		지혜/지족					
	5	스호의 흰 말 / 오쓰카 유조 / 92-106-111					애정		
운문	상1	커져라 / 사카다 히로오 / 96-97	음감						유기체
	하1	누굴까? / 요다 준이치 / 66-67							호기심
	2	금붕어 거품 / 노로 사칸 / 72	느끼고 표현하는 즐거움						
	3	달 / 문부성창가 / 72							
	4	살포시 노래 / 다니카와 슌타로 / 73							
계	14	국어2/국어1	4/6	4/1	0/2	0/0	4/4	2/1	3/2

4. 소괄

이상 『국어2』에 실린 문학작품의 개별적인 테마를 고찰하고 표로 정리하여 나타내었다. 이를 종합하면 전체적으로는 네 가지 축을 지적할 수 있다. 첫째는 자연에 대한 태도이다. 『국어1』에 이어 『국어2』의 문학작품에서도 자연은 핵심 제재가 되어 2가지 측면에서 다루어지고 있다. 하나는 「머위 순」 「커져라」와 같이 자연을 거대한 유기체로서 이해하는 시각이다. 또 하나는 「누굴까?」 「살포시 노래」처럼 자연의 풍물들을 감각적으로 느끼고 표현하며 즐기는 측면이다. 둘째 축은 관계 맺기의 모델이다. 단 『국어1』에 강조되었던 동물과 인간의 관계, 공생이란 테마는[6] 『국어2』에서는 「스호의 말」 1편으로

6 『국어1』에 반복적으로 등장하는 것은 인간과 함께 생활하는 인간 같은 동물이다. 또 그 동물과 인간은 남녀의 조합을 이루고 있다. 이들 작품을 통해 동물은, 인간의 남녀가 함께 공생하듯이 인간과 공생해야 하는 존재, 그 생명이 존중되어야 할 존재

줄어들고 그 대신 인간간의 관계를 다루는 작품들이 늘어난다.「편지」는 우정이 이상적으로 실천되는 모습을,「나는 언니」는 상냥한 언니의 구체적인 모습을 각각 그려내며 가까운 관계 속에서의 행동양식 모델을 제시한다. 셋째 축은 공동체와 개인이다.「스이미」와「노란 양동이」는 공동체 안에서의 개인의 자세를 가르친다. 스이미는 지혜와 협동으로 문제를 해결하는 적극적인 리더십을 보여주고 곤스케는 개인의 독단이 아니라 공동체의 합의를 거쳐 일을 처리해야 하며, 결과에는 깨끗이 승복해야 한다는 소극적인 규범을 보여주고 있다. 넷째 축은 살아가는 힘이다. 경쟁과 위험에 노출되는 사회를 살아가는 개인의 힘으로 지혜와 자족 그리고 멋진 것에 감동하는 힘이 부각된다.「세 장의 부적」과「12간지의 시작」「스이미」가 담고 있는 메시지이다.

주제의 분포를 보면 개인의 삶 4편, 관계 4편, 공동체의 삶 2편, 생태계에 대한 태도가 3편이다.「학습지도요령」이 요구한 4단계의 영역이 균형 있게 다루어지고 있다고 생각된다. 또한 2학년 문학작품의 등장인물 중 스이미는 살아가는 힘을 강조한「학습지도요령」의 기본적인 생각[7]을 그대로 체현한 듯한 인물이란 점도 지적해두고 싶다.

로 부각되고 있다.「너구리의 물레」「무당벌레」「왜냐면 왜냐면 할머니」가 여기 속한다. 한편「언제나 언제나 정말 좋아해」는 개에 대한 책임감 있는 애정의 모습을 그리고 있다.

7「新学習指導要領の基本的な考え方」
“「生きる力」＝知・徳・体のバランスのとれた力/ 変化の激しいこれからの社会を生きるために、確かな学力、豊かな心、健やかな体の知・徳・体をバランスよく育てることが大切です。” 文部科学省 홈페이지, 검색어: 新学習指導要領 http://www.mext.go.jp/a_menu/shotou/new-cs/idea/index.htm 검색일: 2014.4.2.

제4장

초등학교 3학년 국어교과서

1. 『국어3 상』『국어3 하』 운문작품 교재의 특징

3학년 국어교과서[1] 『국어3 상』에 읽기 교재로 수록된 첫 번째 시는 다니카와 슌타로의 **「덜컹(どきん)」**이라는 시다. 어린이에게 자주 볼 수 있는, 물체에 대한 호기심이 증폭되는 과정과 그로부터의 전환이 감각적으로 그려져 있다.

만져볼까　매끈매끈 / 밀어볼까　흔들흔들 / 좀 더 밀까　근들근들 / 한 번 더 밀까　와그르르 / 쓰러졌네　헤헤헤 // 만유인력 느껴지지　삐걱삐걱 / 지구는 돌고 있네　빙글빙글 / 바람도 부네　산들산들 / 걸어볼까　찰싹찰싹 / 누군가 돌아본다! 덜컹

さわってみようかなあ　つるつる / おしてみようかなあ ゆらゆら / もすこしおそうかなあ　ぐらぐら / もいちどおそうかな　がらがら / たおれちゃったよなあ　えへへ // いんりょくかんじるねえ　みしみし / ちきゅうはまわってるう　ぐいぐい / かぜもふいてるよお　そよそよ / あるきはじめるかあ　ひたひた / だれかがふりむいた!　どきん

(『3 상』, pp.4-5)

1연에서는 눈앞의 물체에 화자의 호기심이 집중되고 2연에서는 인력이라고 하는 과학적 개념을 통해 자신을 둘러싸고 있는 지구, 자연으로 관심이 전환된다. 그리고 그 2연의 마지막에는 또 다른 전환,

1 宮地裕ほか(2011)『国語三上　わかば』東京: 光村図書出版, pp.1-144.
宮地裕ほか(2011)『国語三下　あおぞら』東京: 光村図書出版, pp.1-144.

즉 만지고 인식하는 주체로서의 자신이 돌아보는 누군가의 시선에 의해 객체로 대상화되는 전환이 이뤄진다. 그 충격에 가슴이 '덜컹' 한 것이다. 각 행의 말미에 의성어 또는 의태어가 사용되어 사물이 감각적으로 포착되고 있는 것을 알 수 있다. 그런데 이 시는 상상력을 발동시키지 않으면 감상할 수 없는 시이기도 하다. 2연의 삐걱삐걱, 찰싹찰싹은 무엇이 내는 소리인지 불분명하며 애당초 화자의 눈앞에 있는 물체가 무엇인지도 쓰여 있지 않다. 감상자에 따라 물체의 이미지는 달라질 수 있다. 또 마지막 의태어 '덜컹'도 단순한 놀람이 아니라 물체를 쓰러트린 것이 발각된 데서 오는 즉 일종의 죄의식의 표현으로 읽을 수도 있다. 나아가 2연 전체를 물체를 쓰러트린 것에 대한 변명으로 읽는 학생도 있다. 학교 교육 현장에서도 이런 다양한 해석이 나오고 있는 것을 가메오카 야스코(亀岡 泰子)도 보고하고 있다.[2]

이 시가 3학년 교과서에 가장 먼저 실려 있는 이유는 이런 다의적 감상이 가능하다는 것과 무관하지 않을 것이다. 즉 다의적 감상과 구속적 읽기 양면을 교육하기에 적절한 것이다. 가메오카도 지적하고 있듯이 국어 교육에서 시 읽기란 어구의 의미나 정합성 다시 말하면 시어의 내용과 문맥에 구속을 받게 된다. 하지만 그것에 주의하면서 자신의 상상력을 동원한 가메오카 식으로 말하면 "자신의 독해

2 가메오카 야스코는 다은 논문에서 공개수업을 참관한 경험과 자신의 세미나에서 제시된 감상들을 소개하며 다양한 감상이 나오는 것을 시 독해과정의 메커니즘, 즉 감상자 자신의 독해코드가 작동하는 재창조로 설명하고 있다. 동시에 교사는 시의 내용이 갖는 구속력에도 학생들이 주의하도록 교육해야 함을 지적하고 있다. 亀岡 泰子(1997.7)「詩教材における解釈の多義性をどう考えるか : 谷川俊太郎「どきん」を中心に」『岐阜大学教育学部研究報告. 人文科学』46(1), pp.194-202.

코드"에 의한 감상에 도달하는 것이 이상적인 읽기이다. 이 시는 이런 창의적 읽기를 독자들에게 요구한다. 1, 2학년에 실린 시에서도 자연은 주요 소재이고 제재였으며 음감이 주는 쾌감과 감각의 표현이 중시됐다. 하지만 주제가 구체적이고 명료하여 반드시 창의적 읽기를 요구하는 시들은 아니었다. 3학년에 와서 비로써 상상력으로 보완해야 하는 공백이 존재하는 작품이 등장한 것이다. 이 시가 학생 자신의 읽기를 요구하는 것은 이어지는 언어활동 "늘 주의하자-소리 내어 읽을 때"(pp.7-8)에서도 드러난다. 음독 시의 유의 사항이 열거되는데 그 중 "곡조를 넣는다"에는 화자의 느낌이 느껴진 곳은 "자신이 그렇게 느꼈을 때를 생각하며" 강세나 높낮이를 조절하여 읽자는 설명이 붙어 있다. 자신의 느낌을 표현하기 위해 음독이 채택되어 있는 것인데 이것이 제대로 되기 위해서는 화자의 느낌을 자기 나름으로 파악하는 자신의 해석이 전제 되어야 하는 것이다.

두 번째로 이 시가 실린 이유는 이 시가 갖는 확장성 때문이라고 생각된다. 물체에 대한 호기심은 만져본다는 지극히 아이다운 행위로 나타나지만, 그 호기심은 인력, 지구, 자연이라는 거대한 것에 대한 개념, 인식으로 확대되고 이윽고 자신을 보고 있는 사람에게로 확대된다. 나 → 자연 → 다른 인간으로 작품 속 세계관이 넓어지고 있다. 이런 세계관의 확대와 함께 창의적 읽기를 요구한다는 점이 이 작품을 1, 2학년의 작품과 차별화하고 있다고 생각한다.

두 번째 시는 가네코 미스즈(金子みすゞ 1903-1930)의 **「나와 새와 방울 (わたしと小鳥とすずと)」**이다.

> 내가 양팔을 벌려도, / 하늘은 잠시도 날 수 없지만, / 날 수 있는 작은 새는 나처럼, / 지면을 빨린 달리진 못해. // 내가 몸을 흔들어도, / 예쁜 소리는 나지 않지만, / 울리는 저 방울은 나처럼 / 많은 노래를 알지는 못해. // 방울과 작은 새, 그리고 나, 모두 다르지만 모두 좋아.
>
> わたしが両手をひろげても、/ お空はちっともべないが、/ とべる小鳥はわたしのように、/ 地面をはやくははしれない。//
>
> わたしがからだをゆすっても、/ きれいな音はでないけど、/ あの鳴るすずはわたしのように、/ たくさんうたは知らないよ。//
>
> すずと、小鳥と、それからわたし、/ みんなちがって、/ みんないい
>
> (『3 상』, pp.104-105)

『국어1 하』에 실린 「무당벌레」를 연상하게 하는 시이다. 그 시는 인간과 무당벌레가 같은 생물로서 서로 존중해야 함을 무당벌레의 시점에서 노래한 시였다. 동물과의 공생을 추구하는 것은 『국어1』에 수록된 문학작품을 관통하는 특징이기도 했다. 「나와 새와 방울」이 특별한 점은 방울이라는 무생물에게까지 세계관이 넓어졌다는 점과, 다름을 잘하는 것의 다름으로 포착하여 모두를 칭찬하는 결말로 이끎으로서 존재에 대한 긍정이 보다 적극적으로 표출된 점이다. 다름의 긍정은 차별을 막을 수 있다는 점에서 간접적으로는 인권을 존중하는 휴머니즘의 교육에도 일조하는 시라고 할 수 있을 것이다.

세 번째 시는 기시다 에리코(岸田 衿子 1929-2011)의 **「발견했다(みいつけた)」**이다.

> 작은 물결 차갑고 / 작은 씨앗 떨어져 있고 / 작은 구름 떠 있고 / 작은 벌레 기어 다니네 // 연필심이 반짝이고 / 모래알 흩어져 있고 / 실밥 조

금 떨어져 있고 / 다음은 뭔지 모르겠는 쓰레기 // 오늘은 작은 것들만 / 발견했다 (『3 상』, pp.106-107)

발견한 작은 것들을 늘어놓은 시이다. 『마쿠라노소시(枕草紙)』의 「유취적 장단(類聚章段)」을 생각나게 하는 방식이다. 또 일견 유취적 장단의 대표적인 장단의 하나인 144단 「사랑스러운 것(うつくしきもの)」의 결론 "작은 것은 모두 사랑스럽다(小さきものはみなうつくし)"[3]에 통하는 미학이 담겨진 시인 것 같기도 한다. 하지만 이 시의 '실밥'은 『마쿠라노소시』처럼 사랑스런 아기가 귀여운 손으로 집어올린 실밥이 아니다. 또 '작은 쓰레기'는 가네코 미스즈 시의 등장인물 '나' '새' '방울'이 가진 어떤 장점조차 가지고 있지 않다. 이 시는 2연에 이르면서 '작은 것은 아름답다'의 미학적 관점을 뛰어넘는다. 즉 아무 장점도 없는 '쓰레기'까지 발견하여 그 존재를 인정하는 전존재의 긍정으로 비약한다. 시의 화자는 내일은 커다란 것만 발견할지도 모른다. 다만 그런 모든 존재를 긍정하는 태도가 '발견했다'라는 단어로 표현되어 학생들이 그 함의를 충분히 포착하려면 교사들의 도움이 필요할 것이라 생각된다.

---

3 "うつくしきもの 瓜にかきたるちごの顔。雀の子の、ねずなきするにをどりくる。二つ三つばかりなるちごの、いそぎてはひくる道に、いとちひさきちりのありけるを、目ざとに見つけて、いとをかしげなる指にとらへて、大人ごとにみせたる、いとうつくし。(中略)雛の調度。蓮の浮葉のいとちひさきを、池よりとりあげたる。葵のいとちひさき。なにもなにも、ちひさき物はみなうつくし。(中略)庭鳥の雛の、足高に、しろうをかしげに、衣みじかなるさまして、ひよひよとかしがましうなきて、人のしりさきにたちてありくもをかし。又、をやのともにつれて、たちて走るもみなうつくし。雁のこ。瑠璃の壺。"清少納言(渡辺実校注, 1997)『新日本古典文学体系25枕草子』岩波書店, pp.194-195. 밑줄은 필자에 의하며 원문의 반복부호는 문자로 고쳐 'なにもなにも' 'ひよひよ' 로 표기함.

『국어3 하』 읽기 교재로 실린 첫 번째 시는 마도 미치오의 **「달린다 린다린다(はしる しるしる)」**이다. 3행1연의 전 3연으로 구성되어 있다.

> 달린다 린다린다 조호은 기분! / 내 몸은 앞으로 나아가는데 / 경치는 뒤로오 물러간다네 // 달린다 린다린다 조호은 기분! / 다리는 지면을 두들기는데 / 바람은 내 빰을 간지럽히네 //달린다 린다린다 조호은 기분! /심장은 큰북을 두드리는데 / 내 숨은 이렇게 차오르는데!
>
> はしる しるしる いいきぶん! / からだは まえへと すすむのに / けしきは うしろへ さがるるる // はしる しるしる いいきぶん! / あしは じめんを たたくのに / かぜは ほっぺを くすぐるる // はしる しるしる いいきぶん! / どうきは たいこを たたくのに / いきも こんなに きれうのに!
>
> (『3 하』, pp.70-71)

달리는 신체의 상쾌한 느낌을 리듬감과 유머러스한 내용, 시어의 음성적 경쾌함으로 표현하고 있다. 특히 3-4-5로 이어지는 음수율이 빚어내는 리듬감이 달리는 신체의 가속도를 느끼게 하는 효과를 발휘하고 있어 형식과 내용이 절묘하게 호응하고 있다.

두 번째 시는 오쿠보 데이코(大久保テイ子 1931-)의 **「감자(じゃがいも)」**라는 시이다.

> 하늘 아래서 / 감자 꽃이 / 소곤소곤 소곤소곤 이야기한다 / 땅 속에서 감자의 꿈이 데굴데굴 데굴데굴 부풀어간다
>
> そらのしたで / じゃがいものはなが / ひそひそ ひそひそ はなす / つちのしたで / じゃがいものゆめが / ころころ ころころ ふくらむ
>
> (『3 하』, p.71)

와카에서라면 결코 시어가 될 것 같지 않은 감자에 주목하며 지면 위의 꽃뿐 아니라 지면 아래의 보이지 않는 뿌리로까지 의인법적인 상상력을 발동시킨다. 하기와라 사쿠타로(萩原作太郎 1886-1942)의 「대나무(竹)」[4]를 연상시키는 상상력이다. 감자의 꿈의 성장을 감자가 굴러가는 의태어로 표현한 것은 재미있으면서도 꿈을 위한 노력의 역동성을 암시하는 듯 흥미롭다. 근래 일본에서 주목되고 있는 「食育」에도 도움이 될 것 같은 시이다.

마지막 세 번째 시는 야마무라 보초(山村暮鳥 1884-1924) **「눈(雪)」**이다.

> 깨끗한 / 깨끗한 / 눈이네! / 밭도 / 지붕도 / 새하얗네 / 깨끗하지 않을 수가 / 있겠어요? / 하늘에서 내려온 눈인 걸
>
> きれいな / きれいな / 雪だこと / 畑も / 屋根も / まっ白だ / きれいでなくって / どうしましょう / 天からふってきた雪だもの (『3 하』, p.72)

전 9행 중 앞 6행에서는 매우 단순한 시선이 느껴지지만 끝 3행은 이 시를 갑자기 상징의 세계로 비약시킨다. 눈이 깨끗한 것은 하늘에서 내렸기 때문이라고 한다. 시의 화자는 무구함을 동경하고 있으며 하늘은 무구함의 상징으로 표상되어 있다. 상징을 이해할 수 있는 상상력이 요구된다.

---

4 萩原朔太郎의 제1시집『月に吠える』(1917.2)에 수록된 시. "光る地面に竹が生え、/ 青竹が生え、/ 地下には竹の根が生え、/ 根がしだいにほそらみ、/ 根の先より繊毛が生え、/ かすかにけぶる繊毛が生え、/ かすかにふるえ。// かたき地面に竹が生え、/ 地上にするどく竹が生え、/ まっしぐらに竹が生え、/ 凍れる節節りんりんと、/ 青空のもとに竹が生え、/ 竹　竹　竹が生え。"河出書房新社編(1991)『新文芸読本萩原作太郎』河出書房新社, pp.197-198.

2. 『국어3 상』 산문작품 교재의 특징

『국어3 상』에 수록된 산문작품 교재는 4편으로 동화 2편, 옛날이야기 2편이다. 2학년과 크게 다른 점은 작품에 이어지는 언어활동을 통해 문학작품에 대한 체계적인 교육이 시작된다는 점이다. 산문 문학작품과 설명문에 대해서는 글쓴이를 작품 끝 쪽 하단에 짧게 소개하는 것도 그런 의도로 보인다. 수록 순으로 살펴보자.

하야시바라 다마에(林原玉枝 미상-)의 **「딱따구리의 장사」**(pp.8-21)는 청각, 소리를 제제로 한 작품으로 2장으로 구성되어 있다. 딱따구리가 자신에게 꼭 맞는 가게를 냈다. 간판에는 "소리가게 막 만든 소리, 멋진 소리, 들려드립니다. 어떤 소리든 4분 음표 1개에 100리를" 라고 썼다. 첫 손님은 토끼였다. 너도밤나무 소리를 주문하자 딱따구리가 너도밤나무로 날아가 나무를 부리로 힘껏 두드린다. '코-옹'하는 소리가 숲에 메아리친다. 2장은 비오는 날. 잎 우산을 쓰고 찾아온 들쥐 가족 손님에게 딱따구리는 신 메뉴를 권한다. 더구나 공짜로 제공하겠다고 한다. 재잘거리던 아기 쥐들이 눈을 감고 입을 다물자 "샤바샤바" "파시파시" 소리의 향연이 시작된다. 딱따구리가 고안한 "특 특 특별 메뉴"는 빗소리였던 것이다.

이 작품 언어활동도 "음독 하자"이다. 구체적으로는 2가지 활동이다. 하나는 "각각의 장면을 소리 내어 어떻게 표현하는 것이 좋을지 생각합시다"이다. 그 준비로서 장면, 등장인물의 용어가 아랫단에 주처럼 설명되고 1장과 2장의 장소, 날씨 등의 상황과 등장인물이 한 일을 표로 써서 정리하게 한다. 시 「덜컹」과 같이 작품에 대한 자신의 읽기/감상이 요구되는 것이다. 『국어1』 『국어2』에서도 유희적 방법과 맞물려 언어유희, 음수율, 의성어・의태어, 운 등 음을 즐기게 하는 내용들이 많이 포함되어 있었다. 하지만 3학년에서는 소리로서의 언어에 대한 자세를, 유희적 즐김의 태도에서 한 단계 나아가 어구와 문맥을 파악하고 상상력을 발휘하여 자신이 작품 속 화자가 되어 작품에 담긴 느낌을 자신의 음성으로 표현하게끔 학습을 유도한다. 즉 창의적 수용의 방법으로 음독이 채택되고 있는 것이다. 동시에 문학작품을 파악, 감상하기 위해 필요한 개념들의 교육도 스타트하고 있는 것을 알 수 있다.

마쓰타니 미요코(松谷みよ子 1926-2015)의 **「둔갑겨루기(ばけくらべ)」**(pp.60-62, pp.130-133)는 옛날이야기 형식으로 "들으며 즐기자" 코너에 실려 있다. 어느 날 헤라코이 여우가 곤베 너구리에게 찾아와 누가 더 둔갑을 잘하는지 신사 앞에서 겨루자고 한다. 둘은 만나기만 하면 자신이 둔갑은 최고라고 물러서지 않는 라이벌. 너구리는 친구 너구리들을 불러 조상대대로 집안에 전해지는 『너구리류 둔갑술 비전』 책을 꺼내온다. 둔갑 종목은 암컷들의 아우성으로 신부행렬로 정해지고 둔갑 역할을 두고 또 한 바탕 소란스러웠지만 둔갑은 성공적으로 이뤄졌다. 신부행렬로 둔갑한 너구리들이 방울을 울리며 신사에 도착한다. 하지만 신사 도리이 앞에서 떨어져 있는 과자를 서로 먹겠다고 달려드는 바람에 둔갑이 벗겨지고 만다. 과자는 여우가 둔갑한 모습이었다. 분하고 창피한 너구리들은 다시 모여

의논(相談)을 한 후 여우에게 내일 낮에 큰 길로 오라고 한다. 이튿날 무사로 둔갑을 한 여우가 약속 장소로 가니 성대한 다이묘행렬이 지나고 있었다. 온 산의 너구리들이 다 모인 것 같은, 더구나 꼬리 하나 안 보이는 훌륭한 둔갑이었다. 여우는 입이 딱 벌어졌지만 지지 않으려고 행렬에 뛰어들어 다이묘로 둔갑해 가마에 앉아 있을 곤베 너구리를 불러낸다. 하지만 이 행렬은 진짜 다이묘행렬이었다. 여우는 무사들에게 잡혀 혼쭐이 난다. 울며 산으로 도망하는 여우를 보고 너구리들은 손뼉을 치며 즐거워한다. 이 작품은 지혜가 주제라는 점에 있어서는 『국어2 하』에 실렸던 옛날이야기 「세 장의 부적」, 「12간지의 시작」과 공통분모를 갖는다. 하지만 혼자 겨루는 여우와 단체로 움직이는 너구리의 차이가 시사적이다. 너구리들은 함께 움직이다 보니 소란스럽고 싸움도 하지만 여우를 물리친 지혜는 다음과 같이 다수의 힘에 의한 것이기 때문이다.

> 너구리들은 모여 이렇게 할까, 저렇게 할까, 의논을 했다. 그 중에 좋은 생각이 떠올라서 / "그거다" / 하며 단번에 결론이 났다.
>
> たぬきたちは集まって、ああしようか、こうしようかと相談した。そのうち、いい考えがうかんだので、/「それだ。」/ と、いっぺんに話がきまった。 (『3 상』, p.132)

다수가 힘을 합해 제대로 의논을 하면 좋은 지혜가 나온다는 것이 이 작품의 차별화된 테마라 할 수 있다. 의논(相談)을 공동체의 힘을 발휘하는 방법으로 보는 것이다. 일본의 어린이들의 놀이인 하나이치몬메를 떠올리게 하는 작품이기도 하다. 들으며 즐기는 것이 목표인 작품이어서 언어활동은 재미있는 부분을 서로 이야기하게 하는데 머무르고 있다. 단 "누가 무엇을 한 부분입니까?" 라고 「딱따구리의 장사」에서 배운 '장면' 이론을 활용하게 하고 있다.

야마시타 하루오(山下明生 1937-)의 **「바다를 날려라(海をかっとばせ)」**(pp.64-79)는 현대의 소년의 꿈을 향한 노력을 메르헨적 요소를 가미하여 그리고 있다. 야구팀에 들어갔지만 벤치에만 앉아 있는 와타루. 핀치히터라도 좋으니 시합에 나가고 싶다는 일념으로 새벽 훈련을 결심한다. 해변까지 달려가 100번 배트를 휘두르는 훈련이다. 그 첫날, 아무도 없는 해변에서 두려움을 떨쳐내고 배팅을 시작한다. 하지만 절반을 지날 무렵부터 체력이 한계에 달한다. 이 때 큰 파도가 모래사장을 넘어 와타루를 덮친다. 이 지점부터 작품은 와타루의 상상의 세계라고도 볼 수 있는 메르헨적 세계로 월경한다. 짠물 세례를 받은 와타루 앞에 현대판 바다의 요정이라 할까, 흰 모자 파란 옷의 작은 남자 아이가 서 있다. "뭐 하는 거야?"라고 묻더니 연습을 도와주겠다고 하며 바다 속으로 사라진다. 그 다음, 파도 위에 팔이 나타나더니 흰 공을 수 없이 던져 보낸다. "힘내, 힘내!" "날려버려, 날려버려!" "집중, 집중!" "공을 잘 봐." 등등 응원의 목소리도 함께 날아온다. 와타루는 추위로 귀가 아픈 것도 두려움도 잊고 훈련에 열중한다. 어느새 진짜 타자복스에 서 있는 느낌이다. 여러 색깔의 모자를 쓴 관객들이 응원이 들려온다. 드디어 회심의 배팅. 흰 공은 하얀 새가 되어 날아가고 그라운드가 들끓는 가운데 와타루는 다이아몬드를 일주한다. 관객의 얼굴은 장미 빛, 스탠드 위의 풍선도 새빨갛다. 와타루가 눈을 깜박거리자 스탠드는 사라지고 다시 바다가

펼쳐진다. 하지만 환성은 아직 이어지고 반짝이는 파도 속에 빨강, 노랑, 여러 모자가 깡충깡충 뛰어다니며 박수를 치고 있다. 와타루가 "너희들은 누구야?"라고 묻자 자신들은 '바다의 아이들'이며 '아침에는 대개 여기에 온다'고 대답한다. "그럼 또 연습을 도와줄거야?"라고 묻자 "물론이지. 와서 마음껏 바다를 날려버리라고!"라고 대답한다. "꼭 올게" 라고 외치며 모래사장을 달려 나가는 와타루를 태양이 응원하며 작품은 끝난다.

> 떠오르기 시작한 태양의 팔이 와타루의 어깨를 톡 때렸다.
> のぼりはじめた太陽のうでが、ワタルのかたをぽんとたたいた。
> (『3 상』, p.76)

수북이 솟아오르는 파도, 튀는 물방울, 일출 무렵의 붉은 하늘, 이런 광경이 와타루의 공상 속에서 와타루를 격려하는 물의 요정들로 관객들로 변신한다. 자연을 매개로 한 내면의 상상력으로 어려움을 극복하는 소년의 기개가 생생하게 그려져 있다. 이 작품의 특징은 학생들이 공감할 수 있는 현실적인 인물을 다룬다는 데 있다. 남학생들은 와타루를 현재의 자신의 모습과 중복시키며 읽을 것이다. 현대, 일본, 소년이라는 조건과 또 소년들이 쉽게 공감할 수 있는 야구를 소재로 하고 있기 때문이다.

작품에 이어지는 언어활동 "생각한 것을 발표하자"에서는 두 가지를 다룬다. 하나는 인물파악이다. 장면별로 와타루의 행동과 대화, 기분을 정리하여 "와타루다움"을 찾아 와타루는 어떤 인물인지 생각하게 하다. 「딱따구리의 장사」에서 배운 장면 지식을 활용하며 인물

파악으로 나아가고 있음을 알 수 있다. 또 하나는 와타루를 자신과 비교하여 닮은 점과 다른 점을 발표하는 활동이다. 등장인물의 파악과 자신과의 비교를 통해 자신에 대한 자각으로 이어지게 하는 것이다. 작품에서의 인물의 중요성을 교육함과 동시에 문학을 자아 정립과 인성교육의 도구로 사용하고 있는 것이다. 이마에 요시토모(今江祥智 1932-2015)의 **「이로하니호헤토(いとはにほへと)」**(pp.92-102)는 옛날이야기 형식. "조금 옛날"이란 서두로 시작된다. 7살 갓창이 처음으로 '이로하니호헤토'[5]를 배웠다. 너무 기뻐서 잊지 않으려고 이로하니호헤토를 외우며 길을 걷다가 무사와 부딪힌다. 나무라는 무사에게 갓창은 오늘 배운 이로하니호헤토를 열심히 외우는 중이었다고 항변한다. 어이가 없어 웃고 지나친 무사지만 귀엽단 생각이 든다. 그런데 이번엔 그 무사가 이로하니호헤토를 중얼거리며 걷다 무언가에 부딪힌다. 죄송하다며 고개를 드니 말 얼굴이 보이는 것이었다. 말에 타고 있던 가로(家老)에게 이유를 설명하자 가로는 "이로하니호헤토의 탓이라니 재미있구먼"하고 웃고 지나간다. 이번엔 성에 도착한 가로가 이로하니호헤토를 반복하다 미소 짓듯 온화한(のほほんとした) 벽에 부딪히고 그를 본 영주에게 이로하니호헤토의 탓의 탓이라고 이유를 설명한다. 너털웃음을 지으며 영주는 이웃 나라(国)의 사신이 기다리는 방으로 간다. 사신의 얼굴은 미소 짓듯 온화한 얼굴이었다. 그 얼굴을 보자 미소 짓듯 온화한 벽에 부딪힌 가로의 당황한 모습이 생각나 영주는 자신도 모르게 싱글거린다. 그를 본 사신은 마음이 편안해져 용건을 천천히 자세히 설명할 수 있었

5 일본어의 기본 음절을 전부 한 번씩만 사용하여 만든 노래. 글을 익히는데 이용되었다.

다. 두 나라 경계에 있는 호수의 물을 올해도 반씩 사용하자는 건이었다. 지금까지는 이 현안을 둘러싸고 갈등이 증폭되어 올해는 전쟁이 날 수도 있는 상황이었다. 천천히 들으니 충분히 이해할 수 있는 일이었다. 영주는 "좋네, 좋네. 그대로 하지."라고 고개를 끄덕인다. 전쟁이 회피된 것이다. 이것을 들은 영주의 부인은 4살 난 딸을 불러 '이로하니호헤토'를 쓰게 한다. 서투른 글씨였지만 부인에게는 이렇게 아름다운 문자는 없다고 생각된다. 꼬마의 이로하니호헤토 암송이 결국 전쟁의 위험을 해소시켰다는 이야기이다. 점층법을 서사적으로 이용하여 웃음의 연쇄반응이 가져온 평화를 그리고 있다. "웃는 집에 복 온다(笑う門に福)"라는 일본 속담이 생각나는 작품으로 표면적으로는 웃음의 중요성이 테마이다. 하지만 좀 더 심도 있게 읽으면 사물을 대하는 기본적인 자세의 중요성을 이야기하고 있다고 생각된다. 작은 사건이 불씨가 될지 꽃씨가 될지는 마음의 자세에 달려 있다는 것이다. 귀엽게 여기는 마음, 재미있어 할 줄 아는 마음, 웃을 줄 아는 여유로운 마음이 결국 좋은 결과를 가져온다는 것. 긍정적인 마음, 여유 있는 마음이 평화로운 삶을 만들어낸다는 것이 심층의 주제라 생각된다. 이 작품의 언어활동에서는 문학 이론적 학습은 행해지지 않는다. 재미있는 부분, 멋있는 표현, 자신이 읽은 이야기와의 비교를 지도하고 있다.

3. 『국어3 하』 산문작품 교재의 특징

『국어3 하』수록된 산문 문학교재도 4작품이다. 첫 작품, 아만 기미코(あまんきみこ 1931-) **「지이창의 그림자놀이」**(pp.4-18, 22)는 전쟁의 비극을 서정적으로 그린 작품이다. 전쟁은 지이창의 아버지를 전쟁터로 소집하고, 공습으로 집을 불태우고, 지이창을 미아로 만들고, 돌아오지 않는 가족, 아마 이미 세상을 떠난 것으로 보이는 가족을 기다리게 하고, 결국 불탄 집터에서 어린 지이창의 목숨을 앗아간다. 숨을 거두기 직전 지이창은 후들거리는 다리로 서서 가족과 함께 했던 그림자놀이를 한다. 하늘에 네 사람의 그림자가 보이자 지이창은 이렇게 생각한다.

> "틀림없이 여긴 하늘 위야" 지이창은 생각했습니다. / "아아, 나, 배가 고파서 몸이 가벼워져 하늘에 떠오른 거구나" / 그 때 저쪽에서 아버지와 어머니와 오빠가 웃으며 걸어오는 것이 보였습니다. "뭐야. 모두 이런 데 있으니까 안 온 거구나" / 지이창은 반짝반짝 웃었습니다. / 여름이 시작되는 어느 아침, 이렇게 작은 여자 아이의 목숨이 하늘로 사라졌습니다.
>
> 「きっと、ここ、空の上よ。」と、ちいちゃんは思いました。/「ああ、あたし、おなかがすいて軽くなったから、ういたのね。」/ そのとき、向こうから、お父さんとお母さんとお兄ちゃんが、わらいながら歩いてくるのが見えました。/「なあんだ。みんな、こんな所にいたから、来なかったのね。」/ ちいちゃんは、きらきらわらいだしました。わらい

ながら、花ばたけの中を走りだしました。/ 夏のはじめのある朝、こうした、小さな女の子の命が、空にきえました。 (『3 하』, pp.17-18)

죽음의 순간까지 천진난만함을 잃지 않는 아이의 모습을 통하여 전쟁의 비극을 완곡하게 고발하고 있다. 다섯 장면으로 이뤄진 이 작품의 마지막 장면은 수십 년이 흐른 현대의 모습. 지이창이 혼자 죽어간 곳, 그곳이 지금은 작은 공원이 되어 아이들이 '반짝반짝' 웃으며 놀고 있다. 전쟁의 비극을 현대의 평화와 대비시켜 학생들에게 안도감을 느끼게 함과 동시에 평화의 소중함을 느끼게 하려는 결말이라 생각된다. 그러나 학생들은 과연 어느 쪽에 감정을 이입할까? 전쟁은 타인의 비극으로 치부될 우려가 있다.

이 작품은 전쟁의 비극과 슬픔을 가능한 한 아름답게 그리려고 한다. 작품 속에 독자가 분노를 퍼부을 악인은 없다. 도리어 전쟁 속에서도 사람들의 선의가 그려진다. 미아가 된 지이창을 안고서 도망가주는 아저씨, 불탄 집터에 혼자 있는 지이창에게 "엄마랑 오빠랑 여기로 돌아오니?"라고 묻고서야 그곳을 떠나는 동네 아주머니. 비판적인 말은 "몸이 약한 애들 아버지까지 전쟁터에 가야한다니"라는 지이창 어머니의 작은 혼잣말이 유일하다. 누가, 왜 전쟁을 일으켰는지, 적은 누구인지는 가려진 채 전쟁터에 싸우러 가야만 하는, 피난을 가야만 하는, 그리고는 죽어가야만 하는 사람들의 딱한 처지만이 그려져 있다. 이 작품 속에 악이 있다면 그것은 몰인격체인 전쟁뿐이다. 즉 전쟁이라는 악이 횡행한 것에 대한 반성도 적극적인 고발도 아니다. 따라서 이어지는 언어활동에서도 각 장면을 정리하는 항목으로

'때, 장소, 사건', '마음에 와 닿은 문장'과 함께 '지이창이 잃어버린 것'을 찾게 한다. 상실의 슬픔을 부각시키는 '평화교재'이다.

다음 작품은 이금옥(李錦玉 1929-)의 **「삼년고개(三年とうげ)」**(pp. 42-52/54)인데 "민화나 이야기의 구성을 생각하자"가 목표이다. 한국 민화라고 적시되어 있지는 않지만 작가 이름이 李錦玉(リクムオギ)[6]이며 朴民義(パクミニ)가 그린 삽화의 인물들이 한복을 입고 있어 한국 민담인 것을 알 수 있게 되어 있다. 어느 가을 날 할아버지가 삼년고개에서 넘어지고 만다. 이제 삼년밖에 못 살게 되었다고 상심한 할아버지는 밥도 먹지 않고 드러누워 병이 난다. 할머니가 열심히 간병을 해도 점점 병이 심해진다. 이를 들은 물방앗간 집 똘똘이가 병문안을 와서 병은 꼭 나을 수 있다고 한다. 한 번 넘어지면 삼년이니 두 번 넘어지면 육년, 세 번이면 구년, 그러니 가서 여러 번 넘어지면 장수할 수 있다고 한다. 똘똘이 말대로 고개에 가서 뒹굴고 온 할아버지는 병이 나아 할머니와 사이좋게 장수했다는 이야기. 1, 2학년 교재에도 있었던 발상의 전환, 지혜가 주제이다. 다른 점은 언어활동이다. 여기서는 민화, 옛날이야기. 이야기 등 사건의 변화를 그리는 산문 작품의 구성을 4단계로 구체적으로 가르친다. 그리고 「삼년고개」의 구성을 분석해 보게 한다. 나아가 이어지는 쓰기 영역 「이야기를 쓰자」에서는 이야기의 구성에 대해 배운 이론과 육하원칙을 활용하여 실제로 이야기를 써 보는 활동을 하게 한다.

사이토 류스케(斎藤隆介 1917-1985)의 **「떡 나무(モチモチの木)」**

---

6 "李錦玉(リ クムオギ) 1929년, 오사카후 출생. 작가. 「줄지 않은 볏단」「청개구리」 등의 작품이 있다." 『3 하』, p.52.

는 겁쟁이 아이가 할아버지에 대한 애정 때문에 용기를 발휘하는 이야기로 "이야기를 읽고 소개하자"가 목표이다. 고개 위 오두막집에 할아버지와 단 둘이 살고 있는 마메타는 밤에 소변이 마려우면 꼭 할아버지를 깨운다. 할아버지는 나무라지 않고 만으로 다섯 살이나 된 마메타를 안고 나가 소변을 누여준다. 밤에 혼자 변소를 못 가는 이유는 오두막 바로 앞에 있는 떡 나무 때문이다. 가을이면 나무가 떨어뜨리는 열매로 할아버지가 맛있는 떡을 만들어주기 때문에 마메타 자신이 떡 나무라 이름을 붙였다. 하지만 가지가 흐트러진 머리카락 모습을 하고 있어 밤이면 두 손을 들고 달려들 것만 같다. 오늘은 11월 20일 밤. 한밤중에 떡 나무에 불이 켜진다는 날이다. 그것은 용기 있는 아이만 혼자서 볼 수 있는 광경으로 할아버지도, 아버지도 보았다고 한다. 할아버지에게 그 얘기를 들은 마메타는 "……그럼 난 도저히 안 되겠네……" 하고 조그만 소리로 울먹인다. 용기를 낼 수 없어 일치감치 포기하고 잠든 그날 밤 사건이 일어난다. 할아버지가 한밤중에 복통을 일으켜 몸을 웅크리며 신음하는 것이다. 놀란 마메타는 의사를 불러야 한다는 일심에 무서운 한밤중이지만 문을 박차고 뛰어나가 맨발로 의사 집까지 달려간다. 할아버지 의사에게 업혀 오두막을 향해 비탈길을 오를 때 마침 첫눈이 내린다. 그리고 오두막에 들어갈 때 마메타는 떡 나무에 불이 켜진 것을 본다. 떡 나무 가지 사이로 달빛과 별빛이 비치고 그 빛을 받은 첫눈이 불처럼 밝은 것이다. 이튿 날 의사가 돌아간 후 몸이 좋아진 할아버지가 마메타를 칭찬한다, 용기 있는 아이라고. 하지만 그날 밤부터 다시 마메타는 소변 때문에 할아버지를 깨운다. 이 작품의 주제는 할아버지의 칭찬의 말에 잘 나타나 있다.

> "너는 산신의 축제를 본 거야. 떡 나무에 불이 켜졌잖아. 너는 밤에 혼자서 의사선생님을 부르러 갈 정도로 용기가 있는 아이니까 말이다. 스스로 겁쟁이라고 생각하지 마라. 사람이란 착한 마음만 있으면 해야 할 일은 꼭 하는 법이다. 그럴 보고 다른 사람은 깜짝 놀라는 거지. 하, 하, 하."
> 「おまえは、山の神様の祭りを見たんだ。モチモチの木には、灯がついたんだ。おまえは、一人で、夜道を医者様よびに行けるほど、勇気のある子どもだったんだからな。自分で自分を弱虫だなんて思うな。人間、やさしささえあれば、やらなきゃならねことは、きっとやるもんだ。それを見て、他人がびっくらするわけよ。は、は、は。」
> (『3 하』, pp.107-108)

남을 위할 줄 아는 착한 마음(やさしさ)이 인간에게는 가장 중요한 것이며 그것이 용기의 모태이기도 하다는 것이다.

그런데 이 작품이 수록된 데는 착한 마음, 용기, 두려움 극복이라는 스토리 라인도 중요한 요소로 작용했겠지만 그와 함께 중요한 것이 후속의 언어활동이라고 생각한다. 이어지는 언어활동은 '회화문'와 '지문' 양쪽을 통해 등장인물의 성품과 마음을 파악하는 것인데 이 작품은 그에 매우 적절한 교재이기 때문이다. 이 작품에는 인용한 마메타와 할아버지의 회화문과 같이 인물 파악에 유효한 회화문이 많이 들어 있다. 지문 또한 그렇다. 다음은 의사를 부르러 비탈길을 뛰어 내려가는 마메타를 그리고 있는 지문이다.

고개 비탈길엔 온통 새하얀 서리가 내려 앉아 눈 같았다. 서리가 발바닥에 박힌다. 발에서 피가 났다. 마메타는 울면서 달렸다. 아프고 춥고 무서웠다. / 하지만 정말 좋아하는 할아버지가 죽는 것이 더 무서워서 울면서 산기슭의 의사에게 달려갔다.

とうげの下りの坂道は、一面の真っ白い霜で、雪みたいだった。霜が足にかみついた。足からは血がでた。豆太は、なきなき走った。いたくて、寒くて、こわかったからなあ。/ でも、大すきなじさまの死んじまうほうが、もっとこわかったから、なきなきふもとの医者様へ走った。

(『3 하』, p.105)

서리 내린 비탈길을 맨발로 달려가는 마메타의 신체와 내면을 화자는 간결하지만 요령 있게 묘사하고 설명한다. 그런데 이 작품의 내레이터가 특기할 만한 것은 마치 만담가를 연상시키는 확실한 이야기꾼이란 점이다. 이야기하듯 회화체 말투를 사용하며 때로는 등장인물을 비평한다. 서두와 결말부분을 보도록 하자.

정말 마메타만큼 겁이 많은 녀석도 없어. 이제 다섯 살이나 되었으니 밤중에 혼자 뒷간 정도는 갈 만 한데. / 하지만 마메타는 뒷간은 <u>밖에 있구, 밖에는 커다란 떡 나무가 버티고 서서</u> … <u>양손을 '왁' 하고 들어 올리니까,</u> 라며 밤중에는 할아버지가 같이 가주지 않으면 혼자서는 소변도 못 본다.

全く、豆太ほどおくびょうなやつはない。もう五つにもなったんだから、夜中に、一人でせっちんぐらいに行けたっていい。/ ところが、豆太は、せっちんは表にあるし、表には大きなモチモチの木がつっ立っていて、… 両手を「わあっ。」とあげるからって、夜中には、じさまについてってもらわないと、一人じゃしょうべんもできないのだ。

(『3 상』, pp.98-99, 밑줄 필자)

—하지만 마메타는 할아버지가 건강해지자 그날 밤부터 / "할아버지"/ 하고 소변 때문에 할아버지를 깨웠다나.

—それでも、豆太は、じさまが元気になると、そのばんから、「じさまあ」と、しょんべんにじさまを起こしたとさ。 (『3 하』, p.108)

서두는 마메타에 대한 비평으로 시작해서, 혼자 변소에 가지 못하는 마메타의 변명(밑줄 부분)을 인용부호는 없지만 거의 직접화법으로 전한 후, 한밤중에 소변보는 모습을 설명한다. 또 결말부분은 앞에서 인용한 할아버지의 격려의 말에 바로 이어지는 부분인데 짧지만 이 2행으로 인해 이야기가 완전한 두려움 극복의 이야기에서 약간 미끄러진다. 하지만 마메타의 용기를 일회성의 것으로 변질시키는 내용이라기보다는 마치 라쿠고의 오치와 같이 마메타의 훌륭한 행동으로 높아진 유쾌한 긴장을 이완시키는 정도의 기능을 한다.

이와 같이 이 작품은 이야기꾼으로서의 내레이터의 존재감이 회화체 지문과 비평에 두드러져서 화자, 내레이터를 학습자에게 각인시키기에 적당한 작품이다. 또 인물의 생각과 마음이 그대로 나타나는 회화문과, 행동과 내면을 묘사 또는 설명하는 지문을 적절하게 갖추고 있어 회화문과 지문을 통해 각 인물의 성격, 성품을 파악하기에 용이하다는 특징을 갖추고 있다. 즉 이 단원의 목표인 "등장인물을 중심으로 이야기를 소개하자"(p.98)를 위한 텍스트로서의 조건을 갖추고 있는 작품인 것이다. 이와 같이 3학년 문학교재는 주제뿐만이 아니라 문학이론교육을 위한 텍스트로서의 적절성 또한 단계별로 고려되고 있다고 할 수 있다.

마지막 작품은 부록으로 실려 있다. 알빈 트레셀(Alvin Tresselt 미상) 저, 미쓰요시 나쓰야 역 **「호랑이와 할아버지(とらとおじいさん)」** 라는 외국 민화 각본이다. 삽화의 할아버지 복장으로 보아 인도의 민화인 듯하다. 우리에 갇힌 호랑이를 구해주고 도리어 잡혀 먹힐 위기에 빠진 할아버지가 지혜로운 여우의 도움으로 위기를 벗어난다는 내용으로 「삼년고개」와 동일하게 지혜가 주제이다.[7] 부록인 만큼 언어활동도 가볍게 다루어진다. 하지만 이 작품에는 「삼년고개」에는 없던 문제가 존재한다. 강자와 약자의 대립 구도 하에 호랑이가 공공의 적으로 그려지는가 하면 인간 또한 약자를 괴롭히고 착취하는 존재로 나타나기 때문이다. 할아버지는 약속을 어기고 구해준 자신을 잡아먹겠다고 하는 호랑이에게 "당치 않는(むちゃな)"일이라며 다른 사람들의 의견을 들어보자고 제안한다. 호랑이는 모두 당치 않는 일이 아니다(むちゃじゃない)라고 하겠지만 물어보고 납득이 되면 바로 돌아오라고 한다. 할아버지는 나무와 소와 길에게 차례로 물어본다. 하지만 셋 다 우리도 인간에게 여러 도움을 주지만 인간은 늘 우리에게 해를 가할 뿐이라며 방법이 없으니 잡혀 먹혀주라고 한 결같이 말한다. 이 문답에는 강자에게 일방적으로 당하며 체념하는 약자의 존재와 적극적으로 자기편을 찾아다니며 지혜자인 여우의 도움을 받아 숲의 강자 호랑이에게 벗어나는 할아버지를 상대화시키는

---

7 다음에 인용한 언어활동의 설명을 보면 '지혜'를 작품 주제로 보고 있는 것을 알 수 있다. "다음 중에서 어느 것이든지 골라서 해봅시다. ▼혼자서 음독하거나 묵독(소리 내지 않고 읽기)하자. ▼「삼년고개」와 비슷한 점을 노트에 쓰자. ▼배역을 나누어 음독하거나 연기하자. … ▼「삼년고개」에 나오는 '똘똘이' 병문안 장면을 각본으로 다시 쓰자. ▼다음 책을 찾아서 읽자. ①외국 민화 ②지혜를 발휘하는 이야기" 밑줄 필자.

기능이 있다. 하지만 인간을 비난하는 나무, 소, 길의 말은 이 작품의 주제를 능가할 정도의 심각한 노이즈로 기능할 수 있다. "소중한 내 가지를 잘라 땔감으로 가져간다.", "매로 찰싹찰싹 때리며 혹사시킨다.", "길을 파헤치고 침을 뱉고 쓰레기를 버린다." 이 말은 인간도 호랑이와 별반 다르지 않다는 말로 들리기 때문이다. 이런 측면에서 보면 결말 또한 어리석은 자의 말로 이상의 의미가 잠복한다. 비교를 위해 작품 서두와 결말을 이어서 인용하겠다.

> (막이 열리자 커다란 호랑이가 나아온다.) ― 지문 / **호랑이** 이 몸은 정글에서 제일 훌륭한 호랑이다. 봐라, 이 훌륭한 검은 줄무늬를. 봐라, 이 길고 긴 꼬리를. 봐라, 아 날카로운 발톱과 송곳니를. 이 몸이 한번 으르렁하면 온 정글이 벌벌 떤다. 코끼리는 그 자리에서 꼼짝달싹도 못하고 원숭이도 손발이 저려 나무에서 떨어진다. ― 대사
>
> (まくが開くと、おおきなとらがやって来る。)－ト書き / **とら**　おれさまはジャングル一のりっぱなとらだ。どうだ、この見事な黒いしまは。どうだ、この長い長いしっぴは。どうだ、このするどいつめときばは。おれさあまがひと声、ウオッtとやると、ジャングルじゅうがふるえあがる。ぞうはその場に立ちすくんで一歩も動けなくなり、さるは、手も足もしびれて木から落ちる。－せりふ　(『3 하』, p.122)
>
> (정글에 호랑이 울부짖음이 들려와도 코끼리도 원숭이들도 평화롭게 노닐고 있다.) / **호랑이** 아아 이 불쌍한 배고픈 호랑이를 여기서 꺼내줄 자는 아무도 없는가? / (막이 조용히 내린다)　(p.129)
>
> (ジャングルでは、とらのわめき声が聞こえても、ぞうもさるたちも、平気で遊び回っている。)**とら**　ああ、あ。このあわれなはらぺこ

のとらを、ここから出してくれる者はだれもいないのか。(まくがしずかに下りる。)
(『3 하』, p.129)

힘을 자랑하던 호랑이가 여우의 지혜로 우리에 다시 갇히자 밀림에는 평화가 찾아온다. 이 결말은 어리석음에 대한 경계임과 동시에 지혜로 공공의 적인 강자를 물리치는 공동체의 이야기로 읽을 수도 있으며 나아가 강자의 논리로 자연에 대해 난폭한 일을 해온 인간에게 반성을 촉구하는 결말이기도 한다. 하지만 교과서 내에선 이런 잠재적인 문제가 또 다른 주제로 확대되는 것을 상정하고 있지는 않는 것 같다. 물론 작품을 실제로 읽는 어린이들의 감수성을 막을 수는 없을 것이다. 하지만 인간에 의한 자연 파괴, 훼손을 전면에 내세우기보다는 모든 자연을 존중하는 자세, 작은 생명이라도 존중해야 한다는 이상적 메시지에 치중하는 일본작품과는 대비되는 작품이다.

4. 『국어3』 문학작품 교재의 영역별 주제

『국어3』에 실린 문학교재 총14작품의 테마를 영역별로 정리한 것이다. 복수 테마를 인정해야 하는 작품은 복수로 기재했고, 암시적인 심층 메시지는 누인 서체로 표시했다. 최하단의 숫자는 항목별 합산 수치이며 비교를 위해 2학년 교과서의 해당항목 수치를 작게 병기했다.

〈표 3〉

장르	연번	작품명 / 작가(국적) / 수록 면	개인				관계	공동체	생태
			쾌감	문제 해결	성장	이상			
샤문	상 1	딱따구리 / 하야시바라 다마에 / 8-18-21	청각						
	2	둔갑겨루기 / 마쓰타니 미요코 / 60-62, 130-133						의논과 지혜	
	3	바다를 날려라 / 야마시타 하루오 / 64-76-79		노력과 상상력					
	4	이로하니호헤토 / 이마에 요시토모 / 92-102-103						웃음 *긍정*	
	하 1	지이창의 그림자놀이 / 아만 기미코 / 4-18-22				평화			
	2	삼년고개 / 이금옥(재일 한국인) / 42-52-54		지혜					
	3	떡 나무 / 사이토 류스케 / 98-109-112					애정		
	4	호랑이와 할아버지 / 알빈 트레셀(미국) / 121-129		지혜				지혜	*인간 비판*
운문	상 1	덜컹 / 다니카와 슌타로 / 4-5-7			호기심				
	2	나와 새와 방울 / 가네코 미스즈/104-105							존중
	3	차아졌다 / 기시다 에리코 / 106-107							존중
	하 1	달린다 린다린다 / 마도 미치오 / 70-71	운동 감각						
	2	감자 / 오쿠보 데이코 / 71			꿈				
	3	눈 / 야마무라 보초 / 72				無垢			
계	14	국어3 / 국어2	2/4	3/4	2/0	2/0	1/4	3/2	2+ *1*/3

5. 소괄

3학년 문학교재의 특징은 이어지는 언어활동까지 포함시키면 작품 분석을 위한 교육이 행해진다는 점이 1, 2학년 교재와 크게 다르다. 장면, 등장인물, 구조(組み立て), 회화문, 지문 등 문학작품 읽기를 위한 용어가 도입되고 그를 위한 텍스트로서의 적합성 또한 단계별로 고려되고 있다. 한편 학생들로서는 공백이나 상징을 포함하는 작품이 등장하고 작품에 대한 자신의 느낌, 감상을 정리하는 언어활동이 반복되고 있어 문학적 상상력을 발휘하도록 요구되고 있다.

한편 주제는 표로 정리한 바와 같이 개인 9, 공동체 3, 생태계 2, 관계 1의 순이다. 모든 영역의 주제가 다루어지고 있지만 개인영역의 주제가 다방면에 걸쳐 나타난 반면 관계영역이 현격하게 낮아진 것을 알 수 있다. 개인영역 문제해결의 '지혜'는 2학년에 이어 반복적으로 등장하고 있다. 공동체영역 또한 모든 주제는 문제해결의 방안으로 제시되어 있다. 3학년 문학교재의 테마를 아우를 때 떠오르는 인간상은 지혜, 노력과 상상력, 긍정적인 마음으로 개인과 공동체의 문제를 해결하며 생활 속에서 감각적 즐거움을 추구하며 호기심과 꿈을 통해 성장하고 무구와 평화의 이상을 추구하는 인간상이다. 역시 역경을 헤치고 '살아가는 힘'에 방점이 있다는 느낌이다.

특기하고 싶은 것은 상상력, 엄밀히 말하면 공상력이 문제해결의 방법으로 채택된다는 점[8]과, 전쟁이 공동체가 아니라 개인의 불행의 차원에서 다루어진다는 점, 합계수치로 볼 때 인간 대 인간의 관계보다 자연과의 관계가 강조된다는 점이다. 세 번째는 일본 신도가 상징적으로 보여주는 일본의 애니미즘적 토양과 무관하지 않다고 생각된다.

8 1장에서도 언급했듯이 「新学習指導要領・生きる力」'第2章 各教科 第1節 国語 第1 目標'에 상상력이 다음과 같이 구체적으로 언급되고 있는 것의 영향이 있다고 생각된다. "国語を適切に表現し正確に理解する能力を育成し, 伝え合う力を高めるとともに, 思考力や想像力及び言語感覚を養い, 国語に対する関心を深め国語を尊重する態度を育てる。"文部科学省 홈페이지, 검색어: '新学習指導要領' http://www.mext.go.jp/a_menu/shotou/new-cs/idea/index.htm 검색일: 20153.27.

제5장

초등학교 4학년
국어교과서

1.『국어4 상』『국어4 하』 운문작품 교재의 특징

4학년 국어교과서[1]『국어4 상』에 실린 첫 시는 개구리의 시인으로 유명한 구사노 심페이(草野心平 1903-1988)의 **「봄의 노래」**(pp.4-5-6)이다. 고전시가집의 고토바가키(詞書)처럼 시가 노래된 상황이 시의 오른쪽에 다음과 같이 소개된다. "개구리는 겨울 동안 땅 속에 있다가 봄이 되면 땅위로 나옵니다. 그 첫날 부른 노래.(かえるは冬のあいだは土の中にいて春になると地上に出てきます。)" 즉 이 시의 지은이는 개구리가 부른 노래라는 것이다. 이어지는 시의 본문이다.

> 홋 눈부시네. / 홋 기쁘네. // 물은 매끌매끌. / 바람은 산들산들. / 케루룬 쿡쿠. /아아 좋은 냄새다. / 케루룬 쿡쿠. // 홋 개불알풀이 피어 있다. / 홋 커다란 구름이 움직이네. // 케루룬 쿡쿠. / 케루룬 쿡쿠.
>
> ほっ　まぶしいな。/ ほっ　うれしいな。// みずは　つるつる。/ かぜは　そよそよ。/ ケルルン　クック。// ほっ　いぬのふぐりがさいている。/ ほっ　おおきなくもがうごいてくる。// ケルルン　クック。/ ケルルン　クック。
>
> (『4 상』, pp.4-5)

긴 동면 후 지상으로 나온 개구리를 시의 화자로 설정함으로서 독자에게 개구리의 감각과 개구리의 마음을 갖도록 요청한다. 개구

1 宮地裕ほか(2011)『国語四上　かがやき』東京: 光村図書出版. pp.1-146.
宮地裕ほか(2011)『国語四下　はばたき』東京: 光村図書出版, pp.1-144.

리의 시각, 개구리의 촉각, 개구리의 후각, 개구리의 기분, 개구리의 언어감각에 감정을 이입하며 읽어가다 보면 '케루룬 쿡쿠'라는 말이 개구리어이며 개구리의 기쁨을 나타내는 말임을 자연스럽게 느끼게 된다. 시인에게는 '케로케로', '게로게로'[2]라는 개구리의 울음소리가 아니라 봄을 맞은 기쁨의 소리가 필요했던 것이다. 기존의 오노마토페에 따라다니는 슬픔의 이미지를 거부하고 환희의 개구리어를 만들어낸 시인의 상상력과 언어감각과 돋보이는 시이다.

두 번째 시는 다카다 도시코(高田敏子 1914-1989)의 **「분실물(忘れ物)」**(pp.96-97)이다. 여름방학이 끝나고 새 학기를 맞는 학생들의 기분을 표현하고 있다.

> 뭉게구름을 타고 / 여름방학은 가버렸다 / "안녕" 대신에 / 근사한 소나기를 흩뿌리고 // 오늘 아침 하늘은 새 파랑 색 / 나뭇잎 한 잎 한 잎이 / 새 빛과 인사를 나눈다 // 하지만 너! 여름방학이여 / 다시 한 번 돌아오지 않을래? / 분실물을 찾으러 말이야 // 미아가 된 매미 / 쓸쓸해 보이는 밀짚모자 / 그리고 내 귀에 / 달아 붙어 떨어지지 않는 파도 소리
>
> 入道雲にのって / 夏休みはいってしまった / 「サヨナラ」のかわりに / 素晴らしい夕立をふりまいて // けさ　空はまっさお / 木々の葉の一枚一枚が / あたらしい光をあいさつをかわしている // だがキミ！ 夏休みよ / もう一度　もどってこないかな / わすれものをとりにさ // 迷子のセミ / さびしそうな麦わら帽子 / それから　ぼくの耳に / くっついて

2 한국과 같이 일본에서도 개구리는 관용적으로는 '운다'로 표현된다. 울음 소리를 한국어로 옮기면 '케로케로', '게로게로'로 후자가 더 큰 말이다. 'かえる＝ケロケロ ゲロゲロ' 大辞林特別ページ言葉の世界1-4 擬声語・擬態語-大辞林第三版 http://daijirin.dual-d.net/extra/giseigo_gitaigo.html 검색일: 2015.3.12.

離れない波の音 (『4 상』, pp.96-97)

1, 2연에는 기대가 3, 4연에는 아쉬움이 표출되어 있다. 아침 햇살에 빛나는 나뭇잎의 모습을 한 잎 한 잎이 새 빛과 인사를 나눈다고 표현하고 있는 것을 보면 새 학기에 대한 기대가 느껴진다. 하지만 그보다 더 화자의 마음을 사로잡고 있는 것은 끝나버린 여름방학에 대한 아쉬움이다. 여름방학의 즐거운 추억을 호출하는 사물들을 분실물로 표현한다. 학생들의 생활감각에 밀착한 발상이다.

세 번째 시는 사카다 히로오(阪田寛夫)의 **「나는 강(ぼくは川)」** (pp.98-99)이다.

> 서서히 넓어지며 / 키가 커가며 / 흙과 모래를 적시고 / 구부러지고 넘실거리고 용솟음치며 / 멈춰라 해도 멈추지 않는 / 나는 강 / 새 빨간 달에 몸부림쳤고 / 사막 속에 목이 말랐고 / 그래도 구름의 모습 비추며 / 물고기의 비늘을 빛나게 하며 / 새 날을 향해 용솟음친다 / 새 날을 향해 용솟음친다
>
> じわじわひろがり / 背をのばし / 土と砂とをうるおして / くねって うねって ほとばしり / とまれと言っても もうとまらない / ぼくは川 / 真っ赤な月にのたうったり / 砂漠のなかに渇いたり / それでも雲の影うかべ / さかなのうろこを光らせて / あたらしい日へほとばしる / あたらしい日へとほとばしる (『4 상』, pp.98-99)

수원에서 시작된 작은 물줄기가 여러 환경을 통과하며 생명을 품는 거대한 강으로 성장해가는 모습을 그리고 있다. 표면적으로는 강이 갖는 확장성을 노래한 시이지만 학생들은 이런 강의 모습에서 자

연스럽게 성장을 위한 삶의 태도를 배울 것이다. 계속 흐르는 끈기, 사막을 견디는 인내, 용솟음치는 용기, 다른 존재를 품는 도량 등이다. 의인화된 강은 인간의 성장이라는 알레고리의 표징인 것이다.

『국어4 하』 읽기 영역의 첫 시 **「들녘 노래(のはらうた)」**(pp.66-68)는 색다른 구조를 갖고 있다. 제목은 구도 나오코(工藤直子)의 시집명을 그대로 사용하며 이런 머리말로 시작한다. "들녘에는 많은 주민이 있습니다. … 시인 구도 나오코 씨가 들녘 친구들의 소리를 보내주었습니다. 당신은 누구와 친구가 되고 싶습니까? 어느 시가 좋습니까?" 이어서 구도 나오코의 6편의 시가 각각의 지은이의 이름과 함께 실려 있다. 첫 시는 「연못 시즈코(いけしずこ)」가 지은 **「소리(おと)」**란 제목의 시다.

> 포챵 포춈 / 츄비 쟈부 / 자붕 바샤 / 피치 춈 / 자자 다부 / 파슈 포쇼 / 다붕 푸쿠 / 폿 도봉 · · · // 나는 여러 소리가 난다
>
> ぽちゃん　ぽちょん / ちゅぴ　じゃぶ / ざぶん　ばしゃ / ぴち　ちょん / ざざ　だぶ / ぱしゅ　ぽしょ / ぽっ　どぼん · · · // わたしは / いろんな　おとがする
>
> (『4 하』, p.66)

연못이 낼 수 있는 여러 소리를 재현하고 있는데 경쾌한 물소리가 청각적 즐거움을 준다. 이어지는 시는 제비꽃 호노카(すみれほのか)가 지은 **「낮잠 오는 날(ひるねのひ)」**, 사마귀 류지(かまきりりゅうじ)의 **「나는 사마귀(おれはかまきり)」**, 까마귀 에이조(からすえいぞう)의 **「나는 나(ぼくはぼく)」**, 시냇물 하야토(おがわはやと)의 **「바다로(うみへ)」**, 그루터기 사쿠조(きりかぶさくぞう)의 **「생활(くらし)」**이다. 동식물을 포함한 자연의 여러 구성원들이 그대로 시의 화

자 겸 지은이가 되어 있는 것을 알 수 있다. 개구리를 화자로 했던 구사노 심페이 「봄의 노래」의 발상보다 한 발 더 나아간 형식이다. 자연물을 지은이로 설정하는 수법은 다음 2가지 효과가 있다고 생각된다. 첫째 자연물에 감정이입 할 것이 요구됨으로서 상상력과 감각이 계발된다는 점. 둘째 여러 자연물을 시인의 반열에 세움으로서 인간과 등가적 존재임이 암시된다는 점이다. 후자는 공시적 문맥에서 보면 자연과의 공생을 중시하는 현대적 메시지로 해석될 수 있지만 필자는 애니미즘의 토양을 저류하는 복류수(伏流水)의 분출로 생각된다. 어느 나라든지 동시, 동요에는 동, 식물 나아가 무기물까지 의인화하는 경향이 있지만 일본 교과서에 실린 교재는 그 의인화가 알레고리 이상의 위와 같은 의미를 지닌다. 이것은 1학년 국어교과서부터 이어지는 문학교재의 특징이기도 하다. 다만 「들녘노래」의 6편의 시는 지은이의 이름과 주제를 호응시켜 볼 때 젠더의 문제가 지적될 수 있다. 첫 번째 시와 두 번째 시의 지은이인 시즈코와 호노카는 여자 이름이고 나머지 4명은 남자 이름이다. 시 속의 1인칭 대명사도 그와 호응한다. 한편 주제를 보면 〈표 4〉에 정리하겠지만 물소리의 경쾌함, 봄의 나른함이 여성이 지은 시의 주제이고 자신감, 자족, 자신감, 근면이 남성이 지은 시의 주제이다. 여성 화자 시의 주제에 비해 남성 화자의 시가 보다 활동적이며 적극적인 가치를 담고 있는 것을 알 수 있다. 젠더적 관점이 투영되어 있다.

2. 『국어4 상』 산문작품 교재의 특징

『국어4 상』에 실린 첫 동화는 아만 기미코(あまんきみこ 1931-)의 **「하얀 모자(白いぼうし)」**(pp.8-17-21)이다. 택시가 달리는 도시 공간 속에 메르헨의 공간이 삽입된다. 말하자면 현실과 공상이 혼재하는 소설로 보자면 포스트모던적 구조이다.

여름처럼 더워진 6월 초의 어느 날, 마쓰이 씨가 운전하는 택시 안은 싱싱한 여름밀감 향기로 가득하다. 시골 어머니가 보내주신 밀감을 기쁜 마음에 하나 '태우고' 나온 것이다. 손님이 내리고 다시 달리려는 순간 차도 가까이에 하얀 모자가 놓여 있는 것을 발견한다. 안전한 곳에 옮겨주려고 모자를 집어든 순간 모자 속에 있던 나비가 날아간다. 모자 안쪽엔 남자아이의 이름이 수 놓여 있다. 나비를 잃은 소년의 실망을 생각한 마쓰이 씨는 여름밀감을 모자 안에 넣어두기로 한다. 택시로 돌아오니 어느 사이엔가 단발머리를 한 귀여운 여자 아이가 뒷좌석에 앉아 있다. 소녀는 길을 잃었다며 유채꽃 동네를 찾는다. 차의 시동을 걸며 보니 멀리서 한 소년이 곤충채집망을 쥐고 앞치마를 한 어머니 손을 잡아끌며 온다. "저 모자 밑에 말이야. 엄마, 진짜야. 진짜 나비가 있다니까!" 뒷좌석의 소녀는 빨리 가라고 재촉한다. 액셀을 밟으며 달린다. 여름밀감을 보고 휘둥그레질 소년의 눈을 생각하니 마쓰이 씨 얼굴에 웃음이 절로 피어난다. 그런데 다음 순간 당황하고 만다. 뒷자석에 아무도 없기 때문이다. 차를 세우고 밖을 보니 작은 들판이 펼쳐져 있다. 푸른 클로버 들판, 군데군데 노란 민들레가 무늬를 이루고 그 위를 하얀 나비가 수십 마리 날고 있다. 이런 소리가 아저씨에게 들려온다.

> "다행이네!" / "다행이네!" / "다행이네!" / "다행이네!" / 그것은 비누 방울이 터지는 듯한 작은 소리였습니다. / 차 안에는 아직 밀감 향기가 희미하게 남아 있습니다.
>
> 「よかったね。」/「よかったね。」/「よかったね。」/「よかったね。」/ それは、ジャボン玉のはじけるような、小さな小さな声でした。/ 車の中には、まだかすかに、夏みかんのにおいがのこっています。
>
> (『4 상』, p.16)

상큼한 후각적인 여운을 남기며 작품은 끝난다.

나비가 귤로 '둔갑하는' 작은 사건 속에 여러 자상함이 작용하고 있다. "시골 어머니가 속달로 보내왔습니다. 냄새까지 나한테 보내주고 싶었던 거겠지요."(p.9), 아들을 생각하는 어머니의 자상함. 모르는 이의 모자가 차에 깔리지 않게 하려는 타인을 향한 자상함. 나비를 잃은 소년의 실망을 안쓰러워하는 자상함. 그리고 메르헨의 힘을 빌려 어린 나비를 들판의 가족에게로 돌려보내는 작가의 자상함이다. "자상하다(やさしい)'란 어휘는 한 번도 쓰이고 있지 않지만 일본인들의 소중히 여기는 가치인 '자상함'이 테마인 작품이다.

두 번째 작품은 이마니시 스케유키(今西祐行 1924-2004)의 **「꽃 하나(一つの花)」**(pp.62-72-75)이다. 먹을 것을 조르는 아이에게 포커스를 맞추어 전시중의 궁핍한 생활을 그리고 평화가 찾아온 후의

생활을 마지막에 대비시키고 있다. 이제 말을 배우기 시작한 유미코는 "하나만 주세요."란 문장을 가장 먼저 확실하게 익혔다. 그런 유미코를 보며 아버지는 이렇게 안쓰러워한다.

> "이 아이는 평생, 전부 주세요, 하늘만큼 주세요, 하며 두 손을 내미는 것을 모르고 살지도 모르겠네. 감자 하나, 주먹밥 하나, 단호박 졸임 하나―모두 하나. 하나의 기쁨이야. 아니, 기쁨 같은 건 하나도 받지 못할 지도 모르지. 도대체 커서 어떤 아이로 자랄까?"
>
> 「この子は、一生、みんなちょうだい、山ほどちょうだいと言って、両手を出すことを知らずにすごすかもしれないね。一つだけのいも、一つだけのにぎりめし、一つだけのかぼちゃのにつけ―。みんな一つだけ。一つだけのよろこびさ。いや、よろこびなんて、一つだってもらえないかもしれないんだね。いったい、大きくなって、どんな子に育つだろう。」 (『4 상』, pp.64-65)

별로 튼튼하지 않는 아버지도 출정하게 된 날, 유미코는 어머니에게 업혀 역에 도착한다. 이미 주먹밥을 다 먹어버렸는데도 "하나만 주세요."를 연발하자 아버지는 플랫홈 구석에서 코스모스를 하나 꺾어와 "꽃 하나다, 소중히 하거라.", 하며 건넨다. 꽃을 받고 발을 파드닥거리며 즐거워하는 유미. 그로부터 10년이 흘렀다. 코스모스에 둘러싸인 허름한 작은 집, 재봉틀 소리에 섞여 명랑한 유미코의 목소리가 들려온다. "엄마, 고기랑 생선 어느 쪽이 좋아?" 시장바구니를 든 유미코가 스킵을 하며 집을 나온다. "오늘은 일요일, 유미코가 작은 엄마가 되어 점심을 만드는 날이다." 아버지의 걱정과는 다르게 유미코는 어머니와 함께 작은 행복을 일구고 있다는 안도감을 주는 결말이다.

이 작품은 소위 '평화교재'인데 같은 '평화교재'인 「지이창의 그림자놀이」(『국어3 상』)와 공통된 특징이 있다. 첫째, 전쟁의 불행이 한 가족, 한 어린이가 겪는 개인적인 일로 그려진다는 점. 둘째, 과거의 어린 피해자의 모습이 현재의 평화로운 어린이의 일상과 대비하여 다뤄진다는 점. 셋째, 어린 피해자의 모습이 어린이다운 사랑스러움을 간직한 채 그려지고 폭격은 등장하지만 나쁜 적군은 등장하지 않아 독자의 슬픔이 증오심으로 전환하지 않는다는 점이다. 적이 어느 나라인지조차 가려져 있다. 전쟁이 남긴 불행은 이렇게 표현될 뿐이다.

> 그로부터 10년의 세월이 흘렀습니다. / 유미코는 아버지 얼굴을 기억하지 못합니다. 자신에게 아버지가 있었다는 사실도 어쩌면 모를지도 모릅니다.
>
> それから、十年の年月がすぎました。/ ゆみ子は、お父さんの顔をおぼえていません。自分にお父さんがあったことも、あるいは知らないのかもしれません。 (『4 상』, p.70)

총체적으로 부각되는 것은 개인에게 상실을 가져오는 '슬픈 전쟁'과 현재의 평화에 대한 안도감이다. 반전, 평화의 이상이 공동체의 차원이 아니라 개인의 차원에서 다루어지고 있는 것이다.

이런 평화교재의 특징은 문제를 내포한다. 첫 번째 특징에 대해서는 이시하라도 전쟁이 왜소화될 수 있다고 우려를 표명한다.[3] 하지만

---

3 "具体的には、たとえば『ちいちゃんのかげおくり』ならば、物語が悲しすぎて、あるいは「文学」として読むために、戦争の惨禍が「ちいちゃん」一人の悲劇に矮小化されはしないだおうか。また、広島を扱う場合ならば、日本人が「被害者」としてだけ浮かび上がって来はしないだおうか。그러나 이시하라는 "국어교과서

과거의 전쟁이 전후의 어린이의 평화와 대비되는 구조라는 두 번째 특징도 문제를 내포한다. 학생들은 어느 쪽에 감정이입을 할까? 물론 전후, 현대의 어린이이다. 자신이 현대의 평화로운 세상에 살고 있다는 데 안심감을 느끼게 될 것이다. 전쟁은 결국 슬픈 타인의 일이 되어버리는 것이다. 총을 든 적군이 등장하지 않는다는 세 번째 특징 또한 교육상의 배려라고 생각이 되지만 결국 비극성은 후퇴하게 된다. 같은 비극이지만 어른이 되어도 선열하게 기억에 남는 것은 후술하게 될 **「여우 곤」**과 같은 여운을 남기는 비극인 것이다.

세 번째 작품은 니콜라이 스라트코프(Nikolai I. Sladkov 1920-1996)의 **「그림자(かげ)」**(pp.90-94-95)이다. 숲속에서 자기 그림자에 놀라 우스꽝스러운 소동을 벌이는 새끼 곰을 만나는 내용인데 사실적인 삽화가 돋보인다. 고요한 숲속, 나뭇잎 사이로 햇빛이 비치고, 화자 '나'는 자연이 뿜어내는 여러 향내에 취하며 그 숲속을 거닌다. 도중 빌베리 향내가 짙은 풀숲에 놀고 있는 새끼 곰을 발견한다. 이후 관찰의 초점은 새끼 곰에게 맞추어진다. 처음에는 외부에서 관찰 가능한 곰의 움직임만을 면밀히 묘사한다.

> 새끼 곰이 한 마리 놀고 있는데 그 몸짓이 참으로 기묘했다. 갑자기 머리를 흔들며 쳐들더니 앞다리와 코끝을 지면에 처박았다. 그런가하면 이번에는 마른 엉덩이를 쳐들고 물구나무서기를 하는 듯한 자세를 취하더니 발톱으로 지면을 할퀸다. <u>새끼 곰은 뭔가를 잡으려고 하는데 아무리 해도 잡지를 못한다</u>.

로서 "평화교재"는 필요하지만 국어교육인 만큼 직접적인 '반전교육'은 가능한 한 피하고 싶다"가 낳은 결과라고 이해을 표명하고 있다." 石原千秋(2009), pp.76-77.

子グマは一頭だけで遊んでいたが、そのしぐさがなんともきみょうだった。とつぜん頭をふり上げ、前足と鼻先から地面につっこんでいった。そうかと思うと、今度は、やせたおしりを持ち上げ、さか立ちするようなかっこうで、つめで地面を引っかいている。子グマは、何かをつかまえようとしているのだが、どうしてもつかまえられない。

(『4 상』, pp.90-91)

3인칭 시점의 관찰이다. 필자가 밑줄 친 부분은 관찰에 의거한 해석이다. 이윽고 기묘한 몸짓의 의문이 풀린다. 새끼 곰이 자신의 그림자를 잡으려 하고 있다는 것을 알게 되는데 그때부터 화자 '나'의 시점이 바뀐다.

새끼 곰은 조금 걸어보았다. 그러자 그림자도 따라 왔다. 이게 무슨 일이지. 당황하지 말고 곰곰이 생각해봐야해. / 새끼 곰은 엉덩이로 앉으려 했다. 바로 그 순간 뾰족한 나뭇가지에 부딪혔다. 놀라 튀어나왔지만 무서워서 돌아볼 수가 없다.

子グマはちょっと歩いてみた。すると、かげもついてきた。これはどういうことなんだろう。あわてないで、じっくり考えてみなくては。子グマは、おしりを下ろそうとした。そのとたん、とがった小えだにぶつかった。飛び上がったものの、こわくてふり返れない。

(『4 상』, p.93)

완전히 새끼 곰의 시점이다. 1인칭 화자임에도 불구하고 새끼 곰을 그려내는 시선이 작가전지적관점으로 전환한다. 밑줄 부분은 영어의 자유간접화법처럼 곰의 내면의 발화를 인용부호도 없이 직접화법으로 전달하고 있다. 새끼 곰은 다시 앉으려고 시도를 하지만 또 가지에 걸린다. 화자는 다시 자유간접화법으로 새끼 곰의 심정을 전한다. "맛도 냄새도 없는 이 검은 녀석이 엉덩이를 문 건가?" 세 번째도 가지에 걸리자 새끼 곰은 낮게 으르렁거리더니 토끼처럼 풀숲으로 달아난다. 숲속에는 아무 일도 없었다는 듯이 다시 정적이 흐른다. "남은 것은 작은 가지뿐. 그리고 "벨베리 엑기스 내음만 주위를 감돌았다." 후각적인 여운을 남기며 작품은 끝난다.

이 작품은 한 교사가 블로그에 고충을 토로하고 있듯이 주제가 쉽게 드러나지 않는다.[4] 테마를 푸는 단서는 시점의 변화라는 형식적인 특징에 있다. 위의 두 인용에 나타나듯이 관찰이 면밀하고 합리적이어서 3인칭 시점에서 전지적 시점으로의 전환이 자연스럽게 수용되지만 화자의 시점의 변환은 큰 의미를 갖는다.[5] 외면의 관찰에서 내면의 해석을 넘어 공감의 상상력으로의 도약이기 때문이다. 숲속에서의 우연한 만남과 면밀한 관찰이 대상을 이해하고 공감하려는

---

4 "この教材に四苦八苦したのは、おそらくは物語から得られる教訓めいたこと、暗示されているメッセージ、道徳的な価値が、大変間接的でとらえにくいことです。" One Of The Broken 私的拾遺集 https://oneofthebroken.wordpress.com/2012/07/ 검색일: 2015.2.26.

5 위에서 소개한 블로그의 교사도 인용한 93쪽의 대목에 주목하여 이렇게 지적하고 있다. "まだ少しだけ子グマから距離を置いてはいるものの、かなり子グマの内面に入り込んでその心境を代弁しています。〈歩いてみた〉の〈みた〉という補助動詞は、子グマの試行錯誤している心境をのぞき込まなければならない表現です。〈歩いた〉で描写は済むはずのところを、あえて〈歩いてみた〉としているのは、語り手が内面を子グマに寄り添わせていることの表れです。〈これは…〉の文は、ほぼ同化しています。このように、形式の変容が語り手の内面の変容と同期していることに気付かせ、なぜこんなにも子グマの行動に引き込まれているのかを考える子どもの思考も同期させていきます。子どもたちにも、語り手の目になって森での出来事を楽しみ、子グマの発見を一緒になって驚き、怖がってもらいたいものです。" https://oneofthebroken.wordpre ss.com/2012/07/ 검색일: 2015.2.26.

상상력을 환기함으로서 화자 '나'에게 작은 기쁨을 선사하고 있는 것이다. 주변을 감도는 향기가 여운을 남기는 것은 새끼 곰이 사라진 뒤에도 그 기쁨이 화자의 마음에, 독자의 마음에 남아 있음을 암시하는 듯하다. 관찰과 공감의 상상력이 가져온 즐거움이다.

네 번째 작품은 마쓰타니 미요코(松谷みよ子)의 **「모키치의 고양이(茂吉のねこ)」**(pp.120-130-131)이다. 옛날이야기 형식으로 인간과 동물의 애정 어린 관계를 그리고 있다. 모키치는 총사냥의 명수지만 술을 너무 좋아해서 아내도 얻지 못하고 혼자 살고 있다. 귀여운 얼룩고양이 한 마리가 유일한 말상대이다. 그런데 어느 날 모키치는 자신의 고양이를 엉뚱한 곳에서 만나게 된다. 술을 사러간 가게에서 모키치는 외상을 갚으라는 주인과 실랑이를 벌인다. 그 때 휙 바람이 불더니 한 귀여운 동자가 문에 나타나 술 한 되를 달라고 한다. 술을 받아들더니 "계산은 모키치가 할 거야"라고 하며 가게를 나선다. 모키치는 기가차서 곰방대를 날린다. 술 도둑 뒤를 쫓아가니 다다른 곳은 모든 도깨비들이 모인다고 하는 도깨비들판이었다. 살아서는 못 돌아온다고 하는 곳이다. 어둠 속에 여러 색깔의 불이 이리저리 번쩍이고 도깨비들이 춤을 춘다. 모키치는 이리 되면 배짱밖에 없다며 눈을 부릅뜨고 어둠 속을 주시하는데 한 도깨비가 "모키치 고양인 어찌 된 거야" "술은 아직이냐?", 라고 외친다. 휙 바람이 불더니 모키치의 고양이가 나타나 울먹이는 듯한 소리로 이렇게 말한다.

"오늘 밤은 나 술 못 갖고 왔어, 아까 술 가게에서 아버지를 만나버렸다고. 곰방대에 맞아 다쳤는걸."

「おら、今夜は酒出せね。さっき酒屋でおやじにばったり会って、きせる投げつけられて、けがしたもの。」 (『4 상』, p.127)

대장쯤 되는 듯한 쉰 목소리가, 모키치는 철포를 가지고 다니는 괘씸한 놈이라 죽여야 한다고 말한다. 모든 도깨비가 일제히 찬성하고 모키치의 고양이에게 죽이는 방법을 명령한다. 그러나 고양이는 "난 싫어. 난 모키치가 좋은 걸"하고 울며 거부한다. 화가 난 도깨비들은 고양이를 향해 솟아오르며 "도깨비 망신을 시키는 모키치의 고양이도 죽어야 한다."며 길고 가는 손을 뻗친다. 그 순간 모키치의 철포가 불을 뿜어내고 도깨비불이 미친 듯이 어지럽게 흔들리더니 이윽고 주위가 깜깜해진다. 어둠을 주시하고 있는 모키치에게 고양이가 다가온다.

"이놈, 너 같은 꼬마 고양이가 어른인양 도깨비 무리에 끼는 게 아니야. 이 바보." / 모키치는 고양이를 호되게 야단치고 어깨에 태워 집으로 갔습니다. / 이튿날 밝아져보니 들판에 낡은 비옷, 낡은 나무 망치, 죽은 닭 뼈 등이 뒹굴고 있었습니다. 마을 사람들이 버린 물건이 모두 도깨비가 되어 모여 있었던 것입니다.

「こら、おまえみたちびっこねこが、一人前に、化け物のなかま入りすんでね。このばかたれ。」 / 次の朝、明るくなってみると、野原に古みのや、古い木の小づちや、死んだにわとりのほねなどが転がっていました。村の人たちがすてた物が、みんな化け物になって、より合っていたのでした。 (『4 상』, p.130)

매우 현대적 해석이 가미된 교훈적인 결말이다.

하지만 이 결말이 작품의 주제를 바꾸는 것은 아니다. 고양이가 모키치를 아버지((おやじ)라고 말하는 데서 알 수 있듯이 모키치와 고양이는 주관적으로는 부자관계이다. 호통도 치지만 귀여워하고 책임지는 아버지, 철없지만 아버지를 따르고 배신하지 않는 기특한 아들의 관계이다. 유사가족관계로 인간과 동물의 친밀한 관계를 그리는 것은 일본 국어교과서 문학교재에 반복되는 특징이다. 「왜냐면 왜냐면 할머니」(『1 하』)의 98세 할머니와 5살 고양이는 할머니와 손자 같은 관계였고, 「스호의 흰 말」(『2 하』)의 소년과 백마의 관계는 마치 연인과도 같은 관계였다. 1학년에 실린 독일 동화 「언제나 언제나 정말 좋아해」와는 확연히 다르다. 소년 엘프는 같이 자란 개에게 어디까지나 주인으로서 끝까지 책임지고 사랑을 표현하려고 한다. 애완동물과 주인의 경계는 유지되고 메르헨으로 월경하는 일도 없다. 한편 일본 동화는 유사가족관계를 추구한다. 인간의 말을 하며 인간처럼 생활하는 고양이, 둔갑하는 고양이 등 작품 공간에 따라 메르헨의 방식이 조금씩 다르기는 하나 인간의 심성을 갖는 동물이 요구된다. 일본인의 애니미즘의 전통이 이런 포스트 모더니즘적 동화를 다산하는 것이라 생각된다.

3. 『국어4 하』 산문작품 교재의 특징

하권의 첫 교재 니미 난키치(新美南吉 1913-1943)의 **「여우 곤(ご**

んぎつね)」(pp.4-21-25)[6] 또한 넓은 의미에서 유사가족관계를 동경하는 동화이다. 1956년 대일본도서가 발행한 교과서에 처음 수록된 후 인기 장수 교재로 자리를 굳혀 2011년 발행교과서는 5종 전부 이 작품을 수록하고 있으며[7] 일본 성인의 가장 기억에 남는 국어교재 1위라고 한다.[8] 내용을 요약하면 장난꾸러기 꼬마 여우가 사죄하는 마음으로 착한 일을 시작했는데 결국은 총에 맞고 그때서야 상대가 알게 된다는 이야기이다.

구체적으로 줄거리를 살펴보기로 한다. 산 속에 혼자 사는 외톨이 꼬마 여우 곤은 늘 마을에 나가 이것저것 장난을 친다. 하루는 어머니와 둘이 사는 농부 효주(兵十)가 애써 잡아 놓은 물고기를 강에 던지다가 들켜 뱀장어가 목에 감긴 채 줄행랑을 친다. 며칠 후 효주의 집에서 장례행렬이 나간다. 곤은 효주가 어머니를 먹이려고 뱀장어를 잡았던 것이라 추측하며 장난친 것을 후회한다. 이튿날부터 곤은 효주 집에 몰래 먹을 것을 던져 넣는다. 첫날은 정어리 이튿날부터는 밤을. 그런데 보름달이 환한 어느 날 밤, 마을에 놀러나간 곤은 효주와 사스케가 염불회가 열리는 이웃집으로 걸어가며 나누는 대화

---

6 니미 난키치(1913-1943)의 대표작. 초출『赤い鳥』1932년1월호. 제목『權狐』. 작자 사후 1943년9월30일에 간행된 동화집『花のき村と盜人たち』(帝国教育会出版部)에 수록됨. 新美南吉記念館のホームページ http://www.nankichi.gr.jp/index.html

7 東書文庫蔵書検索으로 조사함. 1949년 이후의 小・中学校 国語教科書에 대해서 게재작품명, 저자명으로 검색 가능함. http://www.tosho-bunko.jp/search/ 검색일: 2015.4.30.

8 "ある検索サイトが行ったアンケートによると、日本の大人たちの思い出に残っている国語の教材は、1位「ごんぎつね」、2位「かさこじぞう」、3位「おむすびころりん」、4位「」大きなかぶ」、5位「スーホーの白い馬」だそうだ。"二宮 皓ほか(2010)『こんなに違う!世界の国語教科書』メディアファクトリー新書002, p.10.

를 엿듣게 된다. 이상하게도 어머니가 죽은 후 매일 집에 먹을 것이 놓여 있다는 효주의 말을 들은 사스케는 그건 틀림없이 외톨이가 된 너를 불쌍히 여긴 신이 은혜를 베푸는 것이니 신에게 감사하라고 한다. 곤은 자신의 행위가 인지되지 않아 감사받지 못한다는 사실에 불만을 느낀다. 그러나 이튿날도 곤은 밤을 가지고 효주 집 뒷문으로 들어간다. 그때 헛간에 있던 효주가 곤을 보게 되고 뱀장어를 훔쳐가더니 또 장난을 치려 왔다고 생각한다. 헛간에 걸려 있던 총에 화약을 채워 문을 나가는 곤을 쏜 후 다가가 문득 토방 쪽을 보니 밤이 잔뜩 놓여 있다.

> "어!" / 하고 효주는 놀라 곤에게 시선을 떨구었습니다. / "곤 너였냐? 매일 밤을 갖다놓은 건?" / 축 처진 곤은 눈을 감은 채 끄덕였습니다. / 효주는 총을 툭 떨어트렸습니다. 총구에서는 파란 연기가 가늘게 피어오르고 있었습니다.
>
> 「おや。」/「ごん、おまいだったのか。いつも、くりをくれたのは。」/ ごんは、ぐったりと目をつぶったまま、うなずきました。/ 兵十は、火なわじゅうをばたりと取り落しました。青い煙が、まだつつ口から細く出ていました。 (『4 하』, pp.20-21)

비극의 여운을 남기는 인상적인 결말이다. 물론 곤이 한 일임을 효주가 알게 되었고 총을 떨어트릴 정도로 효주가 망연자실한다는 결말이므로 곤 입장에서 보면 완전한 불통, 완전한 비극은 아니다. 하지만 미쓰무라 국어교과서로 공부하는 학생에게는 자연스럽게 또 강렬하게 감정이입이 되는 최초의 교과서 비극일 것이라 생각된다.[9]

결말이 충격적이며 또 곤이 다른 교재 속에 등장하는 의인화된 동물과 달리 미화되어 있지 않기 때문이다. 즉 곤은 「노란 양동이」(『2 하』)의 꼬마 여우 곤스케나, 「너구리의 물레」(『1 하』)의 너구리, 또는 「모키치의 고양이」의 고양이처럼 사랑스럽고 기특하기만 한 것도, 작은 물고기 「스이미」(『2 하』)처럼 훌륭하기만 한 것도 아니다. 장난기가 심하지만 상대방의 상황을 상상하며 뉘우칠 줄 알고 잘못을 갚기 위한 속죄 행위(つぐない)를 하는가하면 자신의 호의 및 선행이 인지되지 못하자 불만스러워 한다. 여우 몸에 평범한 인간 마음을 가진 존재이다. 이런 너무나 인간적인 여우를 통해 무엇을 가르치려는 것일까? 관계 맺기이다. 이어지는 언어활동은 곤과 효주의 행동과 심정(気持)을 통해 인물상을 파악하고, 둘의 관계의 변화에 주목하여 최종적으로는 "곤의 속죄의 심정은 효주에게 전달된 걸까?"(p.22)라는 질문에 수렴시키려 한다. 관계 맺기는 표현(여기서는 행동)을 통해 마음이 전달되는 데서 시작한다는 것을 가르치려는 의도이다.

하지만 언어활동에는 언급되지 않고 있지만 이 작품 공간 속에는 속죄와 관계 맺기 사이에 일정 거리가 존재한다. 즉 곤의 행위는 속죄냐 동정이냐 애정이냐의 문제이다. 처음 정어리를 던져 넣었을 때는 효주는 자신의 행위를 분명하게 속죄(つぐない)라고 의식한다.

9 『もう一度読みたい教科書の泣ける名作』의 표지를 장식하면서 필두에 실려 있는 것도 이를 증명하는 듯하다. 学研教育出版編(2013) 『もう一度読みたい教科書の泣ける名作』 学研教育出版, 표지.

곤은 뱀장어에 대한 속죄로 우선 하나 좋을 일을 했다고 생각했습니다.

ごんは、うなぎのつぐないに、まず一つ、いいことをしたと思いました。 (『4 하』, p.14)

그러나 곤은 의식하지 못하고 있지만 이미 이 시점부터 자신과 같은 외톨이가 되어버린 효주에 대한 측은지심도 작용하고 있다. 정어리을 던져 넣기 전 혼자 쌀을 씻고 있는 효주를 헛간 뒤에서 지켜보던 곤은 "효주도 나랑 같은 외톨이인가"라고 생각했고, 때마침 정어리 장수가 행상을 오자 틈을 엿보아 대여섯 마리 훔쳐 효주의 집 뒷문 안에 던져 넣은 것이다. 이튿날 산에서 밤을 잔뜩 주어 갔을 때는 효주의 얼굴에 생긴 상처를 보고 "가엾게도(かわいそうに) 효주는 정어리 장사에게 얻어맞아 저런 상처까지 입었구나."하고 생각한다. 본의와는 다르게 상처를 입힌 효주를 보며 가여워 한다. 이후 매일 매일, 밤을 때로는 송이버섯까지 갖다 놓는 것이다. 그러나 어느 사인엔가 속죄와 동정은 거의 애정에 가까운 감정으로 바뀐 것 같다. 효주와 사스케의 대화를 들은 곤의 심정이다.

곤은, "헤 이거 재미없네."하고 생각했습니다. "내가 밤이랑 송이버섯을 갖다 주는 건데 그런 나한테는 감사하지 않고 신에게 감사를 하면 나는 수지가 안 맞네."

ごんは、「へえ、こいつはつまらないな。」と思いました。「おれが、くりや松たけを持っていってやるのに、そのおれにはお礼を言わないで、神様にお礼をいうんじゃあ、おれは、引き合わないなあ。」

(『4 하』, p.19)

이 내면의 독백을 문자 그대로 해석해보자. 속죄의 행위가 목적이었다면 그 대상인 효주가 알아주지 않는 것에 대해 불만이 있을 수는 있지만 감사를 못 받는다는 불만은 있을 수 없다. 아니 속죄의식이라면 일본어에서 은혜의 수수(授受)를 의미하는 주다(やる)를 사용할 수 없다. 즉 어느 사이엔가 곤의 속죄의식은 자신이 효주를 기쁘게 하기 위한 착한 일을 하고 있다는 의식으로 바뀐 것으로 해석할 수 있다. 그러나 만약 자신의 선함을 드러내고 감사 받기만을 위한 선행이라면 이 말은 들은 다음 날도 효주의 집에 밤을 갖고 가는 것을 해석할 수 없다. 즉 곤은 자신과 같은 처지의 효주에게 동정에서 시작된 호의 어쩌면 형제애[10]에 가까운 사랑의 마음으로 밤을 나르고 있는 것이고 그것이 상대방에게 전달되어 특별한 관계 맺기로 이어지기를 바라고 있던 것이다. 친해지기를 원하는 사람에게 자신의 호의가 전달되지 않는 것은 누구나 '재미없는 일'이다. 효주와 사스케의 대화를 들은 곤의 질투어린 독백에는 속죄로 시작한 곤의 행동이 관계 맺기의 욕구로 마뀌었음이 노정되어 있다. 그러므로 비록 효주의 총에 목숨을 잃게 되지만 망연자실 한 효주의 손에서 툭하고 총이 떨어진 순간은 계속 외톨이였던 곤이 관계 맺기에 성공한 달리 말하면 유사가족을 갖게 된 순간일 수도 있다.

물론 초등학생이 여기까지 분석적으로 이해하려면 교사의 도움이 필요할 것이다. 하지만 곤과 효주의 관계의 변화를 노트에 쓰게 하면

---

10 곤의 성별이 적시되어 있지는 않지만 초출 제목이 「権狐」이고 작품 속에서 곤이 "わし" "おれ"라는 1인칭 대명사를 사용하고 있어 수컷으로 보는 것이 타당할 것 같다.

서 곤의 심정의 변화를 무시한 채 '속죄의 심정'으로 단순화시키는 것은 작품 논리에 합당하지 않다.

다음 작품은 루실 클리프튼(Lucille Clifton 1936-2010) 저, 가네하라 미즈히토(金原瑞人) 역 「세 가지 소원(三つのお願い)」(pp.44-53, 58)이다. 친구와의 화해를 그린 미국 동화다. 빅터와 제노비아는 단짝. 1월1일 같이 산책하던 중 레나가 태어난 해의 동전을 줍는다. 설날 그런 동전을 주우면 3가지 소원이 이루어진다고 한다. 소원을 말하라는 빅터의 말에 "이 날씨 어떻게 안 될까?" 농담처럼 말하자 금세 햇빛이 나온다. 반신반의하는 레나는 머릿속이 동전생각으로 가득하다. 함께 집에 돌아왔지만 아직 두 개 남아 있다는 빅터의 말에 레나는 "진짜로 이 1센트 동전에 뭔가 있다고 생각하는 거야?"라고 반발하고 말싸움 끝에 "너 같은 사람 여기 없었으면 좋겠어. 돌아가."라고 심하게 화를 내고 만다. 용수철처럼 벌떡 일어나 가버리는 빅터. 어머니가 다가와 빅터에게 심술을 부린 게 아니냐고 묻지만 레나는 부정하고 소원을 들어준다면 무엇을 빌겠냐고 엄마에게 묻는다. 좋은 친구, 라는 의외의 대답이다. 레나는 집 밖 계단에 앉아 빅터와 함께 놀았던 시간들을 떠올린다. "좋은 친구가 가버리니 쓸쓸해. 돌아와 줬으면 좋겠어." 동전을 꼭 쥐고 작은 소리로 말한다. 슬퍼하고 있는 레나 눈에 싱글벙글 웃으며 이쪽으로 달려오는 빅터의 모습이 보인다.

테마는 너무나 단순명쾌하지만 친구들끼리의 말싸움이 구체적으로 그려지는 것은 일본 작가 교재에서는 좀처럼 보기 드문 장면이다. 또 소원이 이루어졌다고 읽을 수도 있지만 합리적으로 읽어도 지장 없는 리얼리즘 소설이기도 하다.

이어지는 언어활동도 이전의 외국교재와는 달리 차이를 의식시키며 진행된다. “이 작품은 미국 어린이의 어느 날의 사건을 그리고 있습니다.” “지금까지 읽은 작품과 다르다, 비슷하다, 생각한 곳이 있나요? 잘 읽고 감상문을 정리합시다.”(p.54) 또 예문에도 “미국 어린이와 우리와의 공통점과 차이점이 재미있었다”(p.55)는 문이 들어 있다. 감정을 솔직하게 표출하는 대화는 이문화권의 대화방식이다, 뒤집으면 ‘우리’ 일본 어린이는 그렇게 하지 않는다, 라는 메타 메시지를 학생들은 수용하게 될 것 같다.

아와 나오코(安房直子 1943-1993)의 **「첫눈 오는 날(初雪のふる日)」**(pp.100-115-118)은 첫눈 오는 날 소녀가 눈 토끼들이 줄지어 달리는 이계(異界)로 빠져들었다가 현실로 귀환하는 이야기이다. 이즈미 교카의 「용담담(龍潭譚)」, 서양의 「이상한 나라의 엘리스」 등을 생각나게 하는 작품이다. 이야기는 다음의 5단계로 진행된다. 1 현실에서 이계로 이행하는 단계. 2 이계로 들어왔음을 자각하는 단계. 3 현실로의 귀환을 시도하나 곤란에 부닥치는 단계. 4 할머니의 교훈에 자신의 지혜를 더하여 귀환에 성공하는 단계. 5 집으로 돌아가게 되는 마지막 부분이다.

소녀를 이계로 유혹한 것은 마을 외길 위에 한 없이 이어지는 원, 아이들이 오랏말놀이를 할 때 그리는 원이다. 그 원을 발견하고 안에 폴짝 뛰어들자 이상하게 소녀의 몸을 가벼워지고 고무공처럼 튀어 오른다. 하지만 처음에는 현실과의 교류가 가능했다. 담배 가게 아주머니는 소녀를 보고 “어유 씩씩하네!”라고 말을 건네고 개도 소녀를 보고 짓는다. 마을 정류장까지 오자 눈이 내리기 시작한다. 볼이 빨개지고 땀범벅이 되도록 달려도 원은 계속 이어지는데 하늘은 어두워지고 바람도 차가워지며 눈보라가 휘몰아칠 것 같다. "돌아갈까", 중얼거린 바로 그 때 소녀는 자신이 이상한 세계에 들어와 있음을 자각하게 된다. "한 발, 한 발, 두 발, 한 발-" 하는 소리가 뒤에서 들려오고 자신의 앞뒤로 토끼의 행렬이 한 없이 이어지고 있다. 토끼에게 어디로 가느냐고 묻자 이런 대답이 돌아온다. "어디까지든지, 어디까지든지, 세계 끝까지. 우리 모두 눈을 내리게 하는 눈 토끼니까요." (p.104) 소녀는 가슴이 덜컹. 언젠가 할머니에게 들은 무서운 이야기가 생각났기 때문이다. 첫눈 오는 날은 북쪽에서 눈을 내리는 흰 토끼들이 한꺼번에 온다, 그 행렬에 휩쓸려 들어가면 세계 끝까지 가서 마지막에는 작은 눈덩이가 되어 버린다고 들은 것이다. 그런데 지금 자신이 "그 토끼들에게 채여 가는 중"인 것이다.

소녀는 큰일 났다며 멈추려고 한다. 하지만 뒤의 토끼가 "멈추면 안 돼. 뒤가 막혀. 한 발, 두 발, 통통통." 라고 하자 소녀의 몸은 다시 고무공처럼 튀어 오르며 원을 따라 전진한다. 소녀는 할머니에게 들은 이야기를 열심히 생각했다. 딱 한 사람, 쑥 주문을 외워 살아서 돌아온 아이가 있다는 것이 생각났다. 자신도 해보리라고 생각하고 열심히 봄의 광경을 상상하며 쑥 주문을 외우려고 하자 토끼들의 합창이 시작된다. "우리는 모두 눈 토끼 / 눈을 내리는 눈 토끼 / 토끼의 흰색은 눈의 흰색 / 한 발, 두 발, 통통통" 귀를 막아도 합창소리는 점점 커지고 그 소리에 빨려 들어가 쑥 주문을 외울 수가 없다. 토끼와 소녀의 행렬은 전나무 숲을 지나고 언 호수를 지나고 와본 적도 없는 먼 곳까지 왔다. 그러나 사람들은 아무도 토끼 행렬과 소녀를 알아보지 못 하고 "아아, 첫눈이다!"라며 잰 걸음으로 지나쳐간다.

이어지는 4단계. 소녀의 환상 속에 할머니가 조력자로 등장한다. 이미 세상을 떠난 할머니일 것이다. 작품 속에 할머니가 죽었다는 말은 나오지 않으나 주위에 도와줄 사람이라고는 아무도 없는 절체절명의 위기에서 구원을 요청하는 대상, 또 그에 부응하는 대상이라면 일본문화 속에서는 신불(神仏)이든지 적어도 저 세상으로 간 사자(死者)라고 보는 것이 타당할 것이기 때문이다. 소녀는 팔다리가 얼어붙어 가는 가운데 마음속으로 "할머니 살려줘요−" 라고 부르짖는다. 그 때 막 발을 넣은 원 속에 이파리 하나가 떨어져 있다. 안쪽에 흰 솜털이 가득 붙어 있는 쑥 잎이었다. 가슴에 대자 누군가의 응원이 느껴졌다. 눈 아래 땅 속에서 봄을 기다리는 많은 풀씨의 응원이었다.

> 많은 작은 것들이 소리를 합하여 힘내 힘내라고 말하는 듯했습니다. / 그렇습니다. / 그것은 눈 아래 있는, 많은 풀씨의 소리였습니다. 지금 땅 속에서 가만히 추위를 견디고 있는 풀씨의 입김이 한 장의 이파리를 통해 소녀의 가슴에 전해져 온 것이었습니다.
>
> たくさんの小さなものたちが、声をそろえて、がんばれがんばれと言っているように思えてきました。/　そうです。それは、雪の下にいる、たくさんの草の種の声でした。今、土の中でじっと寒さにたえている草の種のいぶきが、一まいの葉を通して、女の子のむねに伝わってきたのでした。
>
> (『4 하』, p.110 밑줄 필자)

밑줄 부분을 보면, 자연을 의인화하여 자신의 응원군으로 만드는 소녀의 상상력은 화자에 의해서도 그대로 지지되고 있는 것을 알 수 있다. 상상력으로 소환한 할머니가 준 쑥 잎을 든 소녀는 지혜로운 수수께끼를 생각해 내고 그를 계기로 토끼들은 봄노래를 부르게 된다. "토끼의 흰색은 봄의 색깔 / 쑥 이파리 뒷면 색깔 / 한 발 두 발 통통통 "(p.112) 그 노랫소리에 발을 맞추어 나아가자 꽃냄새, 새소리가 들리는 듯하고, 봄 햇살이 쏟아지는 쑥 벌판에서 오랏말놀이를 하는 듯한 기분이 들었다. 몸이 따뜻해지고 볼도 살포시 장밋빛이 되었다. 소녀는 눈을 감고 크게 숨을 들이키고는 "쑥, 쑥, 봄 쑥"하고 열심히 소리쳤다. 정신이 들고 보니 소녀는 모르는 마을의 모르는 길을 달리고 있었다. 토끼도, 원도, 쑥 잎도 사라지고 없다. "아아 살았다!" 생각한 순간 다리가 더 이상 움직이지 않았다.

소녀 주위를 마을 사람들이 둘러싼다. 주소를 듣고는 믿어지지 않는다는 표정을 짓는다. 산을 몇 개나 넘어서 먼 곳에 온 것이다. 그때 한 노인이 "이 아이는 필시 흰 토끼에게 채여 갈 뻔 한 거야"라고 말한다. 소녀는 마을 사람들의 호의로 식당에서 따뜻한 것을 먹고 버스로 귀가하게 된다.

이 작품에는 몇 가지 모티브가 섞여 있다. 첫째 일본 민속에 전해져 오는 가미카쿠시(神隠し)적 요소, 둘째 할머니로 나타난 모성에 대한 동경, 셋째 자연의 정령들이 응원한다는 애니미즘 적 자연관, 넷째 성장소설에 요구되는 역경극복의 용기와 지혜이다. 첫째 가미카쿠시적 요소는 마을의 노인이 말한 '채여 갈 뻔 한 거다(*さらわれそうになったのだ*)' 라는 말, 이계에 들어온 것을 자각하는 시간과 장소[11] 등에 나타나 있다. 가미카쿠시는 일반적으로 덴구나 갓파, 여우

11 소녀가 토끼를 보게 되는 것은 하늘이 어두워진 때(どんよりと暗くなり), 장소는

가 데려가는 경우가 많은데 이 작품에서는 할머니로부터 들은 이야기로 토끼가 된 것이다. 미노 후사코도 지적하고 있듯이 사람들의 신비한 체험은 대개 인간의 경험과 연결된 상상력이 만들어내는 것이기 때문이다.[12] 물론 할머니가 해준 이야기는 눈이 이끌려 미아가 되는 일이 없도록 즉 가미카쿠시를 당하지 않도록 경계한 말이었지만 이것이 소녀의 상상력의 모태가 된 것이다. 그렇다면 그 상상력에 불을 지핀 것은 무엇이었을까? 길 위의 원이 유혹물이 되었지만 그보다 근본적인 것은 소녀의 외로움일 것이다. 이 작품에 이어지는 언어활동은 "독후감을 바탕으로 작품의 비밀을 찾자"인데 학생의 독후감의 예로 "쓸쓸한 느낌"이, 그 작품 속 근거(秘密)로 날씨에 관한 표현이 소개되고 있다. 그러나 쓸쓸함을 주는 것은 날씨만이 아니다. 보다 근본적이라 할 수 있는 것은 설정이다. 작품의 모두를 살펴보겠다.

> 가을 끝 추운 날이었습니다. / 마을 외길에 작은 여자 아이가 쭈그리고 앉아 있습니다.
>
> 秋の終りの寒い日でした。/ 村の一本道に、小さな女の子がしゃがんでいました。 (『4 하』, p.100)

이미 마을의 상점들을 지나 버스정류장을 지난 지점 즉 마을경계의 밖으로 나온 지점으로 가미카쿠시를 만난다는 시점과 일치한다. '黄昏に女や子供の家の外に出て居る者はよく神隠しにあふことは他の国々と同じ"(8화) 鶴見和子編(1975)「遠野物語」『柳田国男集』近代日本思想大系14 筑摩書房, p.7.

12 "しかし異界は、他界のように知らない世界ではんく、 異界は自らの内に立ち上がるものであるから、異界が現実を映し得ないことなど、あり得ないのである。"箕野聡子(2000.12)「スタジオジブリと近代文学－『千と千尋の神隠し』と泉鏡花『龍潭譚』」『神戸海星女子学院大学研究紀要』39 神戸海星女子学院大学研究委員会, p.1.

외길에 혼자 우두커니 쭈그리고 앉아 있는 외로운 소녀의 모습으로 이 작품은 시작된다. 이 모습은 설명되지 않은 소녀의 내면의 외로움을 표상하고 있다. 외로움의 원인은 이후의 전개로 볼 때 소녀가, 할머니 즉 상실한 모성적 사랑을 동경하는 것도 무관하지 않을 것이다. 둘째 모티브 즉 모성에 대한 동경이 가미카쿠시의 이계로 소녀를 이끌고 있는 것이다. 할머니가 이야기해준 눈 토끼의 세계로 빠져드는 것 자체가 잃어버린 할머니의 사랑에 대한 억압된 욕구에 기인하는 것이라 생각된다. 따라서 살려달라고 할머니를 찾는 것은 지극히 자연스런 마음의 토로이고 할머니가 내려준 듯한 쑥 잎을 발견하는 것 또한 이런 소녀의 욕망이 투영된 것이다. 이즈미 교카(泉鏡花 1873-1939)의「용담담(龍潭譚)」의 지사토(千里)도 그러했듯이 모성을 잃은 외로움이, 현실에서 충족되지 않는 모성 결핍이 소년소녀를 가미카쿠시의 이계로 이끄는 것이다.[13] 셋째 모티브는 봄의 정령들의 소리를 듣는다는 것이다. 이 또한 소녀의 상상력의 산물이지만 일본문화에서는 널리 공감대를 형성하는 모티브이다. 이것은 국어교과서 문학교재에 면면히 흐르는 애니미즘의 상상력이다. 단 소녀의 상상

---

13 가미카쿠시와 모성동경의 연관에 대해서는 이런 지적들이 있다. 요시모토 다카아키는 야나기다 구니오의 저서『山の人生』「九　神隠しに遭ひ易き気質あるかと思ふ事」(鶴見和子編, pp.57-59)에 기록되어 있는 야나기다의 가미카쿠시 체험을 거론하며 "柳田の入眠幻想がいつも母体的なところ、原始的な心性に還るということである。라고 지적하고 있다. 吉本隆明(1968)「憑人論」『共同幻想論』河出書房新社 p.59. 또 미노 도시코는「千と千尋の神隠し」와 이즈미 교카의「龍潭譚」을 비교하며 전자가 カオナシ부분 외에는 후자의 영향을 크게 받고 있음을 지적하며 그 영향관계의 비교결과를 이렇게 정리한다. "そこに浮かび上がって来たのは、少年少女の自立の問題であり、「母なるもの」の再生であり、その手段として主人公の一時的な親殺しのテーマであった。" 箕野聡子, p.15.

력에는 그것을 자신을 응원하는 아군으로 불러낸다는 적극성이 있다. 넷째 역경극복의 모티브에는 이 작품의 주제가 집약되어 있다. 1 할머니의 말을 열심히 생각하는 소녀의 태도, 2 죽은 할머니가 자신을 도와줄 거라는 애정에 대한 신뢰 그리고 3 자연을 의인화하여 자신의 편으로 만드는 상상력, 거기에 4 자신의 힘으로 생각해낸 지혜가 합하여 현실 귀환을 성공시켰기 때문이다. 부연하자면 1은 문화가 '어린 피조물'에게 전승되기 위한 기본요건이며.[14] 2에는 모성동경과 죽은 자에 대한 일본인 특유의 상상력이 믹스되어 있고 3, 4 애니미즘의 상상력과 지혜는 국어교과서 문학교재의 인기테마이다. 작품에는 집으로 돌아온 후의 소녀의 모습은 그려져 있지 않다. 하지만 독자들은 이계 체험이라는 환상을 통해 소녀가 자신에게 내재하는 힘을 확인한 것은 이후의 소녀의 삶에 자신감으로 이어질 것을 상상하게 된다. 결론적으로 이 작품은 가미카쿠시라는 민속적 수법을 사용한 일종의 성장 동화라 할 수 있다.

마지막 작품은 '들으며 즐기자' 코너에 실린 세가와 다쿠오(瀬川拓男 1929-1975)의 **「이마에 감 나무(額に柿の木)」**(pp.90-91, pp.126-130)이

---

14 루스 베네딕트는 『문화의 유형』에서 개인의 경험과 신념에는 자라면서 익히게 되는 관습, 문화가 주요한 역할을 수행함을 강조한다. "출생의 순간부터 그가 태어난 장소의 관습이 그의 경험과 행동을 형성한다. 말을 할 줄 알게 되면 그는 문화의 어린 피조물이 된다. 자라서 그 문화의 활동에 참여할 능력이 생기게 되면 문화의 습성이 자신의 습성으로, 문화의 신앙이 자신의 신앙으로 되고, 또한 그 문화에서 도저히 존재할 수 없다고 생각하는 것은 자신도 그렇게 생각하게 된다." 루스 베네딕트(Ruth, Benedict) 저(1934), 김열규 역(1993) 『문화의 패턴(Pattera of culture)』 까치, p.16. 또 『국화와 칼』 12장 「어린아이는 배운다」에서는 문화-여기서는 일본문화의 핵심가치와 처세술이 가정교육을 통해 구성원에게 학습됨을 설명하고 있다. 루스 베네딕트(1946), pp.335-388.

다. 학습목표은 "인물과 장면의 모습을 떠올리며 옛날이야기를 들읍시다."이다. 그런데 이 작품에는 그림 좌측하단에 작게, 다카자에 앉은 라쿠고(落語)가의 사진을 싣고 "이 이야기는 라쿠고로도 친숙합니다."라는 설명이 붙어 있다. 본래는 고전 라쿠고 작품인 것이다. 하지만 라쿠고에 대한 설명은 일체 없다. 전통예능인 라쿠고로서가 아니라 옛날이야기로 다루어지고 있는 것이다.[15]

내용은 황당무계한 골계담이지만[16] 학습목표처럼 이미지를 상상하게 만드는 작품이다. 산타로(三太郎)는 술을 좋아하고 게으르지만 부부사이는 매우 좋다. 늘 그렇듯 그날도 술에 취해 집에 돌아왔는데 집 앞 감나무가 문득 눈에 들어온다. 잘 익은 감이 잔뜩 달려 있다. 먹어 보고 맛있으면 아내에게도 주려고 나무에 손을 댄 순간 감 하나가 머리에 떨어진다. 빨간 것을 피로 착각한 아내는 술에 취해 다친 것으로 생각하고 산타로 머리를 수건으로 싸맨다. 아내가 하라는 대로 싸맨 채 하룻밤을 잤는데 이 감 씨가 머리에 박혀 이듬해 싹이 나고 자라나 훌륭한 열매를 맺는다. 나가 파니 순식간에 팔린다. 이를 시샘한 감 장수들이 산타로에게 술을 먹인 후 톱으로 가지를 베어

15 고바야시 마사유키 외 6인은 현행 5종 국어교과서에 실린 라쿠고를 검토 대상으로 학습지도개선을 제안하고 있는데 많은 교과서가 라쿠고를 처음 대하는 학생들이 알기 쉽도록 라쿠고에 대해 충분한 설명을 행하고 있다고 보고하고 있다. 미쓰무라도서출판의 교과서에 대해서는 "伝統的な言語文化としての落語に触れるという狙いは感じられない"라고 지적하고 있다. 小林正行ほか(2014) 「[伝統的な言語文化]の学習指導改善－落語教材の検討を通して」『群馬大学教育実践研究』31, pp.240-241.

16 라쿠고는 테마에 따라 滑稽噺, 怪談噺, 人情噺으로 나뉜다. "また、落語には話題による分類がある。聴衆の笑いを誘う「滑稽噺」がその大半を占めるが、他に、怪異や怪談的要素の強い「怪談噺」、心の機微を主軸に描いた「人情噺」などがある。"小林正行ほか, p.236.

버린다. 엉엉 울며 집으로 돌아온 산타로 머리를 보고 아내도 따라 운다. 이듬해는 머리에 버섯이 돋아나 또 잘 팔리지만 시샘을 한 버섯 장사들이 이번에는 큰 도끼로 감나무 뿌리를 헤집어 놓아 머리에 큰 구멍이 뚫린다. 술에서 깬 산타로가 슬퍼하며 집에 돌아오는 길, 큰 비가 내린다. 그러자 그 구멍에 순식간에 물이 가득 차고 붕어, 미꾸라지가 생겨난다. 어서 아내에게 알려주려고 서두는데 기러기 무리가 머리에 내려앉더니 붕어, 미꾸라지를 잡아먹는다. 산타로는 아내를 부르며 기러기를 잡아 맛있는 기러기 국을 끓이자고 소리친다. 집에서 뛰쳐나온 아내와 함께 새끼줄로 기러기 다리를 다 묶었을 무렵 물고기를 다 먹은 기러기가 하늘로 날아오른다. 새끼줄을 잡고 있던 산타로는 공중으로 딸려 올라가고 아내는 산타로를 따라 가다 바다 속에 빠져든다. 하늘 위에서 그 모습을 보고 있던 산타로가 소리친다. "임자, 저런 무르팍이 젖네. 저런 배가 젖네. 어럽쇼, 어럽쇼 가슴이 젖네. 바다 물은 짜다고. 짠 물은 마시지 말랑게!" 외치는 순간 줄에서 손을 뗀 산타로도 바다로 곤두박질친다. 겨우 해안으로 기어 올라온 부부는 얼싸안고 서로의 무사함을 기뻐하는데 아내가 산타로 머리를 보니 바다 물이 가득 차 있고 그 속에서 큰 도미가 튀어 오른다. 이어지는 대사로 황당무계한 상상력은 절정에 달하고 작품은 경사스러운 결말을 맞는다.

> "으메, 으메, 산타로. 이렇게 큰 도미는 처음 보네. 으메, 으메, 풍어다. 도미가 무리를 지어 헤엄을 치네. 고등어도 헤엄을 치네. 으메, 으메 고래가 바닷물을 뿜어내네. 허!" / 그리하여 그 해 말에는 산타로와 아내가 난생

처음으로 귀한 도미구이를 앞에 두고 술을 마시며 해를 넘겼다고 한다.

「あれあれ、三太郎。見たことのもね大きだ鯛だ。あれあれ、大漁だ。鯛が群がって泳いでえる。鯖も泳いでえる。あれあれ、鯨が潮を吹いておるで、は。/ そんなわけで、その年の暮れには、三太郎もかかも、生まれて初めて、鯛のおかしら付きで、酒こくみかわして年取りをしたのだと。 (『4 하』, p.130)

장면의 흐름으로 보면 아내의 말로 생각하기 쉬운데 '산타로'라는 호칭을 사용하고 있으므로 마을 사람들의 말로 보아야 할 것이다. 아내는 산타로에게 여보(おまえさん) 혹은 아버지(とと様)라는 호칭을 사용하기 때문이다. 어리석어 늘 당하기만 했던 산타로지만 마지막에는 모두의 경탄 속에 아내와 함께 자그마한 행복을 누리게 된다. 순박한 부부애에 보내는 지지일 것이다. 또 사람 머리에서 감나무가, 나무에서 버섯이, 사람 머리에 고인 물에서 고기가 생겨난다는 것은 비현실적인 어찌 보면 그로테스크한 측면도 있는 이야기지만 깊이 생각하면 생명의 순환을 나타내기도 한다.[17] 공상성이 강한 허무맹랑한 골계담으로 그냥 웃어넘길 수도 있는 이야기지만, 웃음 뒤에, 자연을 원환으로 보는 일본인의 발상과 서로를 생각하는 마음이 인간관

---

17 인간에게서 식물이 자라난다는 발상의 이야기는 『古事記』 및 『日本書紀』에도 등장한다. 『古事記』에서는 스사노오노미코토(速須佐之男命)가 오게쓰히메노카미(大気津比賣神)에게 먹을 것을 청했더니 오게쓰히메노카미가 코, 입 엉덩이에게 여러 맛있는 것을 꺼내어 여러 가지 맛있는 음식을 만들어 상을 차렸다. 그것을 엿보았던 스사노오노미코토는 더러운 음식을 차려왔다고 오게쓰히메노카미를 죽인다. 그러자 죽은 신의 몸에서 식물이 자라난다. "故、殺されし神の身に生れる物は、頭から蚕生り、二つの目から稲種生り、二つの耳に粟生り、鼻に小豆生り、陰に麦生り、尻に大豆生りき。" 「天照大御神と須佐之男命」5 五穀の起源. 倉野憲司校注(1995) 『古事記』上つ巻 岩波文庫, p.38.

계에서 가장 중요하다는 메시지를 담고 있는 작품이기도 하다.

4. 『국어4』 문학작품 교재의 영역별 주제

다음은 『국어4』에 실린 문학작품 교재 총 17편의 테마를 영역별로 정리한 표이다. 전과 같은 요령이다. 단 3학년까지는 개인영역 하위 구분에서 '감정/감각' 대신 '쾌감'이란 용어를 사용했음을 밝혀둔다.

〈표 4〉

장르	연번	작품명 / 작가(국적) / 수록 면	개인				관계	공동체	생태
			감정/감각	문제해결	성장	이상			
산문	상1	하얀 모자 / 아만 기미코 / 8-17-21					배려		배려
	2	꽃 하나 / 이마니시 스케유키 / 62-72-75				반전 평화			
	3	그림자 / 니콜라이 스라토코프(러시아) / 90-94-95		공감의 상상력					
	4	모키치의 고양이 / 마쓰타니 미요코 / 120-130-131					애정		
	하1	여우 곤 / 니미 난키치 / 4-21-25					사죄 *애정*		
	2	세 가지 소원 / 루실 클리프튼(미국) / 44-53-58					우정		
	3	첫눈 오는 날 / 아와 나오코 / 100-115-118		지혜와 상상력			모성신뢰		
	4	이마에 감나무 / 세가와 다쿠오 /					부부애		*원환 구조*
운문	상1	봄의 노래 / 구사노 심페이 / 4-5-6	봄을 맞은 기쁨						
	2	분실물 / 다카다 도시코 / 96-97	끝나 버린 방학의 아쉬움						

	3	나는 강 / 사카다 히로오 / 98-99			계속				
	하1	연못 시즈코의 소리 / 구도 나오코 / 66	경쾌한 물소리						*자연 존중*
	2	제비꽃 호노카의 낮잠 오는 날 / 상동 / 67	봄의 나른함이 주는 쾌감						*상동*
	3	사마귀 류지의 나는 사마귀 / 상동 / 67			자신감				*상동*
	4	까마귀 에이조의 나는 나 / 상동 / 68		자족					*상동*
	5	시냇물 하야토의 바다로 / 상동 / 68			자신감				*상동*
	6	그루터기 사쿠조의 생활 / 상동 / 68		근면					*상동*
계	17	국어4 / 국어3	4/2	4/3	3/2	1/2	6/1	0/3	1+*7* 2+*1*

5. 소괄

4학년 국어교과서의 문학작품 교재는 총 17편이며 분량으로는 상권 총 146쪽 중 50쪽(운문 4, 산문 37, 언어활동 9), 하권 총 144쪽 중 56쪽(운문 3, 산문 39, 언어활동 14)을 차지하여 전체의 3분의 1을 넘는다. 테마에 대하여는 전체적으로는 3가지 특징을 지적할 수 있다. 첫째, 영역별 작품 수를 보면 개인 12, 관계 6, 생태 1, 공동체 0의 순인데 심층 메시지까지 합산하면 생태가 8, 관계가 6이 되어 생태영역과 관계영역의 순서가 역전된다. 이것으로 알 수 있는 것은 개인영역의 비중이 가장 높지만 일대일의 인간적 관계 못지않게 자연에 대한 인식, 상상력을 중요시한다는 사실이다. 관계영역의 작품 중 의인화한 동물과의 관계를 다룬 것이 두 작품 있다는 것도 이를 방증한다. 둘째, 산문과 운문을 대별해 보면 두 장르의 본질과도 연관이 있지만 산문의 경우는 관계영역에, 운문의 경우는 개인적 가치나 생태적 가치에 치중한다는 특성을 지적할 수 있다. 셋째, 『국어3』과 비교할 때 관계영역의 비중이 현격이 높은 것도 『국어4』의 특징이라고 할 수 있다.

개인영역을 2, 3학년 『국어』와 비교하여 알 수 있는 것은 '감정/감각'의 테마가 다양해진 것이다. 하지만 여전히 '쾌감'이 주요한 테마이다. 문제해결에 있어서 상상력, 지혜, 자족, 근면 이 4가지 테마는 반복적으로 등장하는 것을 지적할 수 있다. 『국어3』에서는 노력과 상상력, 지혜였고, 『국어2』에서는 지혜, 자족, 감동이었다. 근면은 노력과 통하는 가치라고 볼 때 지혜, 상상력, 노력, 자족이 문제해결 방법으로 꾸준히 등장하고 있는 것을 알 수 있다. 자족이라고 하는 소극적인 현실 수용적 가치가 문제해결의 방법으로 제시되는 것이 흥미롭다. 성장영역은 3학년의 호기심, 꿈과는 다른 계속, 자신감이라는 새로운 테마가 등장하며 확대되고 있는 것을 알 수 있다.

4학년 전체적으로 볼 때 부조되는 인간상은 애정과 우정의 관계를 지키며 자연을 존중하는 인간, 개인적으로는 자신의 느낌에 충실하며, 상상력, 지혜, 자족, 근면으로 문제를 극복하며, 자신감을 갖고 계속함으로 성장을 추구하는 인간이다. 애니미즘적 상상력을 가진 가족애 기반의 성장 추구 인간이다. 단 4학년 국어교과서의 인간상에는 공동체적, 사회적인 측면은 보이지 않는다. 공생의 테마가 애니미즘적 상상력에 지나치게 의존하고 있다.

제6장

초등학교 5학년
국어교과서

1. 『국어5』 운문작품 교재의 특징

5학년 국어교과서[1]는 1권으로 되어 있다. 운문작품부터 검토하자. 나스 데이타로(那須貞太郎 1904-) 지음 「언덕 위의 학교에서(丘の上の学校で)」의 주제는 봄이 펼쳐내는 자연의 변화를 바라보는 감동이다. 교실에서 바라본 봄 산의 풍경이 두 페이지에 걸쳐 펼쳐진다.

새 교실의 창문을 열면 / 신록의 완만한 골짜기가 펼쳐지고 //
그 너머로 이어지는 산들 사이로 / 훨씬 먼 봉우리도 보인다 //
가까운 산면의 신록은 풍성하게 싹을 틔워 부풀어 오르고 / 점점이 새빨간 철쭉이 불타고 있다 //
쪽빛 먼 산의 꼭대기로부터 / 푸르도록 맑은 잔설이 / 시원한 빛을 보내와 //
아아, 첩첩히 파도처럼 이어지는 산들의 / 기슭에서 산꼭대기로 / 옮아가는 계절의 확실한 발걸음이 보인다 //
때때로 바람이 지나간다 / 교실 한가득 / 황매화의 금 향기를 뿌리면서
新しい教室の窓をあけると / ゆるやかな　若葉の谷がひらき //
向こうに連なる山々の間から / 一そう遠い峰もみえる //
目近い山肌は / ゆたかに芽吹いて ふくらみ / 点々　真赤なつつじが燃えている //
あい色に遠い向こうの頂から / 青澄む斑雪が / すずしいかがやきを送ってきて //

1 宮地裕ほか(2011)『国語五　銀河』東京: 光村図書出版, pp.1-272.

ああ　いく重の波のように続く山々を / 麓から頂へ / すすむ季節のたしかな足どりがみえる //

時おり　風がとおりすぎる / 教室いっぱいに / 山吹の　金の香をまきながら (『5』, pp.8-9 밑줄 필자)

시점을 이동시키며 생동하는 봄 산의 모습을 재현하고 있다. 1, 2연, 3, 4연은 가까운 곳에서 먼 곳으로, 5연에서는 아래에서 위로 시점을 이동시키며 봄이 일으키는 변화를 시각, 촉각뿐 아니라 밑줄 부분과 같이 의인화 기법까지 동원하여 생동감 있게 묘사한다. 마지막 6연에서는 황매화의 향기를 통해 외부의 자연과 교실 내부의 화자가 후각적으로 하나가 된다. 자연의 스케일이 크면서도 자연과 일체감을 느끼게 하는 시다.

그런데 이 시의 특징은 언덕 위의 학교 안에 시점 인물을 두고 있는 점이다. 이 시가 상상을 요구하는 것은 전면에 산맥이 첩첩으로 펼쳐지는 창문 너머의 풍경만이 아니다. 그렇다면 시의 제목은 언덕 위의 학교에서 바라본 풍경을 의미하는 「丘の上の学校から」였을 것이다. 이 시가 담고 있는 정경은 새 학년 "새 교실의 창문을 열면" 전면에 가득하게 자연이 펼쳐지는 그 교실에 서 있는 화자 또한 포함하는 것이다. 물론 이것은 도시화한 일본에 있어서 많은 학생들이 실제로는 누리기 힘든 환경이다. 노래한 시인에게는 추억 속의 정경에 대한 향수일 수도 있지만 현대의 많은 학생에게는 상상 속에서나 소유할 수 있는 정경이다. 나아가 이 정경은 이상적인 학교의 원풍경으로 학생들의 이미지 속에 자리 잡을 가능성이 있다. 그렇다면 이

시는, 어린이들이여 상상 속에서라도 자연 속의 학교로 돌아가라, 라고 노래하는 시이기도 하다.

두 번째 시는 다카미 준(高見順 1907-1965)의 「이 몸은 풀이라네(われは草なり)」이다. 7, 5의 운율을 지키고 있어 번역에 있어서도 음을 늘리거나 의역하여 운율을 살렸다.

> 이 몸은 풀이라네 / 자라려 하네 / 자아랄 수 있을 때 / 자라려 하네 / 자랄 수 없는 날은 / 자라지 않네 / 자랄 수 있는 날은 / 자아란다네 //
>
> 이 몸은 풀이라네 / 초록이라네 / 머리부터 발끼지 / 초록이라네 / 어느 해나 변함없이 / 초록이라네 / 초록인 자신에게 /물리지 않네 //
>
> 이 몸은 풀이라네 / 초록이라네 / 초록빛이 짙기를 / 바라노라네 //
>
> 아아 살아갈 날의 / 아름다움과 / 아아 사라갈 날의 / 즐거움이여 / 이 몸은 풀이라네 / 살려고 하네 / 풀로서의 목숨을 / 살려고 하네
>
> われは草なり / 伸びんとす / 伸びられるとき / 伸びんとす / 伸びられぬ日は / 伸びぬなり / 伸びられる日は / 伸びるなり //
>
> われは草なり / 緑なり / 全身すべて / 緑なり / 毎年かはらず / 緑なり / 緑の己に / あきぬなり //
>
> われは草なり / 緑なり / 緑の深きを / 願ふなり //
>
> ああ　生きる日の / 美しき / ああ　生きる日の / 楽しさよ / われは草なり / 生きんとす / 草のいのちを / 生きんとす　(『5』, pp.86-88)

잡초란 말이 보여주듯 풀은 별로 가치 없이 취급되는 미물이다. 그러나 이 시의 화자 '풀'은 자신에 대한 그런 세상의 평가에 아랑곳 없다. 초록이라는 자신의 개성에 만족하며 삶의 아름다움과 즐거움을 믿으며 목숨이 허락하는 한 풀로서의 생을 영위하겠다고 선언한

다. 물론 성장에 대한 본능과 욕구는 있다. 하지만 강박관념은 없다. "자랄 수 없는 날은 / 자라지 않네"와 같이 어디까지나 생존 우선의 성장인 것이다. 또 키가 자란다는 측정가능한 객관적인 성장만 성장으로 보는 것이 아니다. 자신의 '초록빛'이 짙어가는 성장의 방식, 즉 자기다움을 추구하는 개성의 성장도 인정한다.

『국어4』에 실린 성장을 노래한 시와는 사뭇 분위기가 다르다. 사카타 히로오 「나는 강」(상), 구도 나오코 「나는 사마귀」 및 「바다로」(하)는 각각 강, 사마귀, 시냇물을 의인화하여 성장을 위한 인내 · 용기 · 도량, 성장에 대한 자신감을 노래하고 있었다. 그에 비해 이 시의 화자 '풀'은 있는 그대로의 자신을 긍정하며 객관적 성장뿐만 아니라 자신다워 감, 즉 개성의 성장을 지향하며 삶을 긍정한다. 다이쇼(大正)시대에 "외재적 권위로부터 내재적 권위로, 극복되어야 하는 자아로부터 긍정되어야 하는 자아로"[2] 사상을 전환하며 자기신장적 휴머니즘을 전개한 시라카바(白樺)파의 문학운동을 생각나게 하는 시이다.[3]

실제 수업에서는 테마에 대해 어떻게 지도하고 있을까? 수업지도안을 공유하는 사이트에서는 검색해보니 '살려고 하네'를 주제로 제시하고 있었다.[4] 그런가 하면 실시된 수업에 대해 수정안을 제시하는

2 高田瑞穂(1963) 『反自然主義文学』 有精堂, p.149.

3 시라카바파의 리더였던 무샤노코지는 '자기를 살린다(自己を生かす)' '인류의 의지(人類の意思)' '타인을 살린다(他人を生かす)' 등을 키워드로 문학 활동을 전개했다. "인류의 의지에 부합하기 위해서는 내부로부터의 요구에 따라 자유롭게 살 수 있는 만큼 살면 되는 것이다. 그리고 자기를-그 속에 자연도 인류도 있다-살릴 수 있는 만큼 살리면 되는 것이다." 武者小路実篤(1918) 「新しい生活に入る道」 『白樺』5月号, p.58.

4 지도안을 요약해둔다.

'수정추시(修正追試)'에서는 시의 주제가 '철학적이어서 어른이라도 이해가 어렵다'며 테마를 다루지 않는 수업을 적절하다고 코멘트하고 있었다.[5] 그 수업에서는 시를 소리 내어 읽은 후, 학생들에게 발견한 것을 발표시키고, 구어체 · 문어체, 반복 등 형식에 대한 학습을 행한 후 반복 어구를 이용한 시 짓기로 이행하고 있었다. 그런데 흥미로운 것은 한 학생이 "이 시에는 '풀의 자존감'이 쓰여 있다.(この詩には「草の誇り」が書いてある。)"라는 의견을 발표했다는 것이다. "초록빛이 짙기를 / 바라노라네(緑の深きを / 願ふなり)'의 대목이라고 근거도 제시하면서이다. 매우 뛰어난 독해라고 할 수 있다. 경쟁사회에서 개성이라는 주관적 가치를 추구하는 것은 쉬운 일이 아니다. 강력한 자아, 자존감이 없으면 좌절하기 쉬운 삶이다. 자신다운 생을 강조하는 이 시가 자신에 대한 자존감과 직결되어 있는 것을 간파하는 학생이 있다는 것은 '학생들의 눈높이'라고 흔히 말해지는 것이 교사의 판단의 강매일 수도 있다는 것을 보여주는 듯하여 시사

1차시
1. 음독 2. 발견한 것 개조식으로 쓰기 3. 기본사항 확인 (몇 연, 화자, 반복되는 어구 및 문) 4. 각 연을 나타내는 '한자1자'쓰기 →伸 · 緑 · 緑 · 生
2차시
1. 4연 중 혼자만 다른 연 찾기 ⇒4연. 2. 3연의 위화감 해소(생략되어 있는 4행 찾기) ⇒全身すべて / 緑なり / 毎年かはらず / 緑なり 3. 가장 중요한 한자 1자 찾기 ⇒生 4. 주제 찾기 ⇒ 「『生きる』ことの大切さ」である。5. 다시 음독하기
검색어 「高見順われは草なり」「明日の授業を5分で準備!導案 · 授業コンテンツ共有サイト」 http://www.tos-land.net/teaching_plan/contents/13000 검색일: 2015.8.24.

5 "詩の学習に慣れてきて(3編目)、詩の内容を自力読みを始めている子もいる。しかし、この詩自体は 「哲学的」で、大人でも理解が難しいと私は考える。したがって、「リフレーン」を中心とした浜上氏の指導は、私は適切と考える。"「われは草なり」高見順=浜上実践の修正追試= http://www.d2.dion.ne.jp/~kimura_t/sinozyugyou/warehakusanari-si.PDF 검색일: 2015.8.24.

적이다.

마지막 읽기 영역의 시는 「시를 즐기는 방법을 찾자」라는 제목으로 6편의 짧은 시들이 실려 있다. “시를 즐기자”가 목표이다. 차례로 살펴보겠다. 먼저 이부세 마스지(井伏鱒二 1898-1993)의 **「종이 연(紙凧)」**이다.

> 내 마음 속 하늘에 날아오르는 / 아득히 먼 종이 연 하나 / 날아올라라 날아올라라 / 내 마음 속 하늘 높이 날아올라라
>
> 私の心の大空に舞ひあがる / はるかなる紙凧　一つ / 舞ひあがれ舞ひあがれ / 私の心の大空たかく舞ひあがれ (『5』, p.164)

기억 속에 각인된 한 장면, 머나먼 과거의 한 장면이 시의 배후에 있는 것 같다. 화자의 심상에 떠오른 연은 이제 자유롭게 하늘을 비상한다. 무엇으로부터의 자유인지, 무엇을 향한 비상인지, 혹은 무엇인가를 떠나보내는 것인지 알 수 없지만 상상의 공간에서 화자의 祈願은 실현된다. 다음은 마도 미치오(まどみちお)의 「송충이(ケムシ)」이다.

> 이발은 싫다
>
> さんぱつは　きらい (『5』, p.164)

송충이라는 제목이 그대로 화자를 지시하는 코드가 되어 있다. 단순한 의인화 기법을 넘어 아예 동식물을 화자로 하는 기법은 일본전통문학에서도 국어교과서에서 드물지 않다. 다만 이 시의 특징은 징

그렇다는 고정관념이 강한 송충이를 택하여 이발을 싫어하는 남자어린이로 귀엽게 변신시켰다는 점에 있다. 반전의 웃음과 함께 사랑스런 송충이라는 이미지가 탄생한다. 다음은 장 콕토(Jean Cocteau 1889-1963) 작, 호리구치 다이가쿠(堀口大学 1892-1981) 역「귀(耳)」이다.

> 내 귀는 조개껍질 / 바다의 소리를 그리워한다
> 私の耳は貝の殻 / 海の響きをなつかしむ (『5』, p.164)

바다가 그리운 것은 화자 자신의 마음이겠지만 그것을 바닷가에 있는 조개껍질을 닮은 귀에 가탁하여 표현하고 있다. 짧은 시 속에 여러 가지 수사법이 쓰이고 있다. 그리워하는 조개껍질이라는 의인법, 바다로부터 인접한 조개를 이끌어내는 환유, 모양이 비슷하다는 유사성에 입각한 은유, 귀를 인격체인양 표현하는 의인법이다. 마지막 의인법은 그리움을 귀에 국한시켜 표현한다고 보면 좁혀서 말하는 완서법(緩徐法)이라고도 할 수 있다. 여러 가지 수사법을 찾을 수 있는 시인데 주제는 그리움이다. 물론 바다 소리가 환기하는 것을 자유롭게 상상하며 즐길 수도 있지만 기본적으로는 자연친화적이다. 다음 시는 데라야마 슈지(寺山修司 1935-1983)의 **「가장 짧은 서정시(一ばんみじかい抒情詩)」**이다.

> 눈물은 / 인간이 만들 수 있는 / 가장 작은 / 바다입니다
> なみだは / にんげんのつくることのできる / 一ばん小さな / 海です。
> (『5』, p.164)

우리말에서 눈물과 바다는 '눈물바다'라는 과장법으로 연결되는데 이 시에서는 은유로 연결되고 있다. 하나는 물리적 깊이, 하나는 정서적인 깊이이지만 작은 눈물과 광활한 바다를 깊다는 유사성으로 연결한다. 눈물이 갖는 물리적인 크기와 정서적인 깊이를 잘 대비시킨 시이기도 하다. 주제는 눈물로 드러나는 인간의 절절한 감정이다. 다음 시는 야기 주키치(八木重吉 1898-1927)의 **「빛(光)」**[6]이다.

> 빛과 놀고 싶다 / 웃기도 하고 / 울기도 하도 / 서로 밀쳐내기도 하며 놀고 싶다
>
> ひかりとあそびたい / わらったり / 哭いたり / つきとばしあったりしてあそびたい (『5』, p.165)

빛과의 유희를 아이들아 천진하게 노는 모습에 빗대어 노래하고 있다. 이 알레고리를 야기 주키치라는 시인을 코드로 상호텍스트적으로 푼다면 '빛'이 지시하는 내용은 아래에 인용한 『성경』「요한복음」 1장에서 찾아야 할 것이다. 주지하다시피 야기는 기독교인으로 자신의 모든 시는 "십자가를 지고 있다"고[7] 고백하는 시인이기 때문이다.

> 참 빛 곧 세상에 와서 각 사람에게 비추는 빛이 있었나니 그가 세상에

6 1925년9월12일에 시인이 수작업으로 제작한 시집 『花をかついで歌をうたわう』에 수록된 후 『貧しき信徒』에 수록되어 1928년2월 발표됨. 八木重吉(2000) 『八木重吉全集 第二巻(詩集 貧しき信徒秋の瞳 · 詩稿Ⅱ)』増補改訂版 筑摩書房, p.153.

7 「私の詩(私の詩をよんでくださる方へささぐ」라는 제명의 시 속에 나오는 시구이다. "ここに私の詩があります / これが私の贖である / これらは必ずひとつひとつ十字架を背負ふてゐる" 사후에 알려진 시로 출전은 야기 주키치가 수작업으로 엮은 미발표 시집 「晩秋」(1925년11월 22일편)」이다. 인용은 다음에 의한다. 『八木重吉全集 第二巻(詩集 貧しき信徒秋の瞳 · 詩稿Ⅱ)』, p.210.

> 계셨으며 세상은 그로 말미암아 지은 바 되었으되 세상이 그를 알지 못하였고 자기 땅에 오매 자기 백성이 영접하지 아니하였으나 영접하는 자 곧 그 이름을 믿는 자들에게는 하나님의 자녀가 되는 권세를 주셨으니
>
> 「요한복음」1장8-12절『성경전서 개역개정판』

즉 빛은 요한복음에 소개된 구세주 예수그리스도를 지시하는 기호인 것이다. 같은 시인의 시「관통하는 빛(貫く光)」의 내용은 더욱 선명하게「요한복음」과 조응한다.[8] 그러나 그렇게 이해하며 읽을 학생이나 그렇게 지도할 교사는 극소수가 아닐까 싶다. 아마도 이 시는 독자, 즉 학생이 제각기 빛의 지시내용을 정하는 포스트모던적인 독법이 행해질 것 같다. 다만 은유라고 하는 약호는 존중되어야 할 것이다. 빛이 은유인 만큼 이어지는 유희의 모습 또한 비유로 읽는 것이 요구된다. 자신의 감정을 웃음이든 슬픔이든 진솔하게 드러내며 심지어 밀쳐내기까지 한다는 것은 진실하고 친밀한 소통, 관계를 의미할 것이며, 그것이 놀이로서 영위된다는 것은 그 관계맺음이 이익이나 목적을 위함도 아니요, 의무도 아닌 자기완결적인 기쁨이 된다는 은유이다. 그러므로 이 시의 은유는 자신에게 빛과 같은 의미를 갖는 존재와의 진솔하면서도 친밀한 소통, 관계 맺기에 대한 희구다. 다만 빛의 메타포의 해석은 독자에 따라 달라질 것이다. 물론 작가론

8「貫ぬく光」
"はじめに　ひかりがありました / ひかりは　哀しかつたのです //　ひかりは / ありと　あらゆるものを / つらぬいて　ながれました / あらゆるものに　息を　あたへました / にんげんのこころも / ひかりのなかに　うまれました / いつまでも　いつまでも / かなしかれと祝福れながら" 八木重吉(2000)『八木重吉全集 第一巻(詩集 秋の瞳・詩稿1)』増補改訂版, 筑摩書房, p.26.

적 독법을 취한다면 빛이 상징하는 바는 전술하였듯이『성경』에 귀착된다. 마지막 시는 미요시 다쓰지(三好達治 1900-1964)의 **「땅(土)」**이다.

> 개미가 / 나비 날개를 끌고 간다 / 아아 / 요트 같다
> 蟻が / 蝶の羽をひいて行く / ああ / ヨットのやうだ (『5』, p.165)

땅을 보다가 발견한 자연의 작은 영위를 직유법을 사용하여 유쾌하게 포착하고 있다. 서정적이라기보다는 이지적인 관찰력, 밝고 경쾌한 감각이 돋보이는 시이다. 전통적으로『마쿠라노소시(枕草子)』적인 감각이다. 같은 현상이라도 어떻게 표현하느냐에 따라 유쾌해질 수도 불쾌해질 수도 있다. 수사법이 부리는 마술을 보는 듯하다. 주제는 발견과 표현의 기쁨이다.

2.『국어5』 산문작품 교재의 특징

『국어5』에 실린 첫 동화는 니미 난키치(新美南吉)의 **「사탕(あめだま)」**(pp.10-14-15)이다. 주인공은 제목으로는 연상하기 힘들지만 무사이다. 따뜻한 봄 날 강을 건너는 나룻배에 한 어머니가 어린 두 아이를 데리고 탄다. 배가 떠나려는 순간 한 무사가 허겁지겁 올라탄다. 무사는 배 한 가운데 떡 버티고 앉더니 이윽고 졸기 시작한다. '검은 수염을 기른 강해 보이는' 무사가 꾸벅꾸벅 조는 모습에 아이들

은 웃기 시작하지만 어머니는 조용히 하라고 주의를 준다. 잠을 깨우면 무사가 화를 낼까 두려운 것이다. 그러나 잠시 후 아이들은 어머니에게 사탕을 달라고 조르고 사탕이 하나밖에 안 남은 것을 보자 서로 달라며 떼를 쓴다. 어느 사인엔가 무사가 눈을 뜨고 그 모습을 지켜보고 있다. 칼을 빼어 아이들 편으로 다가온다. 잠을 깨운 아이들에게 화가 난 무사가 아이들을 칼로 베려 한다고 생각한 어머니는 얼굴이 새파랗게 되어 자신의 몸으로 두 아이 앞을 가로막는다. 하지만 무사의 입에서 나온 말은 의외였다.

> "사탕을 내놓아라." / 라고 무사가 말했습니다. / 어머니는 벌벌 떨며 사탕을 내밀었습니다. / 무사는 그것을 뱃전에 놓고 칼로 딱 둘로 쪼갰습니다. / 그리고 / "자아"/ 하고 두 아이에게 나누어주었습니다. / 그리고는 본래의 자리로 다시 돌아가 꾸벅꾸벅 졸기 시작했습니다.
>
> 「あめ玉をだせ。」と、/ さむらいは言いました。/ お母さんは、おそるおそるあめ玉を差し出しました。/ さむらいはそれを舟のへりにのせ、刀でぱちんと二つにわりました。/ そして、/「そうれ。」/ と、二人の子どもに分けてやりました。/ それから、また元の所に帰って。こっくりこっくりねむり始めました。 (『5』, p.14)

작품도 칼로 쓱 자른 듯 여기서 끝난다. "능력 있는 매는 발톱을 숨긴다(能ある鷹は爪を隠す)"라는 일본 속담을 생각나게 하는 이야기이다. 짧은 이야기 속에 기대의 배반이라는 웃음의 원리가 잘 작동하고 있다. 칼을 찬 무서운 무사가 헐레벌떡 뛰어와 배를 타는가 하면 꾸벅꾸벅 조는 허술함을 보인다. 잠시 후 강자와 약자의 구도 속에 순간적으로 긴장이 고조되더니 어이 없이 해소된다. 무사가 보여주는 무뚝뚝함과 자상함의 격차도 봄날과 어울린다. 『국어4 하』에 실린 같은 작가의 비극 「여우 곤」과는 대조적으로 따뜻한 유머와 반전을 담고 있는 작품이다. 그러나 결말을 읽은 독자의 머릿속에 떠오르는 것은 무사의 칼솜씨에 압도당한 모자의 휘둥그레진 눈이다. 무사는 다시 졸기 시작하지만 작품 속 아이들도 작품을 읽는 학생들도 더 이상 웃을 수 없다. 웃음을 압도하는 충격에 가까운 감동 때문이다. 이 새로운 긴장을 수반하는 감동이 최종적으로 수렴하는 지점은 이상적인 옛 남성상 더 좁혀 말하면 옛 아버지상일 것이다. 무뚝뚝하고 감정을 표현하지는 않지만 자신의 일에 한해서는 철저하고 유능하며 숨은 배려심도 있는 그런 남성상, 아버지상 말이다. 작품 속 등장인물이 어머니와 두 아이 그리고 남자 무사라는 것도 이런 해석을 가능하게 하는 설정이다. 남학생들에게 이 작품은 좋았던 옛 시절(古き良き時代の)의 이상적인 남성상을 심어주는 교재가 될 수 있다.

두 번째 작품은 이스라엘 작가 우리 오루레브(Uri Olrev 1931-) 저, 모타이 나쓰우(母袋夏生) 역 **「목이 마르다(のどがかわいた)」**(pp.16-23-26)이다. 우정을 제재로 한 작품으로 미쓰무라 초등국어교과서 전체를 보면 우정을 다룬 4번째이자 마지막 작품이다. 국어교과서에 실린 외국작품이 대개 그렇듯 등신대의 어린이를 리얼하게 그린다.

'나' 이다말은 기숙학교의 학생. 올해 전학 온 에르닷드와 밋키, 그리고 다니엘과 한 방을 쓰게 되었다. 에르닷드는 주장이 강해서 기가 센 '나'와 충돌이 많다. 반면 마르고 작은 체구에 말수가 적은 밋키는 존재감이 약한 전학생. 늘 멍하니 생각에 잠겨있고 시는 쓰지만 공부는 못 한다. 그러나 우연한 기회에 '나'는 밋키와 자신의 공통점을 발견하게 된다. 물을 마시는 모습이다. 물 마시는 것에 특유의 애착을 갖는 '나'는, 사막을 헤매는 자신의 모습, 배가 침몰하여 뗏목을 타고 바다를 떠다니는 모습, 이런 극단적인 갈증 속에 있는 자신을 상상한 후 꼭지를 틀어 쏟아지는 물을 천천히 즐기며 마시기를 좋아한다. 그래서 늘 모두가 수돗가를 떠나기를 기다렸다가 마신다. 그런데 어느 날 밋키가 자신과 같은 모습으로 눈을 감고 음미하며 물을 마시는 것을 발견하게 된다.

> 밋키가 꼭지를 틀고 허리를 구부렸다. 나와 완전히 똑 같은 몸짓이다. / 이 녀석 목마름을 아는구나. 밋키가 말이야. / 밋키는 눈을 감고, 물이 밋키의 얼굴과 목 줄기를 타고 뚝뚝 떨어진다. 나는 그 모습을 바라보고 있었다. … "밋키, 너, 목마른 거 느낄 수 있어?"라고 내가 물었다. 밋키가 응하고 끄덕였다. 둘 다 그 이상 말하지 않았다.
>
> ミッキーが、せんをひねってかがみこんだ。ぼくと、そっくりおんなじしぐだだ。/ こいつ、のどのかわきをを知っているんだ。ミッキーが、だ。/ ミッキーは目をとじ、水が、ミッキーの顔や首すじを伝って、したたり落ちていく。ぼくは、その様子をながめていた。…「ミッキー、君、のどのかわきを感じられるの。」と、ぼくはきいた。ミッキーが、うんとうなずいた。それ以上、二人ともしゃべらなかった。
>
> (『5』, p.21)

이후 둘은 갈증을 느낄 때면 함께 뜰에 내려가 물을 마시는 친구가 된다. 어느 날 둘은 갈릴리 호수에 가서 턱 위까지 물에 잠긴 채 한 시간을 서 있었다. 물론 '나'는 또 상상을 하며. 마지막에는 피곤해져서 호수 물을 꿀꺽 삼켰다. 옆을 보니 밋키도 호수 물을 삼키고 있다. 이때 갑자기 밋키가 좋아하는 여자아이가 있다고 비밀을 털어놓는다. 그 아이는 눈을 감고 아 목이 마르다, 라는 표정으로 물을 마신다고 한다. 밋키의 말에 '나'는 상상으로 답한다. 결말부분이다.

> 나는 눈을 감고 그런 여자 아이를 나도 만나고 싶다고 생각했다. 그러면, "목이 마른 것을 느끼니?"라고 물을 거다. 그리고 각각 어른이 되어 각각 다른 세계를 여행한 후 또 어딘가에서 만나고 싶다고 간절히 느끼면서 눈을 감고 물을 마실 거다.
>
> ぼくは目をつむって、そんな女の子にぼくも会いたいと思った。そしたらー、「のどがかわいたって感じる。」ってきく。それから、それぞれ大きくなって、別々に世界を旅したりして、またどこかで会いたいとこいこがれながら、目をつむって水をのむのだ。 (『5』, p.23)

이 내면 독백은 상상 속의 여자 아이뿐 아니라 바로 지금 옆에 있는 밋키에게도 해당되는 내용일 것이다. 이 작품이 보여주는 친구의 조건은 주관적 가치의 공감이다. 성격이 다르더라도 함께 해온 시간이 길지 않더라도 자신이 소중히 여기는 가치를 함께 느낄 수 있다면 친구가 될 수 있다는 것이다. 또 한 가지 흥미로운 것은 가치를 공유하는 그런 친구와의 이별을, 정확히는 이별 후의 만남을 희망한다는 점이다. 밑줄 친 어휘에 주목할 때 친구란, 동질로만 이루어지는 관계가 아니라는 것을 시사한다, 서로 다른 세계를 체험하고 소유하는 이질성을 용납하면서도 공통의 가치로 연결되어 있는 개방적인 우정, 다름을 포용하는 가치의 공감이라고 할 수 있다.

전술했듯이 미쓰무라 교과서에서 우정을 그린 작품은 총 4편으로 이것이 마지막이다. 『국어6』에는 우정을 다룬 작품은 없다. 앞의 3편을 요약해보자. 『국어1 상』에 실린 모리야마 미야코 의 「소나기(ゆうだち)」는 서로 싸워 말을 안 하던 친구, 토끼와 너구리가 우연히 만난 소나기와 천둥 덕택에 화해를 한다는 내용이었다. 『국어2 하』 아놀드 로벨의 「편지(お手紙)」는 개구리와 두꺼비가 주인공으로 "고민을 나누고 상대의 소중함을 표현하고 필요를 채워주는 것"으로 우정을 그리고 있었다. 『국어4 하』 루실 클리프튼의 「세 가지 소원(三つのお願い)」은 소녀가 주인공이었다. 레나는 1월1일 길에서 주은 1센트 동전 때문에 단짝 친구인 빅터와 심하게 말다툼을 하게 된다. 하지만 친구가 가장 소중하다는 엄마의 말을 듣고 늘 함께 해온 빅터의 소중함을 깨닫고 쓸쓸해하는 순간 빅터가 다시 찾아왔다는 내용이었다. 이상 3편과 「목이 마르다」를 종합해보면 우정의 다양한 측면이 입체적으로 그려지고 있는 것을 알 수 있다. 다만 특기할 만한 사실은 4편 중 3편이 외국동화란 점이다. 그 배경으로는 다음 두 가지가 생각된다. 첫째 일본인이 쓴 작품이 인간과 인간의 실제적인 관계를 그리기보다는 완전히 의인화된 동물과 인간의 공생을 그리는 낭만주의에 치우쳐 있어 우정이라는 실제적인 관계를 다루어야 하는 테마는 외국동화로 채워진 것이라 생각된다. 둘째 일본인이 쓴 작품은 인간의 갈등, 대립을 리얼하게 재현하는 것을 회피하는 경향이 있다는 점이다. 「나는 언니」(『2 하』), 「이로하니호헤토」(『3 상』), 「이마에 감나무」 (『4 상』)가 그러하다. 갈등은 존재하지만 싸움은

존재하지 않거나 묘사되지 않고 용서나 화해, 행운으로 봉합된다. 심지어 외국동화인 「세 가지 소원」을 다루는 방식에서도 이런 경향은 발견된다. 앞에서 지적한 바이지만 「세 가지 소원」의 언어활동 설명을 보면, "감정을 솔직하게 표출하는 대화는 이문화권의 대화방식이다, 뒤집으면 '우리' 일본 어린이는 그렇게 하지 않는다, 라는 메타 메시지"를 전하고 있기 때문이다. 자신의 감정과 생각을 솔직하게 노출시키는 것을 회피하면 충돌을 피할 수는 있겠지만 비판적인 사고력의 함양을 통한 개인으로서의 자립 및 진정한 의사소통을 통한 관계의 발전, 공동체의 발전은 저해될 우려가 있다.

다음 작품은 무쿠 하토주(椋鳩十 1905-1987)의 **「다이조 할아버지와 기러기(大造じいさんとガン)」**(pp.102-119-123) 이다. 주네트의 용어[9]를 쓰자면, 이 작품은 서두에 배치된 겉 이야기와 이어지는 1장에서 4장까지의 속 이야기로 구성되는데 동물이 등장하는 이전의 작품과 극명하게 다른 점은 의인화하지 않은 동물이라는 점이다. 겉 이야기에서 서술자는 이 이야기는 지인과 멧돼지 사냥을 가서 다이조 할아버지 집에 묵었을 때 화롯가에서 할아버지에게 직접 들은 이야기를 토대로 쓴 것이라고 소개하고 있다. 이어지는 속 이야기는 겉 이야기의 서사시점으로부터 35, 6년 전의 사건이다. 그러나 속 이야기의 서술자는 사건과 서술 행위가 마치 동시에 진행되는 것처

9 주네트는 소설 서사에서의 서술 차원을 세 가지로 나눈다. 서사의 바깥 테두리를 이루고 있는 서사 행위 차원을 겉 이야기라 부른다. 이 겉 이야기 차원과는 다른, 그 내부의 차원에서 구체적으로 전개되는 서사는 속 이야기, 일차 서사라 한다. 만약 속 이야기의 등장인물이 또 다른 이야기를 들려준다면 그 이야기는 두 겹 속 이야기 즉 이차 서사가 된다. 제라르 주네트 저, 권택영 역(1992) 『서사 담론』 교보문고, pp.218-220.

럼 1장과 3장에서도 "올해도"로 서술을 시작한다. 장별로 서사내용을 살펴보겠다. 다이조 할아버지는 잔세쓰(残雪)라고 이름 붙인 두령이 이끄는 기러기 떼가 오게 되면서부터 기러기 사냥에 계속 실패하고 있다. 주의 깊고 영리한 잔세쓰 때문이라 생각하여 분하게(いまいましいく) 생각한 할아버지는 "올해" 비책을 마련했다. 기러기가 찾아오는 습지에 말뚝을 박고 우렁이를 미끼로 단 낚시 바늘을 도처에 매 둔 것이다. 그러나 첫날 딱 한 마리 걸렸을 뿐 이튿날부터는 줄을 부리로 당겨 확인한 듯 한 마리도 안 걸려든다. 여기까지가 1장이다. 2장은 그 다음 해의 실패담이다. 우렁이를 5가마니나 준비하여 며칠이나 뿌려 놓고 안심시킨 후 밤에 오두막을 짓고 그 안에서 새벽을 기다렸다. 하지만 막 엽총을 쏘기 직전 잔세쓰가 어제 없던 오두막을 경계한 듯 방향을 바꾼다. 3장은 그 다음 해인 "올해"이다. 2년 전 잡은 기러기는 할아버지에게 완전히 길들여져 있다. 먹이를 주던 할아버지는 이 기러기를 미끼로 사냥을 할까 생각한다. 먼저 날아오른 동류의 뒤를 좇아가는 기러기의 습성을 이용하려는 것이다. 오두막에 들어가 새벽을 기다리니 먹이를 찾아 기러기가 날아든다. 잔세쓰가 무리를 인도한 곳은 오두막으로부터 엽총의 사정거리를 3배나 벗어난 곳이었다. 드디어 휘파람으로 길들인 기러기를 불러들이려는 순간 기러기 떼가 돌연 날아오른다. 매가 기러기 떼를 습격한 것이다. 잔세쓰의 지휘 하에 모든 기러기가 재빠르게 날아오르는데 할아버지에게 길들여진 기러기만 뒤쳐져 매의 공격을 받는다. 그러나 그 때 잔세쓰가 하늘을 가로질러 온다. 할아버지는 이때다 싶어 엽총을 겨눈다.

> 다이조 할아버지는 총을 어깨에 딱 대고 잔세쓰를 겨냥했습니다. 하지만, 무슨 생각인지 총을 다시 내려놓았습니다. / 잔세쓰의 눈에는 인각도 매도 없었습니다. 구해야 하는 동료의 모습이 있을 뿐이었습니다.
>
> 大造じいさんは、ぐっとじゅうをかたに当て、残雪をねらいました。が、なんと思ったか、再びじゅうを下ろしてしまいました。/ 残雪の目には、人間もハヤブサもありませんでした。ただ、救わねばならぬ仲間のすがたがあるだけでした。 (『5』, p.115)

잔세쓰의 숭고한 행동에 감동하여 할아버지는 총을 거두었지만 공격을 받은 매는 잔세쓰의 가슴을 공격하고 두 마리는 엉켜 지면에 떨어진다. 할아버지가 다가가자 매는 도망간다. 축 쳐져 있던 잔세쓰는 '제2의 무서운 적'의 접근을 느끼자 혼신의 힘을 다해 고개를 들고 정면으로 할아버지를 노려본다. 가슴은 피로 물들어 있다.

> 새라고는 하지만 그것은 정말이지 두령다운, 당당한 태도로 보였습니다./ 다이조 할아버지가 손을 뻗혀도 잔세쓰는 이제 파득거리지도 않습니다. 마지막 때인 것을 감지하고 적어도 두령으로서의 위엄을 지키겠다고 노력하는 것 같기도 했습니다. / 다이조 할아버지는 깊은 감동에 휩싸여 일개 새를 보고 있다는 생각이 들지 않았습니다.
>
> それは、鳥とはいえ、いかにも頭領らしい、堂々たる態度のようでありました。/ 大造じいさんが手をのばしても、残雪は、もうじたばたさわぎませんでした。それは、最後の時を感じて、せめて頭領としてのいげんをきずつけまいと努力しているようでもありました。/ 大造じいさんは、強く心を打たれて、ただの鳥に対しているような気がしませんでした。 (『5』, p.117)

잔세쓰의 당당한 위엄에 감동한 할아버지에게 잔세쓰는 새 이상의 존재로 보인다. 이듬해 봄 우리 문을 열고 건강해진 잔세쓰를 날려 보내며 할아버지는 이렇게 말한다. '어이, 기러기 영웅아, 너 같은 위인을 나는 비겁한 방법으로 해치우고 싶지는 않아. 어이 올 겨울도 친구들을 데리고 습지에 오라고. 그리고 우리 당당하게 다시 겨루어 보자고."(p.119) 잔설이 날아간 북쪽 하늘을 '하염없이 바라보는' 할아버지 모습을 그리며 작품은 끝난다.

이 작품의 주인공은 잔세쓰일까? 다이조 할아버지일까? 결론을 말하면 둘 다이다. 시점 인물, 성장하는 인물이 주인공이다, 라는 관점에서 보면 다이조 할아버지가 주인공이다. 잔설은 1, 2장에서는 주의 깊은 리더십, 영리한 리더십을 3장에서는 헌신적인 리더십을 보여주지만 변화한다고는 볼 수 없다. 반면 잔설을 보는 할아버지의 시선은 변화하고 있기 때문이다. "꽤 영리한 녀석"→ "그래 봤자 새"→ "보통의 새"가 아님→ "기러기영웅", "훌륭한 인물"로 바뀐다. 감정 또한 '분하다'(いまいましく)에서 '깊은 감동에 휩싸이다'(強く心打たれる) 로 바뀌고 있다. 그러나 할아버지의 변화는 잔세쓰의 존재가치에 대한 생각의 변화이며 이것이 그대로 이 작품의 메시지인 것도 확실하다. 인간보다 하등한 포획의 대상에서 정정당당히 겨루어 보고 싶은 '훌륭한 존재'로 잔설의 가치가 변화하고 있는 것이다. 유리 로트만(Yuri M Lotman)의 토폴로지 이론에 의하면 주인공은 경계를 넘나드는 존재이다.[10] 경계를 넘나드는 존재인 잔세쓰와 그를 자신과 대등한 존재로 받아들이는 다이조 할아버지가 나란히 병기되는 이 작

10 마에다 아이(前田愛) 저, 신지숙 역(2010)『문학 텍스트 입문』 제이앤씨, p.101.

품의 제목은 둘의 위상학적 관계를 표상하는 기호로 읽어야 한다.

미쓰무라 국어교과서의 시나 동화에 등장하는 동물들은 조지오엘 「동물농장」의 동물과도 이솝우화의 동물과도 다르다. 인간을 비난하는 동물은 『국어3 하』에 실린 외국 민담 「호랑이와 할아버지」에 나오는 소가 유일하며 동물이 인간세계의 알레고리로 그려진 것은 『국어2 상』 「스이미」 정도이다. 그 외의 작품의 동물들은 인간과의 친밀한 관계 속에 이미 살고 있거나, 인간과의 관계를 지향하거나, 공생을 주장한다. 인간과 동등한 존재로 의인화된 동물과 인간과의 교감을 유사가족 관계처럼 그리는 것은 미쓰무라 국어교과서 문학교재의 특징의 하나이다. 이런 점에서 볼 때 「다이조 할아버지와 기러기」는 동물을 의인화하지 않았다는 점과 공생이 직접적인 테마가 아니라는 점에서는 매우 독특한 작품이다. 그러나 잔세쓰에 대한 할아버지의 시각은 결국 정정당당하게 겨루고 싶은 존재로 바뀌고 있어 동물을 인간과 동등한 존재로 보는 시선은 이 작품에서도 발견된다. 결국 리얼리즘과 메르헨으로 구사하는 수법은 달라도 동물과 인간을 동등하게 보는 낭만적 애니미즘의 가치관은 변함이 없음을 알 수 있다.

다음은 '들으며 즐기자' 코너에 실린 민담 **「설녀(雪女)」**(pp.162-163, pp.252-256)이다. 설녀란 일본의, 주로 강설지역 전설 속에 등장하는 눈의 정령 또는 요괴이다. 저자 마쓰타니 미요코(松谷みよ子) 는 나가노(長野)현의 민담이 원이야기(原話)이며 여러 설녀 이야기 중 '예쁜 이야기'를 채택했다고 밝히고 있지만[11] 연구자들 사이에는 라후카

---

11 마쓰타니 「雪女」의 초출은 瀬川拓男・松谷みよ子(1957) 『信濃の民話』 未来社. 「Yuki-Onna」가 수록된 라후카디오 한의 『Kwaidan』이 발행된 것은 1904년이다.

디오 한의 「설녀」가 원 이야기라고 보는 견해가 지배적이다.[12] 필자는 왜 한의 「설녀」가 아니라 마쓰타니의 「설녀」가 교과서에 수록되었는지에 관해 논한 바 있는데[13] 여기서는 줄거리와 주제를 중심으로 살펴보겠다.

가을이 깊어진 어느 날, 사냥을 나간 모사쿠(茂作), 미노키치(箕吉) 부자가 깊은 산속에서 거센 눈보라를 만난다. 오두막을 찾아 하룻밤을 보내게 되는데 눈보라는 수그러들지를 않는다. 잠 못 이루던 미노키치가 밤중에 문득 눈을 뜨자 문이 탁 열리고 한 아름다운 아가씨가 들어온다. 놀랐지만 몸이 마비된 듯 움직일 수도 소리를 지를 수도 없다. 여자는 아버지 얼굴에 하얗게 언 숨을 내쉰다. 미노키치가 몸부림치자 미노키치 쪽으로 고개를 돌리더니 얼굴을 빤히 응시한다. 그리고는 이렇게 말한다. "지금 본 것을 결코 남에게 말하면 안 돼요. 만약 말을 하면 당신 목숨은 없어. 당신이 너무 잘생긴 젊은이라, 나는 당신이 좋아져서, 지금 목숨은 빼앗지 않지만."(p.253) 연기처럼 아가씨는 사라지고 아버지는 죽어 있다. 이듬해. 역시 눈보라가 거센 어느 밤, 누군가 미노키치 집 문을 두드린다. 여행 중에 길을 잃었다는 아름다운 아가씨였다. 결국 두 사람은 부부가 되고 차례차례 아이도 태어나 행복한 나날을 보낸다. 그러나 어느 겨울밤, 바느질하는 아내의 얼굴을 바라보던 미노키치는 그날 밤의 일이 떠올라 금기를 어기게 되고 비극적 결말을 맞이한다.

---

12 졸고(2015) 「라후카디오 한Hearn, Lafcadio 「雪女」와 마쓰타니 미요코(松谷みよ子) 「雪女」 수용으로 본 문학텍스트 수용과 사회문화적 토양의 관계」 『일본연구』65호 한국외국어대학교 일본연구소, pp.255-256.

13 상게서, pp.247-266.

> "결국 당신은 말을 했네요. 절대로 말하면 안 된다고 했는데, 약속을 어겼네요. 지금은 아이들도 있으니 목숨은 빼앗지 않겠지만 우리는 이제 이별입니다. 나는 그 때 산 오두막에 찾아간 여자입니다. 당신 말대로 설녀라고요." / 아내의 목소리는 떨리고 검은 눈은 젖어 있었다. 그런가했더니 그 모습은 금세 사라지고 싸리 눈만 춤을 추더니 그것도 사라졌다고 한다.
>
> 「とうとうおまえは言いましたね。決して言ってはいけないと言ったのに、約束を破りましてね。今はもう、子どもたちもいるから、命は取らないけれど、<u>これで、わたしたちはお別れです</u>。わたしは、あのとき、山小屋をおとずれた女です。おまえの言うとおり、雪女ですにーー。」/よめさんの声はふるえ、黒い目はうるんでおった。と、そのすがたはいつか消えて、ただ粉雪がまっておったそうな。それも消えたと。 (『5』, p.256)

설녀는 금기를 깬 미노키치를 가차 없이 처단하기는커녕 도리어 원망하며 슬퍼하며 사라지고 있다. 아니, 약속을 지키지 않은 남편에 대한 원망 섞인 말은 이별의 슬픔과 표리를 이루고 있어 역설적인 애정의 표현이기도 하다. "우리는 이제 이별입니다"라는 말에서 알 수 있듯이 설녀는 아직 '우리'라는 의식을 가지고 있으며, 떨리는 목소리, 젖는 눈은 사랑하는 가족과 헤어져야 하는 애절한 내면을 직접적으로 전달하고 있기 때문이다. 『국어4 하』에 실린 「여우 곤(ごんぎつね)」을 연상시키는 작품이다. 장난꾸러기 어린 여우 곤은 농군 효주의 집에 속죄와 애정을 담아 먹을 것을 열심히 나르지만 그를 몰랐던 효주의 총에 맞아 죽는 결말을 맞는다. 인간에게 애정을 쏟는 자연의 존재가 인간의 실수로 불행한 결말을 맞는다는 점에서 공통

적이다. 앞에서, 의인화된 동물과 인간과의 유사가족 관계를 그리는 것은 미쓰무라 국어교과서 문학교재의 특징의 하나라고 지적했는데 이 작품 또한 그 계열에 포함시킬 수 있다.[14]

다음은 스기 미키코(杉みき子 1930-)의 **「설피 속의 신(わらぐつの中の神様)」**(pp.190-208-211)이다. 미쓰무라도서 발행 국어교과서에서 삼대가 함께 사는 대가족이 등장하는 최초의 작품으로[15] 서사차원에서 보면 속 이야기 속에 두 겹 속 이야기가 삽입되는 구조이다. 장소는 근처 언덕에서 스키를 탄다든지, 사투리 등을 생각할 때 시골 마을이다. 눈이 펑펑 내리는 겨울밤, 식사를 끝낸 마사에(マサエ)의 집. 아버지는 오늘 숙직이라 돌아오시지 않고 할아버지는 대중목욕탕에 가셨다. 내일은 마사에가 학교에서 스키를 타는 날인데 아직 스키구두가 축축하다. 오늘도 늦게까지 근처 언덕에서 스키를 탄 것이다. 걱정하는 마사에에게 할머니는 안 마르면 짚으로 만든 설피를 신고 가라고 권한다. 보기 흉하다, 아무도 안 신는다, 등의 이유를 대며 싫다는 마사에에게 할머니는 설피의 장점을 열거한 후, "설피 속에는 신이 계신다(わらぐつの中には神様がいなさるでね)"고 말한다. 미신이라는 마사에의 말에 할머니의 "거짓 없는 진짜 이야기"가

14 일본 민담 유형으로는 '異類婚姻談'에 속함. 이시준·장경남·공상철(2013)「일본의 물고기각시담(魚女房譚)에 관한 고찰」『일어일문학연구』86집 2호, p.194 참조.

15 물론 가정을 배경으로 한 이야기는 저학년에도 있었다.「언제나 언제나 정말 좋아해」(『1 하』) 는 가정을 배경으로 소년과 애완동물의 관계를 그리고 있고,「나는 언니」(『2 하』)는 부모는 등장하지 않지만 자매관계에서의 언니다움을 다루고 있고,「떡나무」(『3 하』)는 겁쟁이 손주가 유일한 가족인 할아버지를 위해 용기를 내는 이야기였다.「첫눈 오는 날」도 할머니로부터 들은 이야기가 현재 소녀 당면한 위기와 해결의 배경이 되고 있어 가정이 원경에 존재한다. 그러나 3대간의 교류로 이루어진 대가족이 등장하여 세대 간 교류가 그려지는 것은 이 작품이 최초이다.

시작된다. 속 이야기의 인물이 들려주는 이야기 즉 두 겹 속이야기가 시작된다.

설거지를 끝낸 어머니도 고타쓰로 들어와 함께 듣는다.

"옛날 이 근처 마을에 오미쓰라는 아가씨가 살고 있었습니다." 이야기는 할머니의 사투리 육성으로 서술되지는 않고 작품 속 화자에 의해 표준어로 서술된다. 내용을 약술하면 다음과 같다. 오미쓰는 특별히 예쁜 것은 아니지만 튼튼하고 착하고 부지런하여 마을 사람들에게 사랑을 받는 아가씨. 아침장이 설 때마다 시장에 야채를 팔러 가는데 어느 날 신발가게에서 너무나 마음에 드는 나막신을 발견한다. 빨간 가죽이 덮인 눈 올 때 신는 나막신이었다. 부모님을 조를 수도 없는 형편이어서 스스로 돈을 모으기로 했다. 아버지 어깨너머 본 대로 설피를 열심히 만들어 야채 옆에 놓았다. 신는 사람을 생각해 정성들여 튼튼하게 만들었지만 도무지 볼품이 없다. 아무도 사려고 하지 않는다. 그런데 목수로 보이는 한 젊은이가 그 설피를, 그것도 장이 설 때마다 계속 사준다. 하도 이상해서 망가져서 사느냐고 물으니 그게 아니라 튼튼해서 주위 사람들에게도 주려고 산다고 한다. 고맙지만 볼품이 없어서 미안하다고 하는 오미쓰에게 청년은 진지한 얼굴로 이렇게 말한다.

> "짚으로 장화를 만들어 본 적은 없지만 나도 장인이니까 일을 잘 하는지 못 하는지는 알아. 일을 잘한다는 건 겉모양으로 정해지는 게 아니야. 사용하는 사람 편에 서서 사용하기 쉽게, 튼튼해서 오래 가게 만드는 것이 정말로 일을 잘 하는 거지. 나야 아직 애송이지만 머잖아 꼭 그런 일을 할 수 있는 목수가 되고 싶어."

「おれは、わらぐつをこさえたことはないけども、おれだって職人だから、仕事のよしあしは分かるつもりだ。いい仕事ってのは、見かけで決まるもんじゃない。使う人の身になって、使いしゃすく、じょうぶで長もちするように作るのが、ほんとのいい仕事ってもんだ。おれなんか、まだわかぞうだけど、今にきっと、そんな仕事のできる、いい大工になりたいと思ってるんだ。」 (『5』, pp.203-204)

비슷한 나이인데 믿음직스럽고 훌륭하다고 감동하는 오미쓰에게 청년은 더 놀랄 말을 한다. 우리 집에 와서 쭉 나한테 설피를 만들어 주지 않겠냐고. 청혼인 것을 겨우 이해한 오미쓰는 볼이 빨개진다. 회상 이야기는 여기서 끝나고 작품은 속 이야기 차원으로 돌아와, 작품 공간은 현재의 마사에의 집으로 되돌아온다.

이어지는 할머니, 어머니와의 문답을 통해 마사에는 오미쓰가 할머니인 것을 알게 되고 할머니의 지시대로 벽장 안의 상자를 꺼내와 열어보니 이야기 속에 나온 예쁜 나막신이 들어 있다. 시집온 할머니에게 할아버지가 사준 것인데 아끼다보니 신을 기회를 잃은 채 보관해 왔다고 한다. 이윽고 현관에서 나막신의 눈을 터는 소리가 들려온다. 마사에는 나막신을 가슴에 안고 할아버지를 맞으러 나간다.

처음과 끝에 속 이야기가 8쪽에 걸쳐 서사되고 그 사이에 약 11쪽을 차지하는 두 겹 속이야기가 회상이야기로 삽입되는 액자구조이다. 이 작품의 중요한 테마는 작품 속 현재로 돌아온 후 할머니가 전하는 목수 청년의 말에 그대로 나타나 있다.

"ㅡ그 다음에, 목수 청년이 말했단다. 사용하는 사람 편에 서서 정성을 들여 만든 것에는 신이 들어 있는 것과 같은 거다, 그것을 만든 사람도 신과 같은 거다. 아가씨가 와주면 신처럼 소중히 할 거야, 라고. 어떠냐? 좋은 이야기지?"

「ーそれから、わかい大工さんは言ったのさ。使う人の身になって、心をこめて作ったものには、神様が入っているのと同じこんだ。それを作った人も、神様とおんなじだ。おまんが来てくれたら、神様みたいに大事にするつもりだよ、ってね。どうだい。いい話だろ。」

(『5』, p.205)

필자가 밑줄을 그은 부분의 전반부 "사용하는 사람 편에 서서 정성을 들여 만든"다는 일본이 중요시해 온 장인정신의 내용이고 후반부 "신이 들어 있는 것과 같다"는 그런 장인정신에 대한 평가라고 할 수 있다. 장인정신에 의식적인 목수 청년과 달리 오미쓰에게는 그런 자각은 전혀 없었다. 그러나 오미쓰의 품성 자체가 그런 설피를 만들었다고 하는 것이 작품 속 논리이다. 설피가 만들어지는 과정을 보면 설피는, 특별히 예쁜 것은 아니지만 튼튼하고 착하고 부지런하여 마을 사람에게 사랑 받는 오미쓰의 성품과 겹쳐진다.

아버지가 만드는 것을 보고 있으면 쉽게 되는 것 같은데 자신이 해보니 좀처럼 생각대로 되지를 않습니다. 하지만 오미쓰는 조금 볼품이 없더라도 신는 사람이 신기 편하게, 따뜻하게, 조금이라도 오래 신을 수 있게 정성을 들여 꼼꼼하게 짚을 엮어갔습니다.

お父さんの作るのを見ていると、たやすくできるようですが、自分でやってみると、なかなか思うようにはいきません。でも、おみつさんは、少しくらい格好が悪くても、はく人がはきやすいように、あったかいように、少しでも長もちするようにと、心をこめて、しっかりしっかり、わらを編んでいきました。 (『5』, p.198)

설피는 오미쓰의 품성 그 자체이며 목수 청년이 오미쓰에게 구혼한 것은 설피에 나타난 오미쓰의 장인정신적인 품성에 구혼한 것이라 할 수 있다. 장인정신이 두 사람을 맺어주었으며 그 정신의 뿌리에는 타인을 생각하는 배려심이 있다는 것이다. 물건에는 만든 이의 품성이 깃들어 있고 그러므로 물건은 혼, 바로 신이라는 등식이 성립하는 것이다. 제조업 국가의 장인정신 이데올로기가 이 작품을 저류하고 있다.

그런데 이런 장인정신의 선양만이 목적이라면 반드시 대가족이 필요한 것은 아니다. 또 옛날 청춘남녀의 질박한 고백도 필요 없을 것이다. 소설로 생각하면 고다 로한(幸田露半 1867-1947)의 「오중탑(五重塔)」등과 같이 장인정신을 직접적으로 부각시키는 것이 더 인상적일 것이다. 대가족을 설정한 데는 또 다른 의도가 있다고 생각된다. 전통을 둘러싼 과거에 대한 향수와 미래에 대한 기대이다. 과거란 가정이 전통적 가치를 이어가는 교육의 장으로 기능했던 과거를 말한다.

작품 속에서 아버지가 당직이 필요한 직업인 것을 보면 할아버지의 목수 일을 아버지는 이어받지 않았다. 마사에가 설피를 무시하는 것을 보면 설피 만들기도 대를 잇지는 못한 것 같다. 지방 마을에서도 더 이상 가정을 통해 장인정신이 실제적으로 대물림되는 일은 일반적이지 않은 것이다. 현대의 가정 넓게는 현대 사회에서 장인정신이라는 전통적인 가치관이 다음 세대로 계승될 수 있는 하나의 방법은 상상력을 자극하여 공감을 이끌어 내는 스토리텔링의 방법이다. 이야기를 통해서 가치관이 전수되고, 세대 간에 가치가 공유되면 이번에는 그 가치관이 가족 구성원의 연대감, 애정, 결속을 더욱 공고히 하는 효과를 가져 온다. 신을 기회를 놓쳤다는 할머니의 나막신을 보며 마사에는 이렇게 말한다.

> "음, 하지만 할아버지가 할머니를 위해서 부지런히 일해서 사준 거니 이 눈 나막신 속에도 신이 있을 지도 모르겠네."
>
> 「ふうん。だけど、おじいちゃんがおばあちゃんのために、せっせと働いて買ってくれたんだから、この雪げたの中にも、神様がいるかもしれないね。」 (『5』, p.207)

틀림없이 그렇다, 그래서 넣어둔 거라고 할머니는 맞장구를 친다. 설피 속의 신을 미신이라 무시하던 마사에의 마음에 변화가 일어났음을 알 수 있다. 또 할아버지가 돌아오자 나막신을 안고 큰 소리로 인사를 하며 맞으려 나가는 마사에의 행동에는 할아버지, 할머니에 대한 따뜻한 애정도 느껴진다. 나막신은 마사에에게도 소중한 물건이 된 것이다. 세대 간의 가치관의 전수가 세대 간의 애정 또한 강화시키고 있는 것을 알 수 있다.

작품 속에서 스토리텔링에 의한 가치관의 계승이 이뤄진 데는 이 작품의 낯설게 하기 전략도 한 몫 하고 있다. 마사에는 할머니의 회상 이야기를 모르는 사람, 옛날에 이 마을에 살았던 한 여성의 이야기로 듣고 있다. 처음부터 조부모의 이야기로 알았다면 익숙한 사람들의 이야기인 만큼 신선함도 감동적인 충격도 엷어졌을 수 있다. 그들이 자신의 할머니, 할아버지인 것을 나중에 알았기에 할머니, 할아버지의 존재감이 새롭게 부각되고 새로운 히어로가 될 수 있는 것이다.

필자는 앞에서 대가족이란 설정에는 가정이 전통적 가치를 이어가는 교육의 장으로 기능했던 과거에 대한 향수가 있다고 서술했다. 도시화된 현대 일본은 부모와 자식의 2대로 이뤄진 핵 가정이 보편화되었다. 그러나 전통적인 가치관이 가정 속에서 제대로 계승되기 위해서는 그 가치의 체현자이며 가타리베(語り部) 즉 이야기꾼인 조부모가 필요하다. 급변하는 시대를 살며 전통을 계승하지 않은 아버지, 어머니는 이미 전통을 계승시킬 적임자가 아니기 때문이다. 『국어4하』에 실린 「첫눈 오는 날」에서도 눈 토끼 이야기와 그 행렬로부터의 귀환 방법은 할머니를 통해 전승되고 있었다. 교과서는 대가족이라는 상상속의 가족 공간을 제공할 수 있는 장이다. 교과서를 통해 일본인은 가상적인 대가족의 장에 들어갈 수 있으며 그 가정 속에서 전통적 가치관이 교육되고 전수된다. 「설피 속의 신」은 바로 그런 장이라고 생각된다.

마지막 작품은 '학습을 넓히자'에 실린 마가렛 마히(Margaret Mahy 1936-2012) 작, 이시이 모모코(石井桃子) 역 **「유령을 찾다(幽霊をさがす)」**(pp.225-235)이다. 용기를 내어 유령저택을 찾은 소년이 소녀 유령을 만나지만 유령인줄 모르고 끝나는 아이러니한 모험담이다. 후술하겠지만 주제 취급방식이 다른 작품과는 조금 다르다. 먼저 줄거리를 살펴보겠다. 유령이 나온다는 어두워질 무렵 사미 스칼렛은

힘을 다해 유령저택을 향해 달리고 있다. "차가운 회색 눈의 강아지처럼" 쫓아오는 두려움을 떨쳐내려고 펄쩍펄쩍 뛰어오르며 자신을 고무하고 있는 것이다. 다 허물고 유령저택만 남겨진 대로변이라 행인은 전혀 없다. 저택이 보일 무렵 앞에 뭔가가 조용히 움직이고 있다. 심장이 멎는 듯했지만 달려가 보니 소녀가 작은 막대기로 공치기를 하고 있었다. 소녀는 "안녕."하고 인사를 하며 "해질녘에 이쪽에 오는 사람 없는 줄 알았는데."라고 한다. 사미는, "나는 지금부터 유령을 볼 거야.", "나는 유령 전혀 안 무섭다고."하며 쾌활하게 시치미를 뗀다. 벨린다라고 자신을 소개한 소녀는 자신도 유령이 보고 싶다며 앞장서서 저택 안으로 들어간다. 따라가는 신세가 된 사미는 3번 유령이라고 소리친다. 1층 벽장 거울 문에 비친 자신의 모습에 "유령이다" 소리치고, 자신이 밀어 거울 문이 삐걱거리자 또 다시 "유령이다" 소리치고, 2층 계단을 올라가다 거미줄에 얼굴이 닿자 다시 "유령이다" 소리친다. 그러나 2층의 작은 방을 둘러보고 내린 결론은 "유령 따위는 없네."였다. 그 방에는 누군가가 잠시 두고 놀러나간 것 같은 인형이 흔들의자에 놓여 있었다. 저택을 나오며 소녀는, 유령을 찾으러 또 올 거냐고 묻는다. "나, 진짜는 유령 있다고는 생각하지 않아, 있을지도 모른다고 좀 생각했을 뿐이야. 그래서 한 번 와본 건데 없으니까 이제 됐어"라고 답한다. 집으로 달려가려는 사미의 마음에 갑자기 의문이 떠오른다. 매서운 눈초리로 소녀에게 질문을 던지지만 소녀는 묘한 대답으로 피해간다. 잠시 목덜미에 서늘한 기운이 느껴졌지만 사미의 생각은 달라지지 않는다. "유령은 없었다"는 결론을 내리고 집을 향하여 냅다 달려가는 사미를 바라보며 벨린다는 말한다. "중요한 것은—" "저 사람이 유령을 봐도 그것이 유령인지 알 수 있느냐 없느냐 하는 거지." 다시 문으로 들어가 조심스럽게 문을 잠그는 벨린다. 빗장이 채워지자 벨린다의 모습은 완전히 사라진다.

왜 유령을 보고도 사미는 알아차리지 못했을까? 이 작품의 독자가 풀어야 할 문제이다. 언어활동에서 복선을 다루고 있듯이 이 작품에는 벨린다가 유령임을 더 구체적으로 이 집에 살았던 소녀 유령임을 느끼게 하는 복선이 여러 개 깔려 있다. 사미는 저택 문에 자물쇠가 채워져 있는 걸 보았는데 벨린다가 밀자 문이 열렸다는 것, 스커트가 너무 길어 구닥다리로 보인 것, 가르쳐 준 적 없는 사미의 이름을 벨린다가 부른 것, 저택에 거울 문이 달린 벽장이 있다는 것과 집 앞이 목초지였다는 것을 아는 것 등이다. 어느 것도 독자에게만 제공된 정보는 아니다. 그럼에도 불구하고 사미가 알아차리지 못한 것은 벨린다의 모습이 사미가 생각했던 유령의 모습과 일치하지 않았기 때문이다. 벨린다가 자기도 유령이 보고 싶다고 말하자 이런 대화가 오간다.

> "안 보는 게 좋을 거야." / 라고 사미는 좀 심각한 얼굴을 하고 말했다. "왜냐면 유령은 꽤 무서울지도 모르니까---. 이빨은 뾰족하고, 손톱은 길게 기르고 칵칵칵 하고 웃고, 게다가 말라깽이고." / "말라서 나쁜 건 하나도 없어." … "만약 마른 게 무서운 거라면, 난, 유령을 겁줄 수 있을지도 몰라"
>
> 「見ないほうがいいと思うよ。」/ と、サミーは、ちょっと難しい顔になって言いました。 「だって幽霊って、おそろしいものかもしれないからー。とんがった歯をしてて、長いつめを生やして、カッカッ

> カッなんてわらってさ。それに、やせこけてて。」 / 「やせてて悪いってことは、一つもないわ」… 「もし、やせてるのがこわいんなら、あたし、幽霊をおどかしてやれるかもしれない。」 (『5』, p.228)

사미 머릿속의 유령은 그야말로 스테레오타입화한 유령인 것을 알 수 있다. 그런데 벨린다의 모습은 그와 달랐다. 결국 사미가 갖고 있던 유령에 대한 고정관념, 편견이 유령을 유령으로 보지 못하게 방해한 것이다. 나아가 벨린다는 고정관념에 사로잡힌 사미를 상대화하는 역할까지 담당하고 있다. 인용한 본문 중에 마른 것에 대한 벨린다와 사미의 시각 차이가 나타나 있지만 저택의 뜰에 대한 둘의 견해 차이 또한 매우 흥미롭다. 유령저택의 뜰이 사미에게는 "엉겅퀴와 민들레투성이의 뜰"로 보였지만 벨린다에게는 "새와 벌레와 유령이 자유롭게 놀 수 있는 뜰"로 보인다. 고정관념으로부터 자유로운 벨린다의 시각이 사미와 대조적이다.

이 작품은 유령이라는 어린이들이 흥미로워 하는 소재를 채택하고 있지만 단순한 모험담이 아니라 인간의 고정관념, 편견이 얼마나 인간을 어리석고 편협하게 만드는지, 더 넓게는 인간의 '본다(見る)'는 행위가 얼마나 고정관념에 좌우되는가 하는 무게 있는 문제를 유머러스하게 다루고 있다. 또 벨린다의 경묘한 말솜씨와 사미의 단순함도 대조적이다. 사미를 사로잡았던 의문, "네 그림자 거울에 비쳤던가, 생각이 안 나네."라는 질문에 벨린다는 "누구나 그림자는 갖고 있는 것 아니야"라고 비껴간다. 왜 먼저 올라갔는데 거미줄에 안 걸렸냐는 질문에는 너보다 키가 작으니까, 라고 대답한다. 후자는 납득할만하

지만 전자는 그렇지 않다. 그러나 사미는 더 이상 캐묻지 않는다. 사미가 가진 이런 단순함 또한 고정관념과 함께 진실을 보지 못하게 만드는 데 한몫하고 있다. 벨린다의 말솜씨는 일본 작가가 그린 어린이에게서는 좀처럼 구사되지 않는 어른스런 언어인 점도 흥미롭다.

이 작품은 필자가 고안한 영역 분류로는 개인영역, 하위구분으로는 문제해결로 분류할 수 있다. 그러나 이 작품에 관한 한 문제(해결)로 해결을 괄호에 묶을 필요가 있다. 벨린다의 자유로운 시각이 사미를 상대화하며 해결책을 암시하기는 하지만 거기에 중점이 있다기보다는 문제를 문제로서 인식하게 하는 주안점이 있는 작품이라 할 수 있다. 즉 고정관념, 편견에 대한 비판이다.

3.『국어5』 문학작품 교재의 영역별 주제

산문 6작품, 운문 8작품 총 14편의 주제를 예의 방식대로 구분하여 표로 나타내었다. 공동체영역으로 분류한「설녀」는 어디에 주목하는가에 따라 감정, 감각 혹은 관계영역으로도 분류 가능하지만 '설녀'가 아이들 때문에 남편을 죽이지 않겠다고 말하고 있어 부부관계를 넘어선 가정공동체의 이별을 그린 것으로 판단하여 공동체로 분류했다.

〈표 5〉

장르	연번	작품명 / 작가(국적) / 수록 면	개인				관계	공동체	생태
			감정/감각	문제해결	성장	이상			
산문	1	사탕 / 니이미 난키치 / 10-14,15	반전의 즐거움			*이상적인 남성상 (실력과 자상함)*			
	2	목이 마르다 / 우리 오루레브(이스라엘) / 16-23,26					가치 공감의 우정		
	3	다이조 할아버지와 기러기 / 무쿠 하토주 / 102-119,123							숭고한 기러기
	4	설녀 / 마쓰타니 미요코 / 162-163/ 252-256						이별	*설녀의 슬픔*
	5	설피 속의 신/스기미키코/ 190-208, 211				장인정신		가치 계승	
	6	유령을 찾다 / 마가렛 마히(뉴질랜드) / 225-235		편견					
운문	1	언덕 위의 학교에서 / 나스 데이타로 / 8-9	계절의 감동						*자연속의 학교*
	2	이 몸은 풀이라네 / 다카미 준 / 86-88				개성적 삶의 의지			*철학적인 풀*
	3	종이 연 / 이부세 마스지 / 164	祈願						
	4	송충이 / 마도 미치오 / 164	유머						*귀여운 송충이*
	5	귀 / 장 콕토(프랑스) / 164	그리움						*그리운 바다*
	6	가장 짧은 서정시 / 데라야마 슈지 / 164	절절함						
	7	빛 / 야기 주키치 / 165					친밀		
	8	땅 / 미요시 다쓰지 / 165	발견과 표현의 기쁨						*자연 속의발견*
합	14	국어5 / 국어4	7/4	1/4	0/3	2+*1*/1	2/6	2/0	1+*6*/1+7

전체 중에서 각 영역이 차지하는 비중을 합산 숫자로 보면 개인(10+*1*), 생태(1+*6*), 관계(2), 공동체(2)의 순으로 4학년과 비교할 때 개인과 생태영역은 여전히 강세인데 반해 관계영역이 현저히 줄었음을 알 수 있다. 개인영역의 하위구분을 4학년과 비교하면 문제해결, 성장이 현저히 줄고 이상과 감정/감각의 비중이 높아진 것을 알 수 있다. 한편 생태영역은 수적 강세에 더해 다음과 같이 다양한 층위를 보여주고 있어 특기할 만하다.

가) 물질적 가치 즉 자연의 섭리에 따라 작동하며 인간의 물질적 필요를 채워주는 자연

나) 정의적 가치 즉 인간 삶의 정서적, 상상적 대상이 되어 인간의 삶을 풍요롭게 해주는 환경

다) 사색적 가치 즉 인간 삶의 철학적 사색의 힌트를 주는 대상

라) 동반자적 가치 즉 인간의 몸, 혹은 인간의 지능을 가지고 가족과 같이 생활하는 존재

마) 인격적 가치 즉 숭고한 인격을 갖고 인간에게 교훈을 주는 존재

「다이조 할아버지와 기러기」는 가)에서 마)로 전환하고 「언덕위의 학교」, 「귀」, 「땅」는 나)에 속하고 「풀」 은 다)에, 「설녀」는 라)에 속한다. 자연의 존재가치가 만발한 『국어5』 교과서이다.[16]

---

16 자연의 층위가 다양하게 그려지는 데는 인간과 자연(동식물)의 경계를 넘나드는 애니미즘적 전통이 그 배후에 있다고 생각된다. 예를 들면 『도노 모노가타리』에도 인간이 동물로 변하는 이야기가 들어 있다(51화와 52화). 이를 거론하며 김용의는 『도노 모노가타리』 설화 세계 에서는 '인간과 동물의 관계마저도 넘나들던 윤환적 관계를 확인할 수 있다'고 지적한다. 김용의(2011) 「『도노 모노가타리(遠野物語)』를 통해 본 인간과 자연의 공생관계」 『일어일문학연구』78집2호, p.46.

4. 소괄

미쓰무라도서출판 발행『국어5』의 창작 작품이 담고 있는 주제를 상호텍스트성에 초점을 맞추면서 종합하면 다음과 같은 특징을 지적할 수 있다. 첫째, 녹색 주제가 여전히 높은 비중을 차지할 뿐만 아니라 자연의 존재가치가 다양한 층위로 그려지고 있다는 점이다. 둘째 '가치'의 문제가 네 가지 영역에 걸쳐 모티브를 이루고 있다는 점이다. 이상적 남성이라는 개인으로서의 가치, 우정을 성립시키는 가치 공감, 다음 세대로의 가치의 계승 등이다. 다만 이상에 담긴 가치관을 보면 개성적인 삶의 향유라는 현대적인 가치도 노래되고 있지만 남성 중심의 전통적 이상이 존중되고 있는 것을 알 수 있다. 묵묵히 실력으로 존재가치를 입증하는 남성과 그 남성에게 감동, 압도당하는 여성이라는 젠더적 구도 또한 엿보인다. 셋째 가족공동체를 다룬 두 작품이 수록됨으로 4학년에는 아예 없었던 공동체영역이 부각된 점이다. 「설녀」는 설녀와 인간이 이룬 가족의 행복이 깨어지는 애절한 비극을, 「설피 속의 신」은 가치관이 전수되며 가족의 애정과 유대감이 강화되는 사건을 서사하고 있다.

공동체를 다룬 두 작품에 공통되는 것은 계승이다. 하나는 자녀를 통한 공동체 자체의 계승이고 하나는 전통의 계승이다. 단 장인정신이라는 전통적 가치의 전수는 기능으로 전수되는 것이 아니라 조모로부터 손녀에게로 스토리텔링을 통하여 이념적으로 이뤄지고 있다.

이런 면에서 「설피 속의 신」은 축소된 국어교과서라고 말하고 싶다. 3대가 함께 사는 대가족 속에서 조모의 스토리텔링을 통하여 전통적인 가치가 손녀에게 전달되듯이 미쓰무라도서출판 국어교과서는 조부모와 동거하지 않는 많은 학생들에게 자연을 존중하는 문화, 장인정신이라는 전통적인 가치, 전통적인 남성상을 전해주는 거대한 가상가족의 체험장이라 말할 수 있기 때문이다. 5학년 교과서는 교육기본법에 규정된 교육의 목표의 5항 "전통과 문화를 존중하며"를 담당하는 장이 되어 있다.

제7장

초등학교 6학년 국어교과서

1. 『국어6』 운문작품 교재의 특징

6학년 국어교과서[1]에는 긴 시가 2편 실려 있다. 다른 학년보다 편수는 적지만 각각 2쪽, 4쪽의 지면을 차지하고 있어 지면 비중은 다른 학년과 그리 다르지 않다. 예를 들어 『국어5』는 7쪽이다. 첫 시는 마도 미치오(まど みちお)의 「천년만년(せんねん まんねん)」(pp.8-9)이다. 2연 22행의 시로 인간출현 전의 자연계의 순환을 노래하고 있는데 숨겨진 메시지가 있다.

> 언젠가 키 큰 야자 나무가 되기 위해 / 그 야자 열매가 땅에 떨어진다/ 그 울림에 지렁이가 튀어나온다 / 그 지렁이를 뱀이 삼킨다 / 그 뱀을 악어가 삼킨다 / 그 악어를 강이 삼킨다 / 그 강 언덕의 키 큰 야자나무 속을 / 올라가는 것은/ 그때까지 땅속에서 노래하고 있던 맑은 물/ 맑은 물이 올라가고 올라가 끝까지 올라가/ 야자열매 속에서 잠든다 //
>
> 그 잠이 꿈으로 가득 채워지면 / …(1연의 밑줄부분이 반복됨: 필자주) /그 강 언덕에 / 아직 인간이 오기 전의 / 봄 여름 가울 겨울 봄 여름 가울 겨울의 / 긴 짧은 천년만년
>
> いつかのっぽのヤシの木になるために / そのヤシのみが地べたに落ちる / その地ひびきでミミズがとびだす / そのミミズをヘビがのむ そのへびをワニがのむ / その川の岸ののっぽのヤシの木の中を昇っていくのは / 今まで土の中でうたっていた清水/ その清水は昇って昇って

1 宮地裕ほか(2011)『国語六　創造』東京: 光村図書出版, pp.1-272.

昇りつめて / ヤシのみの中で眠る //
　その眠りが夢でいっぱいになると / … / その川の岸に / まだ人がやって来なかったころの / はるなつあきふゆ　はるなつあきふゆの / ながいみじかい　せんねんまんねん

땅에 떨어진 야자열매가 지렁이를 땅위로 튀어나오게 하고 그 지렁이가 먹이사슬을 따라 다른 생물의 먹이가 되는가 하면 먹이사슬의 정점에 있던 악어조차 마침내 죽어 강 속 다른 생명체의 먹이가 된다. 악어를 삼킨 강물은 식물 속으로 올라가 또 다른 열매를 맺게 하며 생명활동의 순환을 만들어낸다. 2연의 반복법은 그것이 지속적으로 반복될 수 있음을 시사한다. 그런데 2연 20행에 인간이 등장하며 반복법이 중단된다. 이 형식적 특징은 테마와 호응한다. 인간이 이 반복적 순환을 깨트리는 존재라는 것을 암시하는 것이다. 파괴자라는 직접적인 언급은 없지만 천년만년 이어져온 자연의 순환적인 영위가 인간의 출현으로 위협받고 있다는 메시지를 이 시는 발신하고 있다. 그러나 "긴 짧은"이란 시구는 대단히 시사적이다. 왜냐하면 자연의 파괴자로 살아갈 것인가 보호자로 살아갈 것인가, 인간에게 선택을 촉구하고 있기 때문이다. 인간이 전자 즉 파괴자를 선택한다면 인간출현 이전 기간이 그 이후 기간보다 상대적으로 긴 기간이 될 것이고 만일 인간이 후자 즉 자연의 보호자를 선택한다면 그 반대가 될 것이기 때문이다. 즉 자연계에 남겨진 시간은 인간에게 달려있다는 함축적인 의미를 "긴 짧은 천년만년" 이란 마지막 행은 담고 있다.

두 번째 시는 다니카와 슌타로(谷川俊太郎)의 「산다(生きる)」(pp.208-211)

이다. 목차 마지막에 위치한 '졸업하는 여러분에게' 라는 코너에 「말의 다리(言葉の橋)」라는 에세이와 함께 실려 있다. 초등학교를 졸업하는 6학년 학생들에게 보내는 송사 성격을 띤 시라고 생각된다. 또 삶이란 주제는 2008년에 개정된 현행 「학습지도요령」이 강조하는 '살아가는 힘(生きる力)'의 취지에도 부합하는 시라 할 수 있다.

졸업을 앞둔 6학년 학생들, 새로운 환경 새로운 세계로 나아가야 하는 학생들에게 '산다'라는 주제는 무겁게 다가올 수도 있는 주제이다. 하지만 이 시는 삶에 대한 긴장을 일으키기보다는 오히려 긴장을 완화 내지 이완시키는 내용으로 이뤄져 있다. 전체적으로 『마쿠라노소시(枕草子)』의 유취적 장단(類聚章段)을 생각나게 하는 시이다. 나열법으로 일관하고 있다는 점과 밝고 감각적인 일상의 느낌을 중요시한다는 점에서도 그렇다. 5연 39행의 긴 시이지만 전체를 인용하겠다.

> 살아 있다는 것 / 지금 살아 있다는 것 / 그것은 목이 마르다는 것 / 나무 사이로 비치는 빛이 눈부시다는 것 / 문득 어떤 멜로디가 떠오른다는 것 / 재채기를 한다는 것 / 당신과 손을 잡는 것 //
>
> 살아 있다는 것 / 지금 살아 있다는 것 / 그것은 미니스커트 / 그것은 플라네타륨 / 그것은 요한 슈트라우스 / 그것은 피카소 / 그것은 알프스 / 모든 아름다운 것을 만나게 된다는 것 /그리고 /숨겨진 악을 주의 깊게 거부하는 것 //
>
> 살아 있다는 것 /지금 살아 있다는 것 /울 수 있다는 것 /웃을 수 있다는 것 /화낼 수 있다는 것 /자유라는 것 //
>
> 살아 있다는 것 /지금 살아 있다는 것 /지금 멀리서 개가 짖는다는 것 /지금 지구가 돌고 있다는 것 /지금 어딘가에서 태어난 아기의 첫울음소리가 난다는 것 /지금 어딘가에서 군인이 상처를 입는다는 것 /지금 그네

가 흔들리고 있다는 것 /지금 지금이 지나가는 것 //

살아 있다는 것 /지금 살아 있다는 것 /새가 날개 친다는 것 /바다는 물결친다는 것 /달팽이는 긴다는 것 /사람은 사랑한다는 것 /당신 손의 온기 /목숨이라는 것

生きているということ /いま生きているということ /それはのどがかわくということ /木もれ陽がまぶしいということ /ふっと或るメロディを思い出すということ /くしゃみをすること /**あなたと手をつなぐこと** //

生きているということ /いま生きているということ /それはミニスカート /それはプラネタリウム /それはヨハン・シュトラウス /それはピカソ /それはアルプス /すべての美しいものに出会うということ /そして /**かくされた悪を注意深くこばむこと** //

生きているということ /いま生きているということ /泣けるということ /笑えるということ /怒れるということ / 自由ということ //

生きているということ /いま生きているということ /いま遠くで犬が吠えるということ /いま地球がまわっているということ /いまどこかで産声があがるということ /いまどこかで兵士が傷つくということ /いまぶらんこがゆれているということ /いまいまが過ぎてゆくこと //

生きているということ /いま生きているということ /鳥ははばたくということ /海はとどろくということ /かたつむりははうということ /**人は愛するということ** /あなたの手のぬくみ /いのちということ

(『5』, pp.208-211. 강조 필자)

가장 먼저 눈에 띄는 특징은 각 연의 첫 행과 둘째 행의 반복이다. 삶에서 가장 중요한 것은 현재라는 것을 강조하는 반복이다. 다음 특징은 각 연을 묶고 있는 공통점이 있다는 것이다. 1연은 신체 감각의 중시이다. 신체가 느끼는 자율적인 감각 그 자체가 삶인 것으로

포착하고 있다. 1연에 의거하면 삶은 형이상학이 아니라 감각이다. 2연은 아름다운 것들이다. 그러나 이 또한 미의 추구라기보다는 미와의 조우(遭遇)이다. 3연의 공약수는 감정의 자유의 향유이다. 4연은 같은 지구 위에 사는 타인의 삶으로 향하는 관심이다. 5연은 인간이 귀속되는 자연으로 향하는 관심이다. 인간은 새, 바다, 달팽이와 나란히 같은 선상에 놓이며 새가 날개치고 달팽이가 기듯이 인간은 사랑한다. 의지적이라기보다는 본능적 사랑이다. 종합하면 신체감각과 감정의 자유를 누리며 아름다운 것과 해우하며 지구와 거기에 살고 있는 인간과 동물 즉 생태계에 마음이 이끌리며 "당신"의 손을 잡고 사랑하는 것이 삶이라는 내용이다. 앞에서 『마쿠라노소시』와의 공통점을 지적했지만 2연의 마지막 행과 4연은 세이쇼나곤(清少納言)의 인식을 확실히 넘어서 있다. 쓰러져가는 오두막에 흰 눈이 쌓인 모습은 정취가 없다고 딱 잘라 말하는 세이쇼나곤은 귀족 문화 속에서 밝은 아름다움만을 추구하는 감수성의 한계를 보여주기 때문이다. 사회구조에 대한 인식이 결여된 채 감각적 호불호에만 머물고 있는 한계를 말이다.

그러나 이 시를 전체적으로 평가하면 역시 『마쿠라노소시』와 통하는 일본적인 세계관을 반영하는 시라고 생각된다. 좋은 의미에서도 그렇고 한계에 있어서도 그렇다. 일본적 세계관이란 첫째 신체의 감각, 감정, 문화적 욕구 등 생활의 향유를 형이상학적, 윤리적 삶보다 중요시한다는 점이고,[2] 둘째는 자연을 존중하며 인간을 자연에 귀속

2 아쿠타가와 류노스케는 『갓파(河童)』에서 넓게는 서양의 근대문명, 좁게는 일본 근대사회의 여러 모습을 갓파의 나라에 빗대어 야유한다. 정신병원에서 환자 23호에게

되는 존재로 간주하는 자세이고 셋째는 삶의 자세가 수동적이라는 점이다. 이 시의 '수동적인 세계관'에 대해서는 졸론[3]에서 의지동사와 비 의지동사에 주목하여 분석한 바 있는데 요점은, 31용례 대 3용례로 비의지동사가가 의지동사를 압도하고 있다는 사실이다. 의지동사는 1연 7행 "악을 주의 깊게 거부한다", 2연 10행 "당신과 손을 잡는다", 5연 6행 "사람은 사랑한다"뿐이다. 그 외의 행에서는 비 의지동사를 사용하고 있어 시에 담겨진 삶에 대한 자세가 매우 수동적이라고 하지 않을 수 없다.'

타동사 용례도 천착할 필요가 있다. "악을 주의 깊게 거부한다"는 강력한 의지의 표명인 동시에 윤리적 가치에 대한 지향이기도 한데 문제는 이 행이 아름다운 것과의 비의지적인 조우(出会い)을 노래한

다음의 긴 이야기를 들었다는 것이 겉 이야기이다. 이어지는 속 이야기 즉 갓파 나라의 이야기는 환자의 독백이라는 서사 구조이다. 14장에서 갓파의 나라의 종교가 화두가 된다. 갓파의 나라에서 종교에 대해 묻자 학생 랏푸는 '나' 에게 이렇게 대답한다. "그야 기독교, 불교, 모하메트교, 배화교 등도 있습니다. 가장 세력이 있는 것은 뭐니 뭐니 해도 근대교지요. 생활교라고도 하지요."("생활교"라는 번역은 맞지 않을지도 모르겠습니다. 이 원어는 Quemoocha입니다. cha는 영어의 ism에 해당합니다. quemoo의 원형 quemal의 역은 '살다'라기보다' '밥을 먹고, 술을 마시고, 교합을 하고'라는 의미입니다.) それは基督教、仏教、モハメツト教、拝火教なども行われています。まず一番勢力のあるものは何と言っても近代教でしょう。生活教とも言いますがね。」(「生活教」と云う訳語は当ってゐないかも知れません。この原語は Quemoocha です。cha は英吉利語の ism と云う意味に当るでしょう。quemoo の原形 quemal の訳は単に「生きる」と云うよりも「飯を食ったり、酒を飲んだり、交合を行ったり」する意味です。)" 근대교는 "생명의 나무(生命の樹)"를 예배하며 그 나무에는 금으로 된 "선의 과실(善の果)"과 녹색의 "악의 과실(悪の果)"이 열린다고 하는 것도 9장에서 검토하게 될 일본 고유의 종교 신도(神道)와의 깊은 연관을 느끼게 한다. 인용은 다음에 의함. 芥川竜之介(1968)『芥川竜之介全集』第十巻 角川書店, p.40.

3 신지숙(2016)「일본 초등학교 국어교과서 문학 공간 속의 젠더 이미지」『일본연구』68 한국외국어대학교일본연구소, pp.226-227.

2연 마지막에 위치한다는 것이다. 첫 의지동사 손을 잡는다가 1연 마지막 행에 위치하므로 이 타동사 행 또한 2연 마지막에 오는 것이 흐름으로는 자연스럽다. 그러나 문맥 상 이 시니피앙의 지시내용 즉 시니피에가 모호해지고 만다. 미추, 선악의 조합이라면 차이에 의한 상대화가 분명해지겠지만 아름다움과 악의 조합이기 때문이다. 모호해진 악의 개념은 4연 6행 "군인이 상처를 입는다는 것"에도 나타난다. 의지적 가해자 즉 악인은 존재하지 않고 비의지적 피해자의 모습만이 존재한다. 무엇이 의지적으로 거부해야 하는 악인가가 모호해져 의지의 의미는 퇴색한다. 또 전술했듯이 5연의 사랑한다도 문맥상 본능적인 것으로 표현되어 있으므로 문맥적으로는 비의지동사가 된다. 그렇다면 2연의 당신과 손을 잡는다에도 비의지성은 소급되어야 한다. 그 연장선상에 5연의 사랑한다가 있기 때문이다. 결국 이 시가 표상하는 삶의 주선율은 긴장된 의지적 삶이라가 보다는 긴장이 필요 없는 본능적 비의지적 자동사적 삶이다.

2. 『국어6』 산문작품 교재의 특징

『국어6』에 실린 첫 동화는 시게마쓰 기요시(重松清 1963-)의 **「카레라이스(カレーライス」**(pp.12-25, 28)이다. 읽기 교재로 "자신의 체험과 겹쳐서 읽고 감상을 쓰자"가 목표이다. "내가 나쁜 게 아니야."로 시작되는 이 작품은 사춘기에 들어간 6학년 남자아이가 겪는 아버지와의

갈등과 화해를 주인공에게 내적으로 초점을 맞추어 그리고 있다.

히로시는 아버지에게 단단히 화가 났다. 어제 밤에 아버지가 게임기 코드를 갑자기 빼버려 저장도 못하고 전원이 나간 것이다. "몇 번을 말해도 안 들으니 아버지도 할 수 없지 않냐", 라며 사과를 권하는 어머니 말에도 묵묵부답이다. 아버지가 먼저 사과해야 한다고 생각하는 것이다.

다음 날부터 아버지위크가 시작되었다. 퇴근이 늦어지는 어머니 대신 아버지가 저녁밥을 만드는 주간이다. 메뉴는 늘 달달한 특제카레이다. 히로시는 이미 어른들이 먹는 카레가 좋은데 그걸 모르는 아버지는 히로시를 위해 일부러 어린이용 카레를 만드는 것이다. 카레를 먹으며 아버지는 계속 말을 걸고 마침내 먼저 사과도 했지만 히로시는 끝까지 말을 하지 않는다. "특제카레를 먹으면 화도 풀릴 거야"라고 말했던 아버지의 예상은 빗나간다. 다음 날 저녁에도 히로시는 말을 하지 않고 아버지도 약간 화가 난다.

그 다음날 아침 아버지는 아침도 못 먹고 출근한다. 하지만 식탁에는 아버지가 차려놓은 히로시의 아침밥이 기다리고 있다. 아버지에게 인사도 하지 않은 것이 갑자기 슬퍼진다. 히로시는 학교에서 여러 번 사과하는 연습을 한다. 집에 오니 아버지가 파자마 바람으로 방에서 나온다. 감기 때문에 조퇴를 했다고 한다. "저녁은 도시락이네."하는 아버지에게 히로시는 자신이 만들겠다고 한다.

두 사람이 만드는 것은 또 카레. 그러나 히로시가 선반에서 꺼낸 카레 루는 보통 매운 맛이다. "무슨 말이야. 엄마하고 둘이 먹을 땐 늘 이거야."라는 히로시의 말에 아버지는 반신반의한다. 그러나 놀라

움은 이내 기쁨으로 바뀐다. “야아, 이거 참. 히로시도 이제 매운 맛을 먹는구나. 그렇지, 내년이면 중학생이지.” 늘 그렇듯 아버지가 자른 야채는 모양도 엉망이고 심도 남아 있다. 하지만 히로시가 충분히 익혀 부드럽게 했다. 감기도 나아버렸다며 밥을 한가득 푸는 아버지. 아버지와 함께 다른 요리도 만들기로 한 아버지 위크 후반부가 기대된다. 만족한 히로시의 내면이 카레 맛에 빗대어 표현되며 작품은 끝난다.

히로시의 불만의 근본은 부모님이 특히 아버지가 자신을 언제까지나 어린아이 취급한다는 데 있다. 자신을. 야단맞으면 그냥 토라지고 달콤한 ‘특제카레’ 먹으면 화가 풀리고, 위험해서 불도 사용하면 안 되는 어린이로 취급한다는 것. 그러나 실제는 카레도 이미 매운 것을 먹고, 달걀부침 정도는 혼자 만들 수 있으며, 스스로 시시비비의 판단도 할 수 있는데 자신도 아는 잘못을 자꾸 이야기하니까 화가 나는 것이다. 또 사과도 하고 싶지만 아버지한테 혼나는 것이 싫어서 사과하는 것처럼 보이는 것은 자존심이 상해서 할 수 없는 것이다.

> 안다고 그 정도는. 하지만 나도 아는 걸 지적 받는 게 가장 싫다는 걸, 아버지는 몰라.
>
> 分かってる、それくらい。でも、分かっていることを言われるのがいちばんいやなんだってことを、お父さんは分かってない。
>
> (『6』, p.16)

> 여기서 사과하면 꼭 아버지한테 또 야단맞을 것 같아 사과하는 것 같잖아, 그런 건 싫어.

ここであやまると、いかにもお父さんにまたしかられそうになったから——みたいで、そんなのいやだ。 (『6』, p.17)

아버지는 그런 자신을 전혀 몰라주고, 어머니는 아버지 편만 드니 억울한 생각이 자꾸 든다는 것. 그러나 갈등은 관계에서만 생기는 것은 아니다. 사과를 연습하는 자신이 있는가 하면 그런 자신을 꼴사납다고(かっこ悪い) 냉소하는 자신도 있다. 즉 자기 내면의 분열 또한 겪고 있는 것이다.

나도 모르겠어. 왜 이러지, 하고 생각한다. 여태까지는 바로 "잘못 했어요"라고 말할 수 있었는데. 더 순순히 이야기할 수 있었는데. 특제 카레도 그래, 3학년 때쯤까지는 되게 맛있었는데.

自分でもこまってる。なんでだろう、と思っている。今までなら、あっさり「ごめんなさい。」が言えたのに。もっとすなおに話せたのに。特製カレーだって、三年生のころまでは、すごくおいしかったのに。 (『6』, p.17)

자아가 강해지고 인정받고 싶은 자존심이 굴절되어 반항적이 되는 자신을 아직 충분히 자각하지 못하는 것이다. 히로시의 침묵은 반항이기도 하지만 자신의 논리를 내세울 수 없는 미숙함의 증표라고도 할 수 있다.

이거 봐, 이런 게 싫다니까. 나는 삐진 게 아니야. 아버지하고 말하기 싫은 것은 그런 유치한 것이 아니고, 더, 그러니까, 뭐하고 하지, 더 ……

ほら、そういうところがいやなんだ。ぼくはすねてるんじゃない。

お父さんと口をききたくないのは、そんな子どもっぽいことじゃなくて、もっと、こう、なんていうか、もっと ……　(『6』, p.14)

어린이 취급하는 아버지의 언사에 불만을 갖으면서도 자신의 생각을 명확히 내세울 말을 찾지 못하는 곤란한 상황인 것이다.

그러나 아버지와의 화해는 우연한 상황, 즉 아버지의 감기로 해결된다. 물론 그 이면에는 아버지에게 사과를 하지 못한 미안함, 아버지 자신은 먹지고 못하고 출근하면서 자신의 아침은 차려주는 애정에 대한 고마움이 있다. 전혀 말할 생각이 없었는데 튀어나와 자신을 놀라게 한 말, "집에서 만든 밥이 영양이 있어서 감기도 나을 테니까"는 실언으로 노정된 진심인 것이다. 또 한 가지 감기가 중요한 것은. 일시적이지만 강자와 약자의 구도가 바뀌는 상황이 초래된 점이다. 아버지가 감기라는 상황은 심리적으로 히로시에게 건강한 자신이 강자이고 병자인 아버지는 약자가 되는 전환을 가져온 것이다. 자신이 먼저 말을 하는 것이 전혀 자존심 상할 상황이 아닌 것이다. 아버지에 대한 애정을 표현할 수 있게 된 이 전기가 아버지와의 소통과 화해로 발전된다. 마지막 문장은 이 갈등이 해결된 결과가 비유적으로 잘 표현되어 있다.

우리가 만든 특제카레는 톡 쏘면서도 아주 조금 달기도 했다.

ぼくたちの特製カレーは、ぴりっとからくて、でも、ほんのりあまかった。　(『6』, p.25)

"아버지와 (내가) 만든 카레"가 아니라 "우리 남자들이 만든 카레(ぼ

くたちの特製カレー)"로 표현된 것은 매우 함축적인 의미를 갖는다.

즉 아버지와 나를 동등한 남자로 묶고 있은 것이다. 똑 같이 매운 카레를 먹을 수 있게 되었다는 점에서 그렇고 서로가 대등하게 협동하고 보완하는 관계에 설 수 있다는 점에서 그렇다. 후자는 요리시의 아버지의 결점— 야채의 딱딱한 심을 제거하지 않고 넣는 결점을 히로시 자신이 카레를 오래 끓임으로서 커버한 경험에서 온다. 카레 맛이 매우면서도 약한 달콤한 것은 단순히 화해의 기쁨만은 아닐 것이다. 아버지와 3일간이나 말을 하지 않았다는 처음 겪는 매운 경험이었지만 그로 인해 아버지가 자신의 성장을, 즉 매운 카레를 먹으며 아버지를 위해 함께 요리를 할 수 있는 아들로 성장했음을 알게 되었고 기뻐해주었다는 소통의 기쁨 또한 있었을 것이다. 여기까지가 작품의 세계이다.

다만 이것이 최선의 소통의 방법인가 하는 문제는 남는다. 진정한 소통에는 진솔한 자기표현이 필수적인데 이 작품에서 그런 부자간의 대화가 없기 때문이다. 이 부분이 학습활동에서 다루어지면 좋은데 실제는 그렇지 못하다.

아버지의 감기라는 우연한 기회에 히로시는 자신의 행동— 카레의 맛을 선택하고 불을 사용하는 요리를 하는 행동을 통해 자신의 성장을 아버지에게 표현했다. 아버지 또한 그를 기뻐하고 인정했으며 다른 요리도 함께 만들기고 했으니 해피 앤딩으로 끝났다고 볼 수 있다. 그러나 히로서의 근본적인 불만을 아버지가 얼마나 이해했는지는 알 수 없다. 물론 커뮤니케이션은 언어활동으로만 이루어지는 것은 아니다. 행동을 통해서 더욱 진정성이 잘 전달될 수도 있다. 그러나 인간의 복잡한 내면을 전하는 데는 언어 이상의 도구가 없다는 것도 사실이다. 특히 자국어를 통한 커뮤니케이션을 가르쳐야 하는 국어 과목에 있어서 대화, 언어 소통에 의한 관계 회복이라는 측면이 중시되지 않는 것은 문제점으로 남는다고 생각된다.

두 번째 작품은 '들으며 즐기자' 코너에 실린 기시 나미(岸なみ)의 **「기생개구리 병풍(河鹿の屏風)」**(pp.74-75, 249-252)이다. 시즈오카현에 내려오는 민담이 바탕이 되어 있는데 동물 보은담과 선조숭배 의식이 애니미즘의 상상력과 정교하게 얽혀 있는 작품이다.

작품은 이렇게 시작된다. "옛날 가미카노(上狩野) 마을에, 선조 대대로 내려오는 집안을 이어받은 기쿠 자부로라는 사람이 있었습니다. 나쁜 사람은 아니지만 게으른 사람으로 빈둥빈둥 놀며 지내다 보니 결국 산림, 전답을 거의 다 팔아버렸고 그래도 빚이 남는 신세가 되었습니다." 게으름뱅이 기쿠에게 마지막 남은 것은 계곡을 낀 울창한 산이었다. 계곡 강바닥에는 옛날부터 많은 기생개구리가 살고 있어 기생개구리 골짜기라 불리는 곳이었다. 산을 팔기 위해 견적 조사를 나간 날 기쿠에게 전기가 찾아온다. 피곤해져 잠시 쉬는 사이 잠이 들었는데 차가운 손이 어깨를 흔든다. 눈을 뜨니 기생개구리의 얼굴을 한 노인이 앞에 서 있다. 노인은 자신을 이 골짜기 기생개구리의 두령이라고 소개하며 부디 산을 팔지 말라 달라고 간절히 부탁을 한다. 나무를 벌목하면 강이 마르고 황폐해져 기생개구리가 살 수 없다는 것이다. 꿈치고는 너무나 생생한 경험이었다. 기쿠는 산을 팔지 않기로 마음을 바꾼다. 돈이 될법한 물건을 전부 팔아 빚을 갚고 나니 집 안에 남은 건 잠자리 머리맡에 세우는 흰 병풍뿐이었다.

그날 새벽녘, 개구리 소리에 둘러싸인 듯한 느낌에 잠을 깬 기쿠는 놀라 소리를 지른다. 머리맡에서 툇마루까지 작은 발자국이 이어져 있고 병풍에는 기생개구리가 계곡에 놀고 있는 그림이 그려져 있는 것이었다. 먹도 채 마르지 않은 상태였다. 그림에 대한 소문이 퍼져 나가고 멀리 도읍에서 찾아온 유명한 화가도 감탄을 감추지 못한다. 천냥 돈을 들고 사러 온 사람도 여럿 있었지만 기쿠는 팔지 않는다. 이때부터 기쿠는 사람이 바뀐 듯이 열심히 일을 하기 시작하고 마침내 집안을 일으킨다 그런데 세월이 흘러 기쿠가 세상을 떠난 후 이상한 일이 일어난다. 병풍의 그림이 점점 흐려지더니 마침내 완전히 사라진 것이다. 이어지는 결말에서 화자는 서술하는 순간 '지금'으로 돌아와 지금의 기생개구리 골짜기를 소개하며 서사를 끝낸다.

줄거리로 알 수 있듯이 이야기의 기본 골격은 동물 보은담이다. 상호텍스트적으로 보면 1학년에 실린 민담 「주먹밥 데구르르」(상)와 「너구리의 물레」(하) 도 동물이 은혜를 갚는 이야기였다. 한편, 꿈인지 생지인지 분간하기 힘든 상황에서 자연의 정령이 사람의 모습으로 나타나 사람에게 말을 한다는 점, 즉 인격적인 교류를 시도한다는 점에서는 5학년에 실린 민담 「설녀」와 공통분모를 갖는다. 물론 간청과 금지라는 차이는 있다. 그러나 이 작품의 독특한 점은 동물의 보은이 물질적인 수준의 보은이 아니며 그것이 기쿠에게 인격적인 변화를 가져온다는 점이다. 그리고 간과해서는 안 되는 것은 기쿠의 변화의 동기에는 조상숭배 의식이 원인으로 작용하고 있다는 점이다. 먼저 후자를 살펴 보자. 기생개구리 두령을 본 후 기쿠의 내면에 일어난 변화를 화자는 이렇게 설명한다.

과연 게으름뱅이 기쿠자부로도 꿈 때문만이 아니라, 선조로부터 물려받은 산과 계곡을 남의 손에 넘기는 것을 처음으로 미안하게 생각하게 되었습니다.

さすがなまけ者の菊三朗も、夢のためばかりでなく、先祖から受けついた山や谷を人手に渡すことを、初めてすまないと思うようになっていました。 (p.251)

여기서 "처음으로"라는 것은 의식적으로는 처음이다, 라고 보는 것이 타당할 것이다. 조상들에 대한 무의식적인 부채의식이 이런 환상을 보게 한 것이다, 라고 해석할 수 있기 때문이다.

한편 전자, 즉 개구리가 고마움을 표현하기 위해 선사한 그림이 기쿠에게 감동을 준 것 또한 기쿠의 변화와 무관하지 않다.

참으로 희한한－하며, 기쿠는 그 그림을 황홀하게 바라보았습니다. 검정 일색이지만 농담을 훌륭하게 살려 그린, 기생개구리가 무리를 지어 놀고 있는 그림이었습니다. 보는 사람의 마음에 이상한 감동을 자아내었습니다.

なんとも不思議な━と、菊三郎は、その絵に見とれました。墨一色の濃淡をものの見事にかき分けた、河鹿の群れ遊ぶ図は、見る者の心に不思議な感動をそそりました)。 (『6』, p.252)

그러나 화자는 "이상한 감동"을 구체적으로 설명하지는 않는다. 이어지는 다음 서술은 그림이 불러일으킨 반향과 이에 대한 기쿠의 대응이다.

> 그린 이를 알 수 없는 명화, 라는 기생개구리 병풍의 소문은 사람에게서 사람에게로 전해졌습니다. / … 천 냥 돈을 들고 와서 병풍을 물려달라는 사람도 둘, 셋이 아니었습니다. 하지만 무슨 생각인지 기쿠는 이 병풍을, 일대의 가보라 하며 팔지 않았습니다. / 그리고 아무 것도 없는 텅 빈 집에서 다시 태어난 듯 부지런한 사람으로서의 새 삶을 시작했습니다.
>
> かいた者の知れない名画として、河鹿屏風のうわさは、人から人に流れました。/ … 千両箱をたずさえて、屏風のゆずり渡しをたのんでくる者も、二、三にはとどまりませんでした。が、何を思うところあってが、菊三郎は、この屏風を、一代の家宝じゃと言って、手放しませんでした。/ そして、何一つないがらんどうの家の中から、生まれ変わったような、働き者の第一歩をふみだしました。 (『6』, p.252)

여기서도 화자는 “무슨 생각인지” 라고 기쿠의 내면에 대해서는 함구하는 것처럼 보인다. 그러나 이것은 “일대의 가보니라” 라는 기쿠의 말을 더욱 도드라지게 할 뿐이다. 가보(家宝)라는 말는 기쿠에게 두 가지 의미가 있다고 생각된다. 첫째는 기쿠 자신의 변화이다. 다른 사람은 몰라도 기쿠에게 이 그림이 환기하는 것은 보은(報恩) 즉 ‘개구리도 은혜를 갚는다’일 수밖에 없다. 따라서 이 그림은 조상에게 물려받은 재산을 거의 다 팔아버린 배은망덕한 자신을 상대화하는 기능을 한다. 기생개구리 두령의 간청을 들은 이후 조상에 대해 부채의식을 느끼게 된 터라 더욱 그러했을 것이다. 그러므로 기쿠가 개구리들의 보은의 표상인 이 그림을 팔지 않는 것은 이 그림을 얻은 것을 계기로 조상에 대한 배은망덕한 삶을 청산하고 보은하는 새로운 삶을 살아가기로 의지적 전환을 결심했음을 의미한다. 이후 새

사람으로 완전히 바뀌는 것은 그 결단의 실천이다. 가보의 두 번째 의미는 첫 번째 "일대의(一代の)"에 방점이 있다고 생각한다. 여기서 "一代"의 의미는 『디지털다이지센(デジタル大辞泉)』에 의하면 3번째 의미인 "사업이나 집을 이어 주인이 된 동안"이 된다.[4] 따라서 "일대의 가보"란 조상 대대로 내려온 산림, 전답을 팔아치운 면목 없는 자신이지만 자신의 대에 이룩한 내지 얻은 훌륭한 보물이라는 의미가 된다. 보물을 가문에 남길 수 있게 되었다는 기쁨이 엿보인다.

여기서 작품이 끝난다면 「기생개구리 병풍」은, 주네트 식으로 말하자면 기쿠가 근면한 사람이 되는 이야기이며 그 변화의 계기가 된 것이 이중의 의미의 보은이다. 조금 길게 말하면 게으름뱅이 기쿠가 개구리의 보은에 의해 조상에게 보은을 하는 부지런한 사람으로 바뀌는 이야기이다.

그러나 결말은 속 이야기에서 겉 이야기로 서사의 차원이 바뀌며 화자는 서술하는 순간 지금을 공유하는 내포독자에게 말을 건다.

> 흔히 기생개구리 골짜기라고 불리는, 조렌폭포 위쪽 계곡 강바닥이 약간 넓게 펼쳐진 부근에는 지금도 울어대는 개구리 소리를 들을 수 있습니다.
>
> 俗に河鹿沢という、浄蓮の滝の上の方、渓流にやや川床の開けた辺りでしゃ、今でも、鳴きしく河鹿の声を聞くことができます。(『6』, p.252)

---

4 いち　だい【一代】
1 一生涯。生まれてから死ぬまで。「人は一、名は末代」
2 天子や君主が在位する間。
3 事業や家を継いで主となっている間。「一で産を成す」
4 ある一つの時代。その時代。「一の名優」
5 家系の最初。初代
デジタル大辞泉 http://dictionary.goo.ne.jp 검색일: 2015.12.16.

기쿠가 "일대의 가보다"라고 한 것은 아이러니하게도 다른 의미 『디지털다이지센(デジタル大辞泉)』에 의하면 첫 번째 의미인 "한 평생, 태어나서 죽을 때까지"라는 의미로 문면 그대로 이루어지고 말았다. 라쿠고라면 그저 오치라고도 처리할 수 있는 이 장치의 기능은 무엇일까?

"그린 이를 알 수 없는 명화"라는 소문은 중요한 정보를 준다. 즉 속 이야기 차원에서 생각할 때 기쿠는 기생개구리 두령의 간청, 그를 들어주기 위한 자신의 노력, 방에 남아 있던 작은 발자국 등등에 대해서 사람들에게 함구하고 있었다는 것이 된다.[5] 따라서 기생개구리 병풍=보은이라는 코드는 기쿠에게만 작동했던 것이다. 그러므로 기쿠가 세상을 떠나면 병풍의 그림은 더 이상 기호로서는 작동할 수 없게 된다. "농담을 훌륭하게 살려 그린", "이상한 감동을 자아내는" 명화일 뿐이다. 기쿠의 죽음과 함께 그림이 사라졌다는 것은 이와 같이, 그림의 존재가 기쿠를 변화시키기 위한 장치로서의 기호였음을 여실히 보여준다. 상당히 정교한 보은의 장치이다. 기쿠의 죽음을 알고 역할이 끝난 보은의 상징물을 거두어간 개구리들의 불가사의한 능력과 존재론적 의미가 갑자기 부각된다. 결말에서 화자가 기생개구리에게로 내포 독자의 관심을 전환시키는 것도 의미심장하다. 이 작품 역시 미쓰무라도서 초등학교 국어교과서 문학작품의 절대 주제, '자연의 훌륭한 동물'로 수렴하는 구조이다. 시은과 보은이라는 인간 삶의 가치의 상징물 또한 애니미즘의 상상력으로 소환되는 것을 볼

---

5 겉이야기 차원의 화자가 이 모든 정보를 알고 있는 것은 별개의 차원이므로 전혀 모순이 아니다.

수 있다. 인간에게 도움을 청하는 미물로 보이지만 사실은 인간을 깨우치며 바꿀 수 있는 인격적 존재가치를 갖는 자연인 것이다. 결국 「기생개구리 병풍」의 제명은 이 작품을 읽기에 중요한 코드였음이 판명된다. 이 작품은 기생개구가 기쿠를 변화시키는 이야기인 것이다.

다음은 일본의 국민적 시인이라 할 수 있는 미야자와 겐지(宮沢賢治 1896-1933)의 동화 「돌배(やまなし)」(pp.102-112)이다. 바로 뒤에는 하타야마 히로시(畑山博)가 쓴 「이하토부의 꿈(イーハトーブの夢)」이 자료로서 실려 있다. 겐지의 삶과 작품에 대해 소개한 글이다. 6단원 읽기 교재 작품으로 이 단원의 목표는 "작품의 세계를 깊게 맛보자"이다. 이 목표는 작품의 특색 파악과 작가에 대한 이해 두 가지 접근방법을 통해 달성되는 것임을 보여준다.[6] 또 이 작품 자체가 가지고 있는 난해성이 이런 조합을 요구하기도 한다. 자료와의 관계는 생략하고 여기서는 작품의 구성과 주제에 대해서 알아보자.

「돌배」의 구성은 주네트의 서사 차원의 이론으로 설명하는 것이 이해하기 쉽다. 즉 이 작품은 처음과 끝에 배치된 2행으로 이뤄진 겉 이야기와 그 사이에 배치된 2장의 속 이야기로 구성된다. 다음이 겉 이야기를 구성하는 첫 행과 마지막 행이다.

> 작은 강 바닥을 비쳐낸 두 장의 푸른 환등입니다.
> 나의 환등은 이것으로 끝입니다.
> 小さな川の底を写した、二枚の青い幻灯です。 (『6』, p.102)
> 私の幻灯は、これでおしまいであります。 (『6』, p.112)

---

6 작품과 작가를 함께 다루는 이런 방식은 미쓰무라도서 초등학교 국어교과서 속에서는 유일하다.

이 두 행 사이에 두 장면의 속 이야기가 서사되는데 '一 五月', '二 十二月'이라는 제목이 붙어 있다. 즉 겉 이야기는 '나(私)'라는 서술자가 5월과 12월에 작은 계곡 강바닥을 환등으로 비쳐낸다는 내용인데 이 서두는 내포 독자에게 2가지 정보를 준다. 먼저 이후의 서사가 외적 초점화에 의해 진행된다는 것이다. 또 하나는 사실적인 재현이라는 메시지이다. 환등이 슬라이드영사기인지 영화인지는 명확하지 않고[7] 만약 슬라이드라면 비쳐낼 수 있는 것은 정지된 화면일 뿐이다. 그러나 어느 쪽이든 환등이란 도구는 그런 모순점을 부각시키기보다는 슬라이드가 필름에 담긴 현실을 비쳐내듯이 계곡 바닥의 현존하는 세계를 그대로 보여준다는 메시지로서 받아들여진다. 단 렌즈의 위치는 예상을 벗어난다. 속 이야기의 서두 부분에서 이미 그것을 알 수 있다.

두 마리의 게 형제가 희푸른 강물 바닥에서 이야기하고 있었습니

7 다음 블로그는 '幻灯'에 대해 기술사적 근거를 제시하며 최종적으로는 영화라고 결론짓고 있다. "エジソンのキネトスコープは1893年に発明、ルミエール兄弟のシネマトスコープは1895年。その2年後に日本に二つともやってきます。映画は190 7 年に日本でも流行が起き各地で映画館が出来たと言う。盛岡市でも1915年に映画館が出来ています。…賢治のここでいう幻燈ですが、様々な要素が絡み合っています。家庭用の薄暗い映画映写機かもしれません。手回し式の物かもしれません。薄暗い光でのアニメーションだったり映画を見ていたのかもしれません。江戸時代のからくりだったりしますし、ヨーロッパの幻灯機かもしれません。電球の黄色い光だったかもしれませんし、ライムライトの薄く青緑の光だったかもしれません。この炎の揺らぎだったかもしれません。/それでいて映画館のアーク灯の青白い光で見る映画だったのかもしれません。そのないまぜが賢治の幻燈なのでしょう。/そう纏めてしまってはどうかとも思いますが、「やまなし」の光の具体的な描写を考えれば、映画のような描写に挑戦した作品とも言えそうです。// 技術史的に言えば、賢治の幻燈は映画である。そう結論づけます。" どうでもいいこと M野の日々と52文字以上〉 宮沢賢次「幻燈」の謎 http://blog.goo.ne.jp/i3d5a6i2/e/008952f57865aea578018167b8705609 검색일: 2016.7.20.

다./ "그람본은 웃었어."/ "그람본은 칵칵 웃었어."/ "그람본은 튀어오르며 웃었어."/ "그람본은 칵칵 웃었어."/ 위쪽과 옆쪽은 푸르고 어두워 강철처럼 보입니다. 그 매끄러운 천정을 거품 알맹이가 흘러가고 있습니다.

"위쪽", "천정"이란 낱말에서 알 수 있듯이 렌즈의 위치는 위에서 아래를 비추는 것이 아니라 주인공인 게 형제 바로 옆에 밀착하여 형제와 그 주위를 비춰내고 있는 것을 알 수 있다. 다음은 1장의 서사 내용을 보자. 텍스트에 서사된 순서대로 따라가보자.

> 희푸른 물속 바닥에서 대화하는 어린 게 형제 → 그람본의 웃음에 대한 형제의 대화 → 어두운 물속과 천정을 어두운 거품이 떠다님 → 은색 물고기가 위를 지나감 → 그람본의 죽음에 대한 형제의 대화 → 밑으로 내려가는 물고기 → 그람본의 웃음에 대한 짧은 대화 → 햇빛이 일으키는 물속의 아름다운 변화 → 물고기의 이동 이유에 대한 형제의 문답 '잡아먹는 거야' → 입을 벌린 채 돌아오는 물고기 → 뾰족한 것의 침입과 위로 사라진 물고기 → 아버지의 등장과 물총새에 대한 설명 → 떠내려온 부들 꽃에 주의를 돌리려는 아버지와 두려워하는 형제 → 모래 바닥에 비치는 햇빛 그물과 꽃잎 그림자

환등은 형제 게와 그 주위를 동시에 비춰내겠지만 언어의 서사에서는 그렇게는 되지 않는다. 형제 게에 주목할 때는 주위는 사라지고 주위에 주목할 때는 형제 게의 모습은 사라진다. 그러나 교과서 공간 속에서 형제 게가 사는 물속을 별도로 재현하고 있는 것이 있다. 첫 페이지에서 끝 페이지까지 상단에 6.3센치 폭으로 길게 그려져 있는

삽화이다. 형제 게의 환경을 시각적으로 보여주는 이 삽화가 형제 게의 환경을 학생에게 의식시켜 준다. 다만 본문에 묘사된 장면의 변화를 다 표상하지는 못한다는 한계가 있다.

게 형제와 장면 양쪽에 주의하면 이런 변화를 보이고 있다. 게 형제가 현재 있는 물속의 전체적인 광경은 어두움에서 빛으로, "푸르고 어두운 강철" 같은 무기적인 이미지에서 빛이 만들어내는 밝고 투명한 아름다운 광경으로 바뀌고 있다. 하지만 그 광경이 반드시 형제 게의 심상풍경인 것은 아니다. 이 작품은 외적 초점화에 의해 서사되고 있음을 환기해야 한다.[8] 형제 게의 대화는 빛과 아름다움과는 거의 반대 방향으로 바뀌고 있다. 즉, 그람본의 웃음에서 그람본의 죽음으로, 헤엄쳐 다니며 작은 생물을 잡아먹는 물고기에게로, 그 물고기를 잡아먹는 물총새로 대화 내용이 바뀌고 있어 밝은 웃음에서 어두운 죽음으로 기울고 있기 때문이다. 그람본이 무엇인가? 이것은 누구에게나 솟은 의문이며 여러 가지 설[9]이 있지만 서사의 흐름에서 중요한 것은 그람본의 정체보다 그 죽음이고 죽음의 연쇄이다. 이어지는 2장 서사의 흐름을 보자.

---

8 단 1장 중 물총새가 물고기를 사냥하는 대목에서는 '兄さんかには、…と見ました' 'と思ううちに' 'ようでしたが'라고 형 게에게 내적 초점화되어 서사된다. 일시적으로 외적 초점화에 변조가 보이는 부분이다.

9 거품, 작은 물고기, 플랑크톤, 빛 등 여러 설이 있다. 예를 들면 거픔 설. "諸説入りみだれて定説はない。わたしは、Crab-bomb(蟹の泡)説にこころひかれるが、何よりもこのことばのひびき、とくに子蟹の兄弟が〈クラムボンは……〉とくりかえすリズム感がたいせつなのであろう。" 続橋達雄(1987) 『賢治童話の展開-生前発表の作品』(第2章 童話「やまなし」) 大日本図書

형제 게의 성장과 물속 경치의 변화 → 달빛 가득한 아름다운 물 속 → 거품의 크기를 겨루는 형제 게의 대화 → 아버지의 등장과 갑자기 떨어진 돌배가 가져온 행복한 기대와 귀가 → 다이아몬드 가루를 뿌린 듯 반짝이는 은빛 물결

물속 장면이 어두움에서 밝음으로 전환된 1장과 달리 2장의 장면은 수정 알맹이 등 새로 흘러들어온 광물들이 반짝이고 시종 달빛으로 가득하다. 형제 게는 자지 않고[10] 밖에서 천정을 바라보며 거품을 품어내고 있다. 자신의 거품이 더 크다고 말하는 형과 자신도 크게 뿜을 수 있다며 지지 않으려고 하는 동생. 형 거품이 더 크다는 아버지의 판정에 동생은 울상이 된다. 성장에의 욕구나 느껴지는 사랑스러운 대화이다. 그러나 모든 동물의 생존과 성장에는 먹을 것이 필요하다. 이 때 이 작품의 제목이 된 돌배가 풍덩 물속으로 떨어진다. 처음에 형제는 물총새로 오해하고 놀라지만 아버지가 돌배임을 알려주며 따라가자고 한다. 향기를 가득 풍기며 떠내려가던 돌배는 나뭇가지에 걸려 멈춘다. 잘 익어 향기를 뿜어내니 바로 먹고 싶을 정도다. 아버지는 다시 가르쳐준다. 이틀 지나면 아래로 가라앉아 저절로 맛있는 술이 되니 오늘은 돌아가자고. 이어지는 다음 서술로 2장은 끝난다.

10 밝고 깨끗한 물속에서 초점의 일시적인 변이도 보인다. '게 형제는 달이 너무 밝고 물이 너무 깨끗해서 자지 않고 밖에 나와"2장에서 외적 초점화의 변이가 일어나는 대목이다. 자지 않는 이유를 밝히는 화자. 이 부분은 외적 초점화의 변이가 일어나 내적 초점화가 이루어져 있다.

> 부자 게 세 마리는 자신들의 구멍으로 돌아갔습니다. / 물결은 점점 희푸른 불길을 타오르게 하며 출렁입니다. 그것은 마치 금강석 가루를 뿜어내고 있는 것처럼도 보였습니다.
>
> 親子のかには三びき、自分らのあなに帰っていきます。/ 波は、いよいよ青白いほのおをゆらゆらと上げました。それはまた、金剛石の粉をはいているようでした。 (『6』, p.112)

외적 초점화된 묘사이지만 “물결은” 이후는 상징적인 묘사로도 보인다. 부자 게의 심상풍경으로도 돌배가 발하는 아름다움으로도 읽을 수 있을 것 같다. 확실한 것은 1장을 마감했던 어두운 죽음의 공포와는 대조적인 반짝이는 아름다움과 행복에의 기대가 느껴진다는 것이다. 내일은 게 가족이 이사도로 외출하는 날이기도 하기 때문이다. 이어서 “나의 환등은 이것으로 끝입니다.”라는 걸 이야기가 서술되고 작품은 끝난다.

왜 미야자와는 이 작품에 ‘돌배’라는 제목을 붙였을까? 언어활동에서도 이 과제를 다루는데 이 작품의 경우 제목이 테마와 직결되는 코드로 작동하기 때문이다. 1, 2장에 걸쳐 등장하는 게 형제나, 그 배경이 되어 있는 작은 계곡이 아니라 2장에만 등장하는 돌배를 제목으로 한 것은 작가가 돌배에 그 만큼 의미를 두고 있다는 뜻이다. 등장인물은 아니지만 1장 2장에 걸쳐 주요 모티브가 되고 있는 것은 먹을 것이다. 서로 다른 식물(食物)이 등장하여 서로 다른 반응을 게 형제에게 일으키고 있기 때문이다. 1장에 등장하는 식물(食物)은 자신도 포식자이면서 또 다른 포식자의 식물(食物)이 되는 동물이다. 이 식물(食物)은 어린 게 형제에게 죽음에 대한 공포라는 반응을 일으킨다. 반면 2장에서는 돌배가 물속으로 스스로 떨어져 게 부자에게 향기를 선사하며 내일의 향기로운 음식을 기대하게 한다. 살생의 현장에서 충격을 받고 자신에게도 닥치지 않을까 죽음을 두려워하는 게 형제이지만 성장을 욕망하는 이상 그들에게도 먹을 것은 필요하다. 투명한 물속에서 투명한 거품만 내뿜으며 살아갈 수는 없다. 그런 그들에게 살생을 동반하지 않는 평화로운 더구나 향기로운 식물이 풍덩하고 떨어진 것이다. 게 형제의 의식화되지 않는 고뇌와 필요가 동시에 해결된 것이다. 이 작품은 타자의 생명을 앗아가며 살아가는 이기적 동물의 삶에 자신의 열매를 양식으로 선사하는 식물, 돌배의 이타적 자기희생적 삶을 대비시켜 후자의 아름다움을 돋보이게 하고 있다. 그것을 천진난만한 어린 게 형제가 경험하는 잔혹함과 공포, 기대를 통하여 그려내고 있다.

마지막으로 겉 이야기까지 포함한 이 작품 전체가 내포독자에게 호소하는 메시지를 생각해보자. 작품 말미, 겉 이야기 속의 "환등(幻灯)"이란 단어는 서두, 겉 이야기 속의 "비쳐낸(映した)"이란 단어를 소환하며 내포독자에게 예의바르게 호소한다. 독자는 이 이야기를 환상(幻想) 즉 실제로는 존재하지 않는 꾸며낸 이야기로 읽기 쉽겠지만 그렇게 읽지 말아달라는 호소이다. 즉 이것은 환상(幻想)이 아니라 작은 계곡 바닥에서 실제 일어나고 있는 사건을 비쳐낸 "환등", 즉 현실의 재현이라는 것이다. 이 때 제기되는 현실의 문제는 작품을 우화적으로 읽으면 타자 희생적 삶이냐 자기희생적 삶이냐가 된다. 그러나 미쓰무라도서 발행 초등학교 국어교과서 공간 속에서 상호컨텍스트적으로 이 작품을 읽으면 내포독자인 인간은 자신이 보이지

않은 등장인물인 것을 알게 된다. 인간은 어린 게에게, 물총새 이상으로 무시무시한, 자연계에 군림하는 최종적인 포식자이기 때문이다. 국어교과서에 담긴 애니미즘의 상상력이 수렴하는 최종적으로 문제제기라고 생각된다.

마지막 산문작품은 다테마쓰 와헤이(立松和平 1947-2010)의 「바다의 목숨海の命」(pp.190-201-204)이다. 이 작품은 소년 다이치가 아버지의 죽음을 딛고 마을 제일의 어부로 성장하여 아버지와는 다른 선택을 하는 어부로 자립하는 일종의 성장소설이다.

선조대대로 바다에서 살아온 다이치의 꿈은 어부가 되어 아버지와 함께 고기잡이를 나가는 것이었다. 아버지는 마을 최고의 잠수 어부로 모든 것은 "바다가 주는 은혜"라고 말하는 사람이었다. 어느 날 아버지는 구에(くえ)[11]라 불리는 대형 바리과 물고기를 잡아 올리려다 밧줄에 몸이 감겨 바다에서 죽는다. 어머니와 남겨진 다이치. 중

---

11 '구에(くえ)'는 자이언트 그루퍼인 것 같다. 일본 국어사전에는 "바리과의 해수어. 길이 1미터에 달함. 몸은 다갈색으로 흰 점이 구름형태로 보인다. 혼슈 중부 이남 바위 해안에 산다. 대어는 '모로코(잉어과의 담수어:필자 주)'라고도 불린다." (出典: デジタル大辞泉 http://dictionary.goo.ne.jp/srch/ 검색일: 16.3.12)라고 설명되어 있는데 네이버 지식백과에서 '바리과'로 검색하면 '자이언트 그루퍼'라는 자료가 나온다. 자료에 실려 있는 사진도 교과서에 그려진 그림과 매우 흡사하며 설명도 밑줄 친 바와 같이 작품 내용과 상응한다. 분포지는 인도-태평양, 홍해, 남아프리카 연안, 하와이, 호주, 일본 등이라고 한다. "바리류 중에서도 가장 대형으로 성장하는 물고기로서 몸길이 2.5~3m까지 이르며 보통 2m 내외로 발견된다. 산호초 주변에서 무리를 짓지 않고 홀로 생활한다. 치어일 때는 검은색과 노란색의 불규칙한 무늬가 온몸에 산재해 있으나 커 갈수록 온몸의 무늬는 잿빛으로 희미해 진다. 어릴 때부터 탐식성이 강하고 큰 입으로 작은 물고기, 갑각류, 연체류 등을 포식한다. 성어는 딱딱한 닭새우, 바다거북 새끼, 소형 상어 등도 먹어 치운다. 식용어로 이용되는데 큰 개체는 체내에 시가테라라고 하는 독을 가지고 있기도 하므로 주의해야 한다." [네이버 지식백과] 자이언트그루퍼 [Giant Grouper] (출처: 아쿠아플라넷 여수, 한화호텔앤드리조트(주)) 검색일: 2016.7.20.

학교를 졸업하자 줄낚시 전문인 요키치(与吉) 할아버지의 제자가 된다. "천 마리 중 한 마리만 잡으면 계속 바다에서 살아갈 수 있어"라는 것이 요키치의 가르침이었다. 어느덧 세월은 흘러 다이치는 요키치가 인정하는 마을 제일의 어부가 되고 요키치도 세상을 떠난다. 다이치는 아버지가 죽은 여울에 잠수를 시작하고 마침내 꿈꾸던 거대 구에를 만난다. 하지만 갈등 끝에 다이치는 구에를 죽은 아버지로, 이 바다의 목숨으로 생각하고 작살을 거둔다. 이후 다이치는 행복한 가정을 일구고 어부로 평생 살아간다. 하지만 거대 구에를 잡지 않은 일은 아무에게도 말하지 않았다.

이 작품에 그려진 다이치의 자립의 서사에는 몇 가지 모티브가 계층적으로 구조화되어 있다. 맨 위층은 성장의 모티브이다. 아버지를 바다에서 잃은 소년이 마을 노인의 지도하에 마을 최고의 어부로 성장하는 이야기, 이것이 가장 표면적인 모티브이다. 성장의 모티브를 떠받치는 두 번째 모티브는 최고를 지향하는 프로의식이다. 가장 잘 드러난 것은 거대한 구에를 포획하려다 죽음을 맞는 아버지의 모습이다.

> 아버지는 밧줄이 몸에 감긴 채 물속에서 숨이 끊겨 있었다. 밧줄 다른 끝에는 녹색 눈을 가진 거대한 구에가 작살이 꽂힌 채 바위처럼 버티고 있었다.
>
> 父はロープを体に巻いたまま、水中でこときれていた。ロープのもう一方の先には、光る緑色の目をしたクエがいたという。(『6』, p.192)

『국어5』「사탕」의 무사 상, 「설피 속의 신」에 그려진 장인 정신과도 통하는 모티브이다. 그러나 아버지만 대어를 낚으려는 프로의식을 가지고 있는 것이 아니다. 다이치는 용의주도하게 그러하다. 아버지가 죽은 바다를 일터로 하는 노인의 제자가 되어 바다를 익히고 실력을 기른 후 거대한 구에를 찾아 잠수하는 모습은 의도적이라고 말할 수밖에 없다. 그런 다이치의 마음을 꿰뚫어보고 있기에 어머니는 불안한 것이다. 그러나 어머니의 불안에는 또 다른 깊은 이유가 내재한다.

> "네가 언젠간 아버지가 죽은 여울에 들어가겠다는 말을 꺼낼 것만 같아 나는 두려워서 밤에 잠도 안 와. 네 마음속이 들여다보이는 것 같아서." / 다이치는 폭풍까지도 떨쳐 버릴 듯한 건장한 젊은이가 되었다. 다이치는 그 늠름한 등에 어머니의 슬픔까지 짊어지려고 했다.
>
> 「おまえが、おとうの死んだ瀬ももぐると、いつ言いだすかと思うと、わたしはおそろしくて夜もねむれないよ。おまえの心が見えるようで。」 / 太一は、あらしさえもはね返す屈強な若者になっていたのだ。太一は、そのたくましい背中に、母の悲しみさえも背負おうとしていたのである。
>
> (『6』, p.196 밑줄 필자)

어머니의 불안을 해석하는 화자의 담론, 밑줄 친 부분에 주목하면 어머니가 짐작하고 있는 다이치의 의도는 대어를 낚으려는 프로 의식, 도전 정신 이상의 의도가 있는 것을 알 수 있다. 작품의 독자가 소년소녀인 만큼 "어머니의 슬픔까지도 짊어지려고 했다"라고 매우 온화한 표현으로 순화되어 있지만 결국 남편을 잃은 어머니의 슬픔을 짊어진다는 것은 아버지의 목숨을 앗아간 거대한 구에를 잡아 아

버지의 원수를 갚고 무사히 귀환한다는 의미에 귀착한다. 즉 이 작품의 심층을 이루는 세 번째는 모티브는 복수이다. 복수(敵討ち)는 에도시대에 공적으로 인정된 행위였으며 역사적 사건에 취재한『추신구라(忠臣蔵)』, 모리 오가이(森鴎外)의 역사소설 등 여러 문학작품의 그려진 전통적인 모티브이다. 그러나 후술하는 바와 같이 이 세 번째 모티브는 네 번째 모티브 앞에서 미끄러지고 후퇴한다. 다이치가 구에를 단념하는 과정을 면밀히 살펴보자.

어머니가 슬픔과 불안으로 매일 바라보는 바다가 마을 제일의 늠름한 어부가 된 다이치에게는 자유의 세계가 된다. 때가 되었다고 판단한 다이치는 "아버지의 바다"에 잠수하고 마침내 150킬로를 충분히 넘을 대형 구에를 해초로 가려진 구멍 깊숙한 곳에서 발견한다.

> 흥분하면서도 다이치는 침착했다. 이것이 내가 찾아 헤매던 환상의 물고기, 마을 제일의 잠수 어부였던 아버지를 무찌른 이 여울의 주인일지도 모른다. 다이치는 콧등을 향해 작살을 겨누지만 구에는 움직이려 들지 않는다. 그 상태로 시간이 흘렀다. 다이치는 영원히 여기에 있을 수 있을 것 같은 기분이 들었다. 그러나 호흡이 괴로웠다.
>
> 興奮していながら、太一は冷静だった。これが自分が追い求めてきたまぼろしの魚、村一番のもぐり漁師だった父を破った瀬の主なのかもしれない。太一は鼻づらに向かってもりをつき出すのだが、クエは動こうとはしない。そうしたままで時間が過ぎた。太一は永遠にここにいられるような気さえした。しかし、息が苦しくなって、またうかんでいく。 (『6』, pp.199-200)

숨을 쉬고 다시 돌아온 다이치를 구에는 여전히 온화한 눈으로 바라볼 뿐 움직이려 들지 않는다. 마치 다이치 자신에게 찔려 죽고 싶어 하는 것 같다고 생각될 정도였다. 이때까지 많은 물고기를 죽이면서 느끼지 못했던 감정에 다이치는 당혹한다. 하지만 죽이지 않으면 어부로서는 실격이라는 생각 또한 떨칠 수 없다.

> 이 물고기를 잡지 않으면 진정한 의미의 어부로서 자립하지는 못하는 거야, 라고 다이치는 울상이 지으며 생각한다. / 물속에서 다이치는 후하고 미소를 띠운다. 입에서 은 거품이 날아간다. 작살을 아래로 거두고 구에를 향해 다시 한 번 웃음을 지었다. / "아버지 여기 계셨어요? 또 만나러 올게요." / 이렇게 생각함으로 다이치는 여울의 주인을 죽이지 않을 수 있었다. 큰 물고기는 이 바다의 목숨이라고 생각되었다.
>
> この魚をとらなければ、本当の一人前の漁師にはなれないのだと、太一は泣きそうになりながら思う。/ 水の中で太一はふっとほほえみ、口から銀のあぶくを出した。もりの刃先を足の方にどけ、クエに向かってもう一度えがおを作った。/「おとう、ここにおられたのですか。また会いに来ますから。」/ こう思うことによって、太一は瀬の主を殺さないで済んだのだ。大魚はこの海の命だと思えた。
>
> (『6』, pp.200-201)

이 작품의 핵심 모티브의 하나인 네 번째 모티브가 드러나는 구절이다. 자신의 갈등에 종지부를 찍은 다이치의 논리는 거대 구에=아버지, 거대 구에=바다의 목숨이라는 조금 황당한 논리이다. 단번에는 이해가 되지 않는다. 화자가 다이치의 내면의 갈등을 프로의식의 문제로 축소시키어 자각시키고 있기 때문이다. 세 번째 모티브인 복

수를 부드러운 말로 감쌌던 것과 같은 태도이다. 그러나 이 논리를 이해하기 위해서는 화자가 감추고 있는 또 다른 갈등 바로 그 복수의 모티브를 전경화시켜야 한다. 아버지가 잡으려 했지만 결국 패배한(破られた) 구에를 무찌르지 않은 것은(破らない) 아버지의 복수라는 아들의 도리를 저버리는 것이며 다이치로서는 어머니의 슬픔을 짊어지지 않고 방치하는 것이다. 그렇기에 다이치 자신에게는 거대 구에=아버지라는 황당한 논리가 구에를 죽이지 않아도 되는 논리로서 설득력을 갖는 것이다. 거대 구에를 아버지로 해석하는 다이치의 내면을 화자가 직접화법으로 강조하여 전달하고 있는 이유이다. 즉 다이치의 갈등과 갈등해소의 논리의 심층에 있는 사상은 아버지에 대한 아들로서의 도리와 교착상태에 빠지게 된 자연에 대한 숭경이다. 이 작품의 핵심 모티브이다. 이 작품 속에서 자연은 『국어5』「다이조 할아버지와 기러기」에 표상된 '숭고한 인격'을 갖고 인간에게 교훈을 주는 존재 이상의 존재로 승격한다. 이어지는 결말이다. 다이치는 결혼하여 네 아이의 아버지가 되어 평생 요키치에게 배운 대로 "천 마리 중 한 마리"를 실천하며 살고 어머니의 여생도 행복했다고 한다. "거대 구에가 바위 굴 속에 있는 것을 발견했지만 창을 던지지 않은 일은 물론 다이치는 평생 아무에게도 말하지 않았다."라는 문장으로 작품은 마무리된다. 프로정신 그리고 그것이 가져올 수 있는 명예보다 자연에의 숭경을 우선하는 선택을 다이치는 했다. 아버지와는 다른 결정을 한 것이다. 언어활동은 각 인물들의 삶의 방식에 대해 다루며 자연스럽게 영향관계와 차이에 주목하게 한다. 첫째는 아버지, 요키치 노인, 어머니가 다이치의 성장에 어떤 역할을 했는지

순서대로 파악하게 하고, 둘째는 아버지, 다이치, 요키치의 삶의 방식에 대해 자신의 생각을 정리하게 한다. 그 과정에서 다이치의 갈등과 변화에 주목하게 한다. 자신을 어떤 삶을 선택할지 학생들은 각각 생각하게 될 것이다.

3. 『국어6』 문학작품 교재의 영역별 주제

산문 4작품, 운문 2작품 총 6편을 예의 방식대로 영역별로 구분하였다. 복수 테마를 인정해야 하는 작품은 복수로 기재했다. 즉 전경화된 주제는 아니지만 심층 메시지 혹은 수용미학적으로 그렇게 읽혀질 가능성이 있는 잠재적 주제는 누인 서체로 표시했다. 최하단의 숫자는 항목별 합산 수치이며 비교를 위해 하단 괄호 안에 5학년 교과서의 해당항목 수치를 표시했다.

〈표 6〉

장르	연번	작품명/작가/수록 면	개인				관계	공동체	생태
			감정/감각	문제해결	성장	이상			
산문	1	카레라이스/시게마쓰 기요시/12-25-28			*성장·인정에의 욕구*		소년의 父와의 갈등과 화해		
	2	기생개구리 병풍/기시 나미/74-75, 249-252						유산의 계승	인간을 변화시킨 불가사의한 기생 개구리

	3	돌배 / 미야자와 겐지/102-112,124-125						타자를 위한 자기 희생적 삶의 아름다움	타자를 희생시티는 동물의 삶과 이타적인 돌배의 삶의 대비
	4	바다의 목숨 / 다테마쓰 와헤이/ 190-201-204				생태 도덕적 삶			자연에 대한 숭경
운문	1	천년만년 / 마도 미치오 / 8-9							인간에게 달린 자연계의 지속적인 순환
	2	산다 / 다니카와 슌타로/ 208-211	감각/감정=삶			美와의 조우, 악의 거부	본성적 사랑	관심	본능적, 자동사적 자연
합	6	국어6 / 국어5	1/7	0/1	*1*/0	2/2+*1*	2/2	3/2	5/1+*6*

영역별로 보면 생태(5), 개인(3+*1*), 공동체(3), 관계(2)의 순위를 보이고 있다. 5학년과 비교할 때 작품수가 14작품에서 6작품으로 크게 줄었음에도 불구하고 생태영역은 비슷한 수치를 기록하고 있어 여전히 강세인 것을 알 수 있다. 아니 압도적인 대세라고 할 수 있겠다. 그 다음인 개인영역은 운문작품이 8편에서 2편으로 급감하면서 수치로는 현저히 줄었다. 하위구분 또한 그와 연동하여 5학년과 비교하면 감정/감각이 대폭 줄었다. 한편 5학년에서 높아진 이상의 비중은 유지되고 있다. 그런데 그 이상 속에도 생태적 삶이 포함되어 있는 것을 알 수 있다. 다음으로 공동체영역, 관계영역의 순위를 보이는데 관계영역으로 구분한 「카레라이스」는 개인 대 개인의 관계이기는 하지만 소년과 아버지의 갈등이므로 가족공동체가 배경에 있다. 5학년에서 부상한 가족공동체가 6학년에서도 여전히 중요한 장이 되고 있다고 할 수 있다. 5학년에서 「설피 속의 신」이 대가족공동체를 다루었다면 6학년의 「기생개구리 병풍」는 개인과 선조와의 관계를 다루어

가문으로 공동체의 장이 확대되고 「돌배」는 의인화된 생태계로 공동체의 장이 확대된다. 즉 6학년의 테마의 대세는 생태라고 할 수 있다.

4. 소괄

미쓰무라도서출판 발행 초등학교 국어교과서라는 전체 공간 속에서 『국어6』에 채택된 작품에 주목하면 다음과 같은 특징을 지적할 수 있다. 먼저 일본 작가가 쓴 소년소설의 등장이다. 「카레라이스」는 소재, 인물설정, 테마, 문학적 기법 등 모든 면에서 사실적이다. 철저하게 일본 현대 초등학생의 현실에 입각해 있다. 게임이라는 소재, 사춘기에 접어든 6학년 소년과 맞벌이 부모라는 인물설정, 아버지와의 갈등의 해소라는 테마, 리얼한 내면묘사 등 어떤 면에서도 메르헨적인 요소는 찾아볼 수 없다. 하지만 『국어 6』의 전 작품을 부감했을 때 두드러지는 특징은 표에도 나타났듯이 생태계에 대한 지대한 관심이다. 이것은 미쓰무라 국어교과서를 관통하는 가치관이기도 하다. 1학년 「꽃길」에서 시작된 동물의 의인화는 수사법 이상의 의미로 확대된다. 5학년에 이르기까지 자연의 다양한 가치가 의인화, 메르헨, 리얼리즘 등 여러 가지 기법을 통하여 표상된다. 『국어 5』에서 정리한 생태적 가치, 정의적 가치, 사색적 가치, 동반자적 가치, '인격적 가치이다. 『국어6』은 거기서 한 걸음 나아간다. 자연의 가치를 표상하는 데에 머무르지 않고 생태계의 파괴자 인간에게 자연을 숭경하며 그 자연과의 공생을 결단하도록 촉구한다. 「기생개구리 병풍」은 동물보은담의 골격을 가지지만 보은이란 테마를 넘어 인간을 변화시키는 동물에 대한 숭경으로 유도하는 메르헨이다. 「바다의 목숨」

의 어부 다이치는 자연의 생태적 가치에 감사하며 이용하는 데 머무르지 않고 거대 구에에게 '아버지', '바다의 목숨'이라는 가치를 부여하며 숭경함으로서 거대 구에를 잡으려 했던 아버지와 구별된다. 「돌배」는 생물의 생존 방식을 타자의 목숨을 앗아가며 살아가는 동물의 삶과 동물에게 자신을 선사하는 식물의 삶으로 구분하며 후자의 아름다움을 부각시킴으로서 생태계 최상위 포식자인 인간의 이기적 삶을 조용히 질타한다. 「천년만년」은 앞으로의 생태계의 존속이 인간에게 달려 있음을 시사하며 자연의 파괴자 인간을 은밀히 고발한다. 송사적인 성격의 시이지만 「산다」 또한 인간을 '새', '바다', '달팽이'와 나란히 줄 세움으로서 만물의 영장의 위치에서 끌어내린다.

이상의 6학년 작품을 통해 부조되는 인간상은 자연에 군림하는 전횡을 휘두르는 인간이 아니라 자연을 숭경하며 생태계를 보존하여 다른 생물과의 공생을 지향해야 하는 인간상이며 이 인간상의 이면에는 자연의 정복자, 파괴자라는 이기적 인간에 대한 고발이 있다.

제8장

초등학교 국어교과서 주제의 구성

1. 전 학년 영역별 수치로 본 특징

본장에서는 미쓰무라도서 발행 일본 초등학교 국어교과서를 하나의 문학텍스트 공간으로 보고 그 주제의 전체적인 구성을 규명하고자 한다. 단 대상으로 하는 문학작품은 전술한 바와 같이 교과서 속에서 언어활동을 통해 단독의 문학작품으로 취급되는 작품으로 제한한다. 따라서 언어 영역 '계절의 말'에 실린 운문작품이나 '소리 내어 즐기자'에 실린 고전품은 제외했다. 학년별로 나타내었던 영역별 주제를 세부 주제는 빼고 숫자만 합산하여 나타낸 것이 〈표7〉이다.

〈표 7〉

학년	작품수 (산문/운문)	개인영역				관계영역	공동체영역	생태영역
		감정/감각	문제해결	성장	이상			
1	15(9/6)	6	1	2	0	4	1	2
		9						
2	14(9/5)	4	4	0	0	4	2	3
		8						
3	14(8/6)	2	3	2	2	1	3	3(2+*1*)
		9						
4	17(8/9)	4	4	3	1	6	0	8(1+*7*)
		12						
5	14(6/8)	7	1	0	3(2+*1*)	2	2	7(1+*6*)
		11(10+*1*)						
6	6(4/2)	1	0	*1*	2	2	3	5
		4						
합	80(44/36)	24	13	8(7+*1*)	8(7+*1*)	19	11	28(14+*14*)
		53(51+*2*)						
		111						

작품은 총 80편이며 테마의 합계는 총 111개이다. 복수 테마를 인정한 숫자이며 누인 서체는 심층 메시지를 나타낸다. 영역별로 합계를 보면 개인영역이 53개로 가장 비중이 높은 것을 알 수 있다. 그 다음은 생태영역, 관계영역, 공동체영역의 순이다. 그러나 작품 주제와 직결되는 개인영역의 하위구분과 비교하면 생태영역의 주제가 28편으로 가장 높으며 공동체영역이 11편으로 가장 작품 수가 적다. 작품 속 공동체를 구분하면 가족(가문 포함) 4편, 인간이 포함된 생태공동체 3편, 같은 동물 집단 2편, 또래집단 1편, 이웃나라와의 관계 1편이다. 이런 수치를 어떻게 보아야 할까?

제 1장에서 일본의 교육 목표 및 현행 「초등학교 학습지도요령」에 대해 국어 교과를 중심으로 검토한 바 있다. 중앙교육심의회는 학습지도요령 개정에 앞서 7가지 개선의 방향을 제시했는데 그 안에, "풍요로운 마음과 건강한 몸의 육성을 위한 지도의 충실"이란 항목이 포함되어 있었고, 그에 대해 "국어를 위시한 언어에 관한 능력의 중시나 체험활동의 충실을 통해 타자, 사회, 자연・환경과 교섭하는 가운데 이들과 함께 살아가는 자신에 대한 자신감을 갖게 할 필요가 있다"고 해설하고 있었다. 교과서는 이런 목표를 반영할 것이 요구되므로 본서에서도 교과서 문학작품의 주제의 영역을 개인, 관계, 공동체, 생태로 구분한 것이다.

일본의 교육기본법이 천명하는 교육의 목적은 개인의 인격의 완성과 건강한 국민의 육성이다. 이 순서는 중요하다고 생각한다. 개인의 가치는 마땅히 우선적으로 존중되어야 하고 현행 「학습지도요령」도 살아가는 힘, 자신감을 강조하고 있으므로 개인영역의 비중이 가장 높은 것은 합당하다는 생각이 든다. 하지만 생태영역 28편에 비해 관계영역(19편)과 공동체영역(11편)의 작품 수가 현저하게 적어 균형이 맞지 않다는 것은 교육 목표의 균형 있는 달성을 위해서는 바람직하다고 볼 수 없다. 다만 미쓰무라도서 국어교과서가 1학년부터 5학년까지 외국 작품을 총 11편 교재로 채택하고 있는 것은 큰 의미가 있다고 본다. 이것은, 다양한 작품을 감상하게 하고 문학의 보편성을 이해하게 한다는 이상의 의미, 즉 다른 나라에 대한 이해를 넓혀 아동들로 하여금 국제사회라는 공동체를 상정하게 하는 측면이 있기 때문이다. 실제 11편 중 두 작품은 이문화(異文化) 교육의 의도가 명확히 느껴진다. 앞에서 확인한 바지만 4학년 하권에 실린 미국 동화 「세 가지 소원」의 경우 언어활동의 설명에 문화 차이를 인지시키고자 하는 교육의도가 분명히 나타나 있다. 한편 3학년 하권에 실린 한국 민화 「삼년고개」의 경우는 언어활동에는 언급이 없지만 미쓰무라도서출판 홈페이지에 있는 '수업 스파이스'에 '교과서 게재 작품에 관한 정보'가 실려 있었는데 거기에 「삼년고개」에 관해 "삽화로 배우자, 이웃나라의 문화"라는 정보가 게재되어 있었다고 한다.[1] 내용적

1 현재의 미쓰무라도서 홈페이지에서는 찾지 못하였으나 다음 논문에 인용되어 있음. 吉村裕美・中河督裕(2008) 「三年峠と三年坂―韓国・日本そして京都―」 『佛教大学総合研究所紀要別冊 京都における日本近代文学の生成と展開』 佛教大学総合研究所, p.258. "박민의 씨가 그린 「삼년고개」의 삽화는 세부에 이르기까지 조선의 전통적인 생화를 전해줍니다. 과연 우리 이웃나라는 어떤 문화를 구축해왔을까. 무엇을 먹고, 무엇을 입고, 어떤 집에서 살아왔을까……. 삽화로 이웃나라의 문화를 조금 공부해봅시다." 그러나 이 논문에서 두 사람은 한국 민화 「삼년고개」의 다른 가능성을 제기하고 있다. 일본에도 '삼년 언덕'이라는 명칭의 언덕이 도처에 존재하며 그 중에는 교과서에 실린 「삼년고개」와 매우 유사한 전설(和歌山の三年坂)도 기록으로 존재한다는 사실, 또한 「삼년고개」가 조선총독부 편찬 교과서의 일종인 『普通学校朝鮮語読本　巻四』(1928년 개정판)의 교재로 수록되어 있었다

으로는 이문화 교육보다는 민담의 보편성 교육에 더 적절한 작품이지만 한국의 옛 모습을 시각적으로 재현한 삽화는 충분히 이문화 교육과 연관시킬 수 있는 교재라고 생각된다. 이 외의 작품은 문화의 차이를 강조하기보다는 동질성을 통해 인류의 보편성을 느끼게 하거나 자국 작품으로 부족한 부분— 실제적인 관계의 교육 등을 외국 작품을 통해 보완하는 기능이 있다고 생각된다. 그러나 이문화 교육, 보편성 교육 어느 쪽이든지 국제사회라는 공동체에 대한 사고를 길러갈 수 있는 교재이므로 공동체영역과 무관하다고는 할 수 없을 것 같다. 그렇다면 이미 공동체영역 주제로 집계된 3편을 뺀 9편이 추가되므로 생태 28편, 관계 19편, 공동체 19편이 되어 어느 정도 영역별 수치의 격차가 좁혀진다.

2. 생태영역의 특징

생태영역을 다룬 작품은 총 28편이다. 이 작품 수는 인간 개인의 감정/감각보다 문제해결보다 성장보다 이상보다 앞서는 것이다. 또

는 사실을 지적하며 가능성으로서 다음 세 가지을 제기한다. 첫째 일본과 한국에서의 유사 전설의 우연한 발생, 둘째 중국의 이야기가 한국과 일본으로 전파, 셋째 일본의 민화(속설)가 한국으로 전파. 세 번째는 일본 전설을 한국어로 번역하여 실었을 가능성을 지적하는 것인데 입증을 위해서는 지역 자료(神坂次郎(1982) 『紀州史散策　第五集』)로만 기록이 남아 있는 와카야마(和歌山)의 '삼년 언덕(三年坂)' 전설이 어떤 경로로 번역되어 『普通学校朝鮮語読本　巻四』에 실리게 되었는지를 밝히 필요가 있을 것 같다.

한 공동체영역 11편과 비교하면 두 배를 훨씬 넘는 수치이며 관계영역 19편과 비교해도 현저하게 높은 수치이다. 보다 세부에 주목하자면 4학년의 관계영역에는 의인화한 동물과의 관계를 다룬 교재가 두 작품(「모키치의 고양이」, 「여우 곤」) 포함되어 있어 이 두 작품을 생태영역으로도 합산한다면 생태영역은 30편에 달하게 된다. 또 학년별로 각 영역을 보아도 3학년 이후는, 생태영역이 개인 하위영역 어느 것보다 또 관계영역 및 공동체영역보다도 많거나 적어도 같은 수치를 나타내고 있는 것을 알 수 있다. 이상을 통해 인간 개인의 어떤 영역보다, 또 인간 대 인간의 관계보다, 나아가 공동체의 문제보다, 자연에 대한 태도가 강조되고 있는 것을 수치적으로 확인할 수 있다. 내용적으로 보면 5학년 교과서까지 표상된 자연의 가치는 물질적 가치, 정의적 가치, 사색적 가치, 동반자적 가치, 인격적 가치로 정리할 수 있는데 이런 자연 찬양은 『국어6』에 이르러 클라이맥스를 맞이한다. 자연은 인간과 동등할 뿐만이 아니라 인간을 변화시키는 불가사의한 능력을 갖는 존재로(「기생개구리 병풍」), 바다의 주인으로(「바다의 목숨」), 인간의 아버지로서 숭경할 대상이 된다(「바다의 목숨」). 반면에 작품 속에서 인간은 만물의 영장의 자리에서 끌어내려지고(「산다」), 생태계의 파괴자, 이기적인 최상위 포식자로 조용히 질타되며 최종적으로는 자연과의 공생을 결단하도록 촉구 당한다(「천년만년」, 「돌배」).

이상을 통해서 알 수 있듯이 미쓰무라도서 초등학교의 문학작품 공간은 인간 삶의 영역 중 자연에 대한 이해와 바람직한 태도를 다루는 생태영역을 대단히 강조하고 있으며 그 공간 속에서 조형되는 인간상은 자연 위에 군림하는 인간이 아니라 자연을 존숭하며 모든 다른 생물과의 공생을 지향해야 하는 말하자면 생태 도덕적 인간이다. 이 인간상의 배경에는 애니미즘적 상상력이 존재하며 자연의 정복자, 파괴자라는 이기적 인간에 대한 고발과 거부가 있다. 6학년에서는 수치적으로도 생태영역이 개인영역의 합을 추월하며 내용적으로나 수치적으로나 절정에 이른다. 이것은 2011년 발행 미쓰무라 초등 국어교과서의 가장 특징이라 생각된다.

3. 개인영역의 특징

1) 감정/감각

생태영역 다음으로 비중이 높은 것은 개인영역의 하위 영역인 감정/감각의 영역이다. 24편을 기록하고 있다. 그러나 감정/감각이라고 명명한 것은 전 학년을 포괄하기 위한 명칭이다. 1, 2, 3학년까지의 국어 공간으로 제한하면 이 하위 영역의 명칭은 쾌감이라 해도 전혀 지장이 없다. 4학년 이후에는 쾌감이라는 명명으로는 포섭할 수 없는 감정, 감각이 등장하기 때문에 붙인 명칭이다. 구체적으로는 **아쉬움**(「분실물」『4 상』), **기원**(「종이 연」『5』), **그리움**(「귀」『5』), **절절함**(「가장 짧은 서정시」『5』), **희노애락의 감정**(「산다」『6』)이다. 그러나 전체적으로 보면 쾌감이 아닌 감정/감각은 5편뿐이므로 감정/감각의 주류는 여전히 쾌감이라 할 수 있다. 구체적으로 보면

소리가 주는 쾌감, 율동이 주는 쾌감, 운동감이 주는 쾌감, 계절이 주는 쾌감 등 감각적인 쾌감을 그린 작품이 10편이고, **공상이 주는 쾌감**(「고래구름」『1 하』), **창작이 주는 쾌감**(「원숭이가 배를 그렸습니다」『1 상』), **반전의 쾌감**(「사탕」『5』), **유머가 주는 쾌감**(「송충이」『5』), **발견과 표현이 주는 쾌감**(「땅」『5』), 즉 지적인 쾌감을 그린 작품이 5편이다. 이상을 통하여 알 수 있는 것은 미쓰무라 초등 국어교과서는 인간 개인의 삶 속에서는 감각적인 쾌감을 포함한 즐거움을 가장 중시하고 있다고 할 수 있다. 여기에는 일본인의 전통적인 가치관이 관계하고 있는데 이에 대해서는 9장에서 고찰하도록 하겠다.

2) 문제해결

개인영역에서 감정/감각 다음으로 비중이 높은 것은 13편을 기록한 문제해결이다. 문제해결의 방법으로 등장하는 개념을 1학년 작품부터 순서대로 나열하면 다음과 같다. 반복적으로 등장한 경우는 숫자로 나타낸다. 한 작품에서 두 가지 이상이 등장한 경우 각각 계수했다.

호기심(「빨간 새 작은 새」『1 상』), **감동**(「스이미」『2 상』), **자족 3편**(「노란 양동이」『2 상』, 「12간지의 시작」『2 하』, 「까마귀 에이조의 나는 나」『4 하』), **지혜 5편**(「세장의 부적」・「12간지의 시작」『2 하』, 「삼년고개」・「호랑이와 할아버지」『3 하』, 「첫눈 오는 날」『4 하』), **노력**(바다를 날려라」『3 상』), **상상력 3편**(「바다를 날려라」『3 상』, 「그림자」『4 상』, 「첫눈 오는 날」『4 하』), **근면**(「그루터기 사쿠조의 생활」『4 하』)

빈도수로 나열하면 지혜 5 〉 자족 3, 상상력 3 〉 호기심, 감동, 노력, 근면 1의 순이다. 근면은 노력과 통하는 가치라고 볼 때 지혜 5 〉 자족 3, 상상력 3 〉 근면 2 〉호기심, 감동의 순으로 등장한다고 정리할 수 있다. 지혜, 상상력, 자족이 문제해결의 방법으로 반복적으로 등장하고 있어 주목할 만하다. 지혜와 상상력이라는 적극적인 해결 방법과 함께, 자족 즉 현실을 있는 그대로 수용하는 소극적인 태도가 문제해결의 방법으로 제시되는 것이 흥미롭다. 그런데 통시적인 시야를 가지고 보면 자족은 일본에서는 전통적인 이데올로기이다. 근대 전까지 오래 지속되어 온 신분제 사회 속에서 전통적으로도 중요시 여겨진 개념이기 때문이다. 지혜 또한 민화의 주요 테마라는 점을 상기하면 인류보편의 통시적인 문제해결 방법이라 생각된다. 교과서 공간에서도 이것은 이미 자명하다. 지혜를 담고 있는 다섯 작품은 「세 장의 부적」, 「12간지의 시작」, 「삼년고개」, 「호랑이와 할아버지」, 「첫눈 오는 날」인데 「첫눈 오는 날」외에는 전부 민화이다. 이 중 「삼년고개」와 「호랑이와 할아버지」는 삽화 속 인물이 각각 한국과 인도의 복장을 하고 있어 외국 민화임을 알 수 있으며 「12간지의 시작」은 우리나라에도 전해지는 민화이므로[2] 동아시아에 유통

2 우리나라에도 같은 설화는 전해지고 있다. 「열두 띠 이야기」 "쥐가 십이지의 첫자리가 된다. 그렇게 된 사연을 말해 주는 설화가 몇 가지 있다. 옛날, 하늘의 대왕이 동물들에게 지위를 주고자 했다. 이에, 그 선발 기준을 어떻게 할까 고민하다가 정월 초하루에 제일 먼저 천상의 문에 도달한 짐승부터 그 지위를 주겠다고 했다 이 소식을 들은 짐승들은 기뻐하며 저마다 빨리 도착하기 위한 훈련을 했다. 그중에서도 소가 가장 열심히 수련했는데, 각 동물들의 이런 행동를 지켜보던 쥐가 작고 미약한 자기로서는 도저히 먼저 도달함이 불가능하다고 생각하여, 그중 제일 열심인 소에게 붙어 있었다. 정월 초하루가 되어 동물들이 앞 다투어 달려왔는데, 소가 가장 부지런하여 제일 먼저 도착하였으나, 도착한 바로 그 순간에 소에게 붙어 있던

되는 민화로 생각된다. 반면 상상력이 문제해결 방법으로 중요시되고 있는 것은 고전 작품이나 민화에서는 찾아보기 힘든 지극히 현대적인 개념이다. 동시에 1장에서 살펴보았듯이 「학습지도요령」에 고시된 국어 교과의 교육 목표에 는 상상력의 배양이 적시되어 있기도 하다.

개인영역 중에 문제해결이 감정/감각 다음으로 작품 수가 많은 것 또한 「학습지도요령」의 반영이라고 할 수 있다. 현행 「학습지도요령」의 기본적인 생각은 1장에서 인용했지만 "변화가 격심한 앞으로의 사회를 살아가기 위해" 확실한 학력, 건강한 몸과 함께 "풍요로운 마음"의 배양을 강조하고 있기 때문이다. 문제해결의 주제를 다시 나열해보면 호기심, 감동, 자족, 지혜, 노력, 상상력, 근면인데 이 중 근면과 노력 외에는 행동적 개념이라기보다는 마음의 자세 즉 "풍요로운 마음"에 해당한다고 볼 수 있다. 다만 문제 해결의 방법이 대체로 동적이기보다는 정적이라는 인상이 남는다.

3) 성장과 이상

성장, 이상과 관련된 작품은 각 8편으로 같은 작품 수를 보이고 있다. 성장과 관련된 구체적인 테마를 1학년부터 순서대로 나열하겠다. 2편 이상안 경우는 숫자로 명기하였다.

쥐가 뛰어내리면서 가장 먼저 문을 통과하였다. 소는 분했지만 두 번째가 될 수 밖에 없었다. 쥐가 십이지의 첫머리로 자리잡을 수 있었던 것은 자신의 미약한 힘을 일찍 파악하고, 약삭빠르게 꾀를 썼기 때문이다." 국립민속박물관 홈페이지 〉 자료마당 〉 민속이야기 〉 열두 띠 이야기, http://www.nfm.go.kr/Data/cTktw03.jsp 검색일: 2016.8.24.

성장은 도전(「왜냐면 왜냐면 할머니」『1 하』), **성장에의 욕구 2편**(「1학년의 노래」『1 상』, 「카레라이스」『6』), **호기심은 성장의 발단**(「덜컹」『3 상』), **꿈의 성장**(「감자」『3 항』), **성장을 위한 계속함**(「나는 강」『4 상』), **성장에의 자신감 2편**(「나는 사마귀」·「바다로」『4 하』)

성장에 대한 욕구와 자신감을 그린 작품이 각 2편이고 도전, 호기심, 노력, 꿈이란 테마는 성장의 조건이라고 볼 수 있겠다. 즉 성장의 테마를 종합하면 성장에 대한 욕구와 자신감 그리고 성장에 필요한 여러 조건들이 그려져 있다고 할 수 있다. 「바다를 날려라」 「첫 눈 오는 날」은 서사 내용 자체는 '문제해결'이 주제이지만 문제를 해결한 주인공 소년, 소녀의 성장한 모습, 그로부터 얻었을 자신감 또한, 상상할 수 있다.

성장이라는 주제는 교육의 본질을 대변하는 중요한 테마이며 성장에 대한 자신감, 성장을 통한 자신감은 개인으로서의 자립에 매우 중요한 요소이다. 제 1장에서 검토한 바이지만, 중앙교육심의회가 「학습지도요령」 개정에 앞서 일본 아동의 문제 중 세 번째로 "자신에 대한 자신감의 결여 및 스스로의 장래에 대한 불안, 체격의 저하 등의 과제가 보임"이라고 지적하고 "풍요로운 마음과 건강한 몸의 육성을 위한 지도의 충실"을 주문했으며, "국어를 위시한 언어에 관한 능력의 중시나 체험활동의 충실을 통해 타자, 사회, 자연·환경과 교섭하는 가운데 이들과 함께 살아가는 자신에 대한 자신감을 갖게 할 필요가 있다"고 제언한 바 있다. 이렇게 자신감이 강조된 데 비해서는 자신감을 핵심으로 다룬 작품이 사마귀와 강을 의인화한 동시 2편에 머무르고 있다는 것은 부족하다는 생각이 든다.

다음으로 이상이란 주제를 담은 것은 8편인데 구체적인 테마를 예의 방식으로 나열하겠다.

> **반전 평화 2편**(「지이창의 그림자놀이」『3 하』, 「꽃 하나」『4 상』), **무구**(「눈」『3 하』), **이상적인 남성상**(「사탕」『5』), **장인정신**(「설피 속의 신」『5』), **개성적 삶**(「이 몸은 풀이라네」『5』), **생태 도덕적 삶**(「바다의 목숨」『6』, **미(美)와의 조우 및 악의 거부**(「산다」『6』)

다양한 가치가 다루어지고 있어 백화난만이란 인상을 준다. 하지만 이상으로 제시된 가치가 전통적인가 현대적인가, 하는 구분이 가능할 것 같다. 즉 무구, 남성상, 장인정신, 생태 도덕적 삶은 일본에서 예로부터 존중되어온 전통적인 이상인 데 대해 반전 평화, 개성적 삶, 미와의 조우 및 악의 거부는 현대적 이상으로 분류할 수 있겠다.

전통적인 이상부터 설명하겠다. 먼저 남성상이다. 「사탕」에 그려진 남성상의 핵심은 숨겨진 실력이다. 만약 사탕을 반으로 잘라주는 무사의 행위가, 사탕은 하나밖에 없는데 두 아이가 서로 달라고 어머니를 조르는 상황을 모자를 위해 해결해주려 한 것이라면 숨겨진 자상함을 읽어낼 수는 있다. 하지만 그것은 소통을 원하지 않는 듯한 과묵함을 동반한다. 무사는 사탕을 반토막내는 놀라운 검술 실력을 보여준다. 하지만 그 행동의 전후에는 팔짱을 끼고 졸고 있을 뿐이다. 여성과 아이를 압도하는 전통적인, 가부장적인 남성상이 떠오른다. 타자에 대한 존중, 소통의 태도를 무사에게서 찾아볼 수는 없다. 작품 말미에 감도는 긴장감은 무사가 어머니와 두 아이에 두려움의 대상을 넘어 경외의 대상으로 승격한 것을 짐작케 한다. 다음은 장인정신인데 이것은 일본에서 존중되어온 가치인 것이 잘 알려져 있어 논의가 불필요할 것 같다.

반면에 생태 도덕적 삶은 일견 매우 현대적인 가치로 생각될 수 있다. 주지하다시피 근대 이후 전 세계적으로 확산한 산업자본주의 문명은 자연파괴, 대기오염 등 심각한 문제를 초래했고 그 대안으로 20세기 중반 이후 생태주의가 본격적으로 부상했다. 생태주의는 인간과 자연의 관계를 상하적 관계로 자리매기고 인간의 자연 지배를 정당화시켰던 기존의 인간 중심적 사고를 거부하고 인간 또한 생태계의 일부로서 자연과 상호관계를 맺는 존재에 불과하다는 점을 강조한다. 이성과 중심을 불신하는 포스트모더니즘의 사상과도 호응하는 바가 있다. 그런데 인간을 생태계의 일부로 보는 이와 같은 시각은 일본인의 전통적인 자연관과 통한다. 일본 고래의 종교라 할 수 있는 신도가 보는 자연과 인간의 관계가 그러하기 때문이다. 일본 신도의 세계관에서는 자연에 대한 인간의 우월성은 인정되지 않는다. 또 신도와 습합하면서 일본에 뿌리를 내리게 되는 불교적 가치관에서도 살생은 악으로 간주되므로 자연, 특히 동물과의 공생이라는 가치는 더욱 강화되었다고 볼 수 있다. 일본문화의 토대로 존재하는 신도에 대해서는 제 9장에서 검증하고자 한다. 교과서 문학작품 또한 그 영향 하에 있다고 판단하기 때문이다.

끝으로 남은 무구, 깨끗함이라는 이상 역시 전통적인 가치로 볼 수 있다. 일본 신도에서도 정결은 중요하다. 신사의 참배객은 경내의 초즈도코로(手水所)에서 손과 입을 씻는다. 더러움을 제거하는 정결

의식인 오하라이(御祓い)를 행하는 것이다. 신관이 사카키라는 나뭇가지를 흔드는 예식을 통해 오하라이를 행하기도 한다. 또 역사서(史書)로 알려져 있지만 일본 원시 신도의 고전이라고도 할 수 있는 『고사기(古事記)』, 『일본서기(日本書紀)』에도 더러운 음식을 내놓았다는 이유로 목숨을 빼앗는 신들의 이야기가 나온다. 『고사기』에서는 스사노오노미코토가 눈곱, 귀지 등을 넣어 음식을 만든 오게쓰히메노카미를 죽인다.[3] 일본인 특유의 결벽성을 단적으로 보여주는 이야기이다. 일본인은 깨끗한 걸 좋아하는 것으로 유명한데 그 연원은 고대시대로 올라가는 것이다.

이번에는 현대적인 가치에 속하는 이상을 살펴보자. 먼저 반전 평화이다. 유일하게 2편을 기록하고 있어 중요시되고 있음을 알 수 있다. 이 배후에는 아시아태평양 전쟁을 일으키고 패전한 일본의 근대사가 있다. 그러나 일본 국어교과서에는 반드시 들어가는 이 '평화교재'에 한계도 있음을 지적했다. 미쓰무라 교과서에 수록된 두 작품은 전쟁으로 죽는 소녀와 아버지를 잃는 소녀를 각각 주인공으로 설정하여 평화를 누리는 현재의 어린이들과 대비시킴으로써 전쟁의 비참함, 평화의 소중함을 전달하는 데는 성공하고 있다. 하지만 어느 나라와의 전쟁이며 어느 나라가 일으킨 전쟁인가 등등 중요한 역사적 사실은 묻혀 있어 피해자로서의 모습만이 부각된다. 한편 개성적인 삶은 두 말할 것도 없이 현대적 이상이라 할 수 있다. 근세까지의 신분제 사회에서는 누릴 수 없는 자유이기 때문이다. 그렇다면 「산다」라는 시의 주제인 다양한 미(美)와의 조우 및 악의 거부는 어떨

3 武田祐吉訳注(1977)『新訂古事記』角川文庫, pp.5-7, pp.227-245.

까? 미의 추구란 시대와 지역을 초월한 인류 보편의 이상일 것이다. 세계 각 지역의 유, 무형의 문화유산에서 느낄 수 있는 아름다움, 예술 작품이 입증하는 바이다. 그런 의미에서 보면 미의 추구 그 자체는 현대적이라 할 수 없다. 그러나 이 작품의 시적화자가 추구하는 삶은 미니스커트, 플라네타륨, 요한 스트라우스, 피카소, 알프스 등 모든 아름다운 것과 조우하는 것이다. 미와의 만남은 미니스커트라는 일상의 의식주 생활에서 시작하여 세계 나아가 우주 규모로 확대된다. 이렇게 생활 속의 미뿐만 아니라 세계적인 규모로 자연과 예술의 아름다움을 향유한다는 것은 과거에는 어느 계층의 사람에게도 불가능했던 일이다. 이런 미의 추구를 인간 삶의 보편적인 가치로 노래한다는 점에서 이 작품이 제시하는 이상은 현대적이라 하지 않을 수 없다. 그러나 이 시에서 6행을 사용하여 노래한 미의 추구와 1행을 사용하여 노래한 선의 추구 즉 "숨겨진 악을 주의 깊게 거부하는 것"의 상대적인 비중을 생각하면 미를 중시하는 일본적인 전통의 영향을 지울 수는 없을 것 같다. 일본의 전통문학은 선의 추구보자는 미의 추구가 두드러진다고 생각되기 때문이다.[4] 이런 특징을 낳은

4 근대 작가 중에는 나쓰메 소세키(夏目漱石), 아쿠타가와 류노스케(芥川竜之介), 아리시마 다케오(有島武郎), 다자이 오사무(太宰治) 등, 인간 존재의 숨겨진 악, 에고이즘의 문제, 사회적 악을 파헤치며 윤리적인 삶, 사회적 정의를 고민하는 작가들이 존재한다. 그러나 일본 고전 소설 속에서 악의 거부, 선의 추구라는 테마를 추구하는 작가나 작품을 찾는 것은 쉽지 않다. 물론 불교와 유교의 영향으로 권선징악, 인과응보의 교훈을 담은 작품은 있다. 헤이안 시대 성립한 불교설화집인 『日本霊異記』나 근세시대의 전기소설(伝奇小説), 요미혼(読本) 등이다. 전자는 불교적 선악관에 근거한 것으로 구제, 방생, 사경(写経) 등의 선행이든, 살인, 살생, 절도, 승려 모욕 등의 악행이든, 모든 선악에는 반드시 응보가 따른다는 내용이다. 후자 요미혼에는 인의예지충신효제의 유교적 덕목을 체현하는 인물이 등장하여 기상천외한 사건이 서사된다. 그러나 양쪽 다 내면으로부터의 주체적인 선의 추구라고

일본의 정신문화의 배경에 대해서는 제 9장에서 고찰하기로 하겠다.

4. 관계영역의 특징

관계영역의 구체적인 테마 19개를 관계별로 나누어 나열하면 다음과 같다.

가족관계

동생에의 관용(「나는 언니」『2 하』), **할아버지와 손자의 애정**(「떡 나무」『3 하』), **모성 신뢰**(「첫눈 오는 날」『4 하』), **부부애**(「이마에 감나무」『4 하』), **아버지와의 갈등과 화해**(「카레라이스」『6』),합 5편

친구 관계

친구와의 화해(「소나기」『1 하』), **우정 3편**(「편지」『2 하』,「세 가지 소원」『4 하』,「목이 마르다」『5』), **모두 친구**(「봄」『1 상』), 합 5편

보기는 힘들다. 일본 전통 문학의 주요 테마는 선의 추구에 있다기보다 자연에 대한, 인생에 대한, 일상에 대한 감성의 표현을 추구한다고 할 수 있다. 예를 들면 유명한 고전 수필인『마쿠라노소시(枕草子)』(11세기)의 유명한 서단. "봄은 새벽녘"으로 시작되는 이 장단에서 작가 세이쇼나곤(青少納言)은 사계절의 아름다움을 가장 느끼게 하는 시간대를 각각 지정하며 그 광경을 묘사하고 있다. 그야말로 생활 속에서 만나는 자연과 생활의 아름다움이다. 한 가지 예를 더 들자면 일본이 세계에 자랑하는 고전 소설인『겐지모노가타리(源氏物語)』(11세기)를 빼놓을 수 없다. 주인공 겐지는 연애의 모든 아름다운 가능성을 추구한다. 불륜인지 알면서도 계모인 후지쓰보 황후에게 이끌려가는 겐지의 마음은 읽는 이에게 깊은 감동 즉 '모노노아와레'를 느끼게 한다는 것이 유명한 근세 연구자 모토오리 노리나가(本居宣長)의 해석이다.

가족 같은 동물과의 관계

소년의 개에 대한 책임감 있는 애정(「언제나 언제나 정말 좋아해」『1 하』), **소년의 말에 대한 애정과 말의 충정**(「스호의 흰 말」『2 하』), **고양이에 대한 모키치의 애정과 고양이의 충정**(「모키치의 고양이」『4 상』), 합 3편

사랑의 관계

빛과의 친밀감,(「빛」『5』), **사랑이라는 인간의 본성**(「산다」『6』), 합 2편

타인과의 관계

너구리의 보은(「너구리의 물레」『1 하』), **자비**(「이나바의 흰 토끼」『2 상』), **소년에 대한 운전사의 배려**(「하얀 모자」『4 상』), **여우 곤의 사죄**(「여우 곤」『4 하』), 합 4편

가족 관계와 친구 관계를 그린 것이 각각 5편으로 가장 많다. 가족 관계에서는 가족을 위하고 포용하는 자상한 마음(やさしさ)이 강조된다. 겁쟁이 소년의 용기(「떡 나무」)도, 아버지와의 화해(「카레라이스」)도 자신을 사랑하는 가족이 병에 걸려 약할 때 발휘되며, 남에게는 계속 속지만 일편단심으로 서로를 위하는 부부에게는 마침내 행운이 찾아온다(「이마에 감나무」). 한편 동물과의 유사 가족 관계를 그린 작품은 외국 동화와 일본 동화가 다른 경향을 보인다. 독일 작가의 「언제나 언제나 정말 좋아해」는 애완견에 대한 소년의 책임감 있는 사랑을 그리는 데 반해 일본 동화는 인간과 동물 상호간의 애정을 그린다. 스호가 동생처럼 돌본 백마는 화살이 몸에 꽂인 채 혼신의 힘으로 질주하여 스호에게 돌아오고, 자신을 아들처럼 귀여워해

주는 모키치를 해하지 않으려고 목숨을 포기한 고양이는 마침내 모키치에게 구출된다. 두 작품은 애니미즘의 상상력을 구사하여 동물과 인간 간의 가족과도 같은 끊을 수 없는 유대감(きずな)을 그리고 있다. 생태 도덕으로도 이어질 수 있지만 유사 가족 관계를 설정하고 있는 만큼 인간 가족 관계의 알레고리로 작동한다. 따라서 가족 관계의 키워드는 상호 헌신, 책임지는 자상함이라 할 수 있다.

친구 관계는 우선 1학년에서는, 같은 학년은 모두 친구다, 라는 개념 정의(「봄」)와 함께 화해(「소나기」)를 가르친다. 2학년 이후 우정의 내용을 다룬다. 우정이란 필요를 채워주고 표현하는 것(「편지」), 서로 응원하고 함께 행동하는 것(「세 가지 소원」), 가치를 공감하는 것(「목이 마르다」)으로 그려진다. 단 우정의 구체적인 내용을 다룬 것은 전부 외국 작품이라는 점이 특기할 만하다.

「빛」과 「살다」의 두 시는 사랑의 관계로 분류했다. 시적 화자와 그 대상과의 관계가 어떤 관계인지는 분명하지 않지만 화자는 그 대상과의 친밀한 관계, 사랑의 관계를 원하는 것이 확실하기 때문이다.

「빛」은 자신에게 빛과 같은 의미를 갖는 존재와의 진솔하면서도 친밀한 소통, 관계 맺기에 대한 희구를 노래하고 있다. 한편 「산다」는 사랑이라는 인간의 본성을 노래하고 있는데 여기서의 사랑은 타인에 대한 박애주의적인 사랑은 아니다. 이 시에서의 사랑은 "당신"이라는 특정 대상을 향하고 있기 때문이다. 즉 시적화자가 손잡기 원하는(1연), 그 온기가 자신의 삶을 따뜻하게 하며(5연), 그 목숨이 바로 자신의 삶을 구성하는(5연) 결코 타인이라 할 수 없는 특별한 '당신'을 향한 사랑이다. 사회적 관계는 적시되어 있지 않지만 이미

가족일지도 미래의 가족이 될지도 모르는 사랑하는 사람인 것이다. 두 시가 보여주는 사랑의 관계는 거짓 없는 친밀한 동행, 그의 삶이 나의 삶이 되는 일체감이라 생각된다.

끝으로 타인과의 관계에서 부각되는 가치는 보은, 자비, 배려, 사죄이다.

5. 공동체영역의 특징

공동체 영역의 작품은 총 11편이다. 작품 속의 공동체별로 구분하여 주제를 나열하면 다음과 같다.

가족공동체

협동(「커다란 순무」『1상』), **약속파기가 초래한 이별**(「설녀」『5』), **가치의 계승**(「설피 속의 신」『5』), **유산의 계승**(「기생개구리」『6』), 합 4편

집단공동체

의논과 지혜(「둔갑겨루기」『3 상』), **지혜/협동/용기/리더** (「스이미」『2 상』), **의논**(「노란 양동이」『2 상』), **웃음/긍정**(「이로하니호헤토」『3 상』), 합 3편

생태공동체

지혜(「호랑이와 할아버지」『3 하』), **애타적 삶의 아름다움**(「돌배」『6』), **관심**(「산다」『6』), 합 3편

가족공동체가 가장 많이 등장하며 다음으로 인간을 포함한 생태공

동체이다. 집단공동체로는 같은 종류의 동물 집단이 2편, 친구 또래 집단이 1편, 영주가 다스리는 나라가 1편 등장한다. 공동체내의 가치로서 복수를 기록하는 주제는 지혜(3편)와 의논(2편), 협동(2편)으로 셋 다 문제해결의 방법으로 그려지고 있다. 개인영역뿐만이 아니라 공동체의 문제 해결에서도 지혜가 중요시되는 것을 알 수 있다. 한편 의논이 중요시되는 것은 의논을 통해서 지혜가 나온다는 점과 함께(「둔갑겨루기」) 의논을 통한 결정에 따름으로서 공동체의 화합이 유지된다는 점도 부각되고 있다(「노란 양동이」).

공동체별로 주제를 정리해보면 가족공동체의 경우는 계승이 핵심가치로 부상한다. 장인정신이라는 전통적 가치가 가족공동체 안에서 계승되고(「설피 속의 신」), 조상으로부터 물려받은 유산을 거의 탕진한 기쿠는 기생개구리 덕분에 개과천선하여 집안을 다시 일으킨다. 기생개구리 그림을 일대의 가보라며 천 냥과도 바꾸지 않는 태도에서도 가문과 가산의 계승을 중요시하는 가치관을 읽어낼 수 있다. 설녀 또한 미노키치에게 아이들을 낳아주고, 즉 가문을 이어주고 사라지는 셈이다. 금기를 깨면 죽이겠다는 이전의 말과는 달리 남편을 죽이지도 않는다. “우리는 이제 이별”이라며 눈물을 머금은 채 연기처럼 사라지는 설녀는 가족이라는 공동체에 헌신하는 여인으로 각인된다.

다음으로 생태공동체를 그린 작품에 공통되는 것은 자신만을 생각하는 포악한 강자에 대한 비판이다. 「호랑이와 할아버지」에서 우리에 갇힌 호랑이를 구해주고 도리어 잡혀 먹히게 된 할아버지는 지혜로운 여우의 도움으로 위기에서 벗어나지만, 나무, 길, 소는 인간 또한 가해자이니 잡혀 먹히라고 한다. 자연을 파괴하는 인간 또한 비판의 대상이 되는 것이다. 「돌배」에서도 다른 동물을 잡아먹는 포식자는 어린 게들에게도 공포의 대상이 된다. 하지만 강물 속에 풍덩 떨어진 돌배는 어린 게들에게 향기로운 식물로 자신을 제공하며 자기 희생적, 애타적 삶의 상징이 된다. 「산다」의 시적화자가 말하는 "숨겨진 악"도 같은 코드로 해석할 수 있다. 이 시의 화자에게 삶이란 신체의 감각이며(1연), 미와의 조우이며(2연), 감정과 자유의 향유(3연)이지만 4, 5연에서는 생태공동체의 삶으로 삶이 확대된다. "살아있다는 것"은 멀리서 짖는 개, 자전하는 지구, 태어나는 아기, 상처입는 군인, 그네 타는 어린이, 날아오르는 새, 물결치는 바다, 기는 달팽이, 사람은 사랑한다는 것으로 노래된다. 생태공동체를 노래하는 이 4, 5연으로, 2연 끝 행 즉, "숨겨진 악을 주의 깊게 거부하는 것"을 조명하면 "숨겨진 악"은 사회적인 악을 넘어서 생태 도덕적인 악으로 해석할 수 있다. 「호랑이와 할아버지」 및 「돌배」에 그려진 악과 동일한 악 즉 타자에의 가해성이 '숨겨진' 이기심이라는 '악'이다. 이와 같이 공동체영역의 생태공동체의 주제는 생태영역의 주제와 겹쳐지며 생태 도덕적 삶의 가치를 선양한다.

한편 집단공동체는 문제해결이 공통적인 제재인데 그것은, 의논을 통한 지혜의 모색, 긍정적 마인드의 협동적인 구성원, 지혜롭고 용기있는 리더에 의해 달성되는 것으로 종합할 수 있다.

앞에서 국어교과서의 전체 주제 구성에 있어서 밸런스에 문제가 있다고 지적한 바 있다. 단 가장 약세인 공동체영역에 외국 동화와 민화를 포함시키면 전체 수치의 밸런스가 어느 정도 호전된다고도 했다. 그러나 여전히 문제로 남는 부분이 있다.

제 1장에서 일본의 교육기본법이 제시하는 교육의 목적은 개인적으로는 인격의 완성이며 국가적으로는 건강한 국민을 양성하는 것이라 했다. 구체적인 목표는 지・덕・체의 능력을 신장시켜 개인으로 자립하고 정의로운 **사회** 및 평화로운 국제사회의 발전에 기여하게 하는 것이었다. 그런데 문제는 공동체영역에 일본 현대 사회가 결락되어 있다는 점이다. 살펴보았듯이 공동체영역을 다룬 작품 가운데, 사실적인 일본의 현대 가정은 등장한다(「카레라이스」). 생태공동체로서의 지구촌의 모습도 등장한다(「살다」). 외국 동화를 통해 국제사회도 상정된다고 할 수 있다. 그러나 현대의 사실적인 일본 사회의 모습이 등장하는 작품은 하나도 없다. 리얼리즘이라는 말로 바꾸어 보면 이것은 영역을 넘어서는 문제이다. 친구 관계를 다룬 작품에서도 갈등의 해결 등 현실적인 교훈을 주는 작품은 외국 동화가 담당하고 있다는 것도 이미 지적하였다.

현실적인 사회 또는 현실적인 주제를 그리는 방법이 반드시 사실적이어야만 하는 것은 아니다. 우화나 메르헨 등 여러 수법을 사용할 수 있다. 그러나 현실에 존재하는 문제, 갈등을 사실적으로 그려내는 리얼리즘이 갖는 박진감, 흡인력은 결코 무시할 수 없다. 이런 점에서 일본 초등 국어교과서의 일본 문학작품이 고학년에 이르기까지 지나치게 애니미즘의 상상력에 의존하고 있어 리얼리티가 부족하다는 것은 일본 국어교과서의 특징임과 동시에 문제점이 될 수도 있다고 생각한다.

6. 소괄

이상 2011년 발행 미쓰무라도서 간행 초등 국어교과서 총 10권에 실린 총 80편의 문학작품 교재를 하나의 텍스트공간으로 보고 주제의 구조의 총체적 특징 및 영역별 특징을 정리하였다. 이상의 고찰에서 부각되는 교과서의 인간상을 단순화시키면 애니미즘의 상상력과 쾌감을 핵심으로 한다고 할 수 있다. 그것은 자연 위에 군림하는 인간이 아니라 자연을 존숭하며 모든 다른 생물과의 공생을 지향해야 하는 말하자면 생태 도덕적 인간이며 인간 개인의 삶 속에서는 예민한 감수성으로 쾌감, 미적 감각을 추구하는 향유적 인간이라고 할 수 있다. 이 인간상에는 일본의 전통적인 가치관이 배여 있다고 생각하는데 이에 대해서는 제 9장에서 검토하기로 하겠다.

제9장

초등 국어교과서 문학 텍스트의 문화적 배경으로서의 신도

1. 통계로 본 일본인의 종교 생활

교과서 문학작품의 총체적・구체적 테마의 구조에서 두드러지는 2가지 특징을 지적했다. 생태영역의 중시와 개인영역에서의 쾌감, 미적 감각의 중시이다. 전자에 있어서는 기법 또한 특별함을 지적했다. 인간과 자연, 특히 동물과의 공생을 그리는 작품이 많은데 그 기법이 사실주의도 우화적 알레고리도 아니라고 했다. 동물의 모습이지만 인간의 마음을 갖는 동물과 인간이 한 가족으로 사는, 혹은 그것을 지향하는 유사가족의 틀이 존재함을 지적했다. 왜 동물은 모두 인간과 같은 마음을 가지고 있으며 인간과 가족처럼 지내고 싶어하는 것으로 그리는 것일까? 아니면 그렇게 해석하는 것일까? 또 두 번째 특징, 즉 일본인은 삶 속에서 감성적 추구, 심미적 추구를 진리의 추구, 선의 추구보다도 상대적으로 중요시하는 것은 어디에서부터 연유하는 것일까? 이 질문에 대한 대답은 일본 고래의 종교라 할 수 있는 신도(神道)에서 찾을 수 있다. 먼저 일본인의 종교 생활을 통계를 통해 살펴보자.

서구인들에게 일본인은 매우 '애매모호하고 관용적인' 민족으로 비쳐진다고 한다. 그 이유 중 하나가 자신을 신도 신자이면서 불교신자로 여기고 다른 뿌리를 가진 이 두 신앙 간에 모순 갈등을 느끼지 않기 때문이라고 한다.[1] 통계수치는 일본인을 그렇게 보는 것이 잘못된 인식을 아닌 것을 보여준다.

2015년 일본 문화청(文化庁)이 발표한 「종교 관련 통계에 관한 자료집」[2]에 의하면 2013년 현재 일본인의 종교 단체가 보고한 신자 수는[3] 신도가 9,130만 명, 불교가 8,690만명 기독교가 290만명 그 외 종교가 900만명이다. 합산하면 일본인구 1억 2천명을 넘는다. 이에 대해서는 복수의 종교단체에 중복 소속되거나 종교단체에 대한 귀속의식이 적은 사람도 신자로 집계되는 경우 등이 이유로 설명되고 있다. 통계가 시작된 1949년 이후의 신도 신자의 추이를 보면 5,670만 명에서 시작하여 1952년 급격한 하락을 보인 것 외에는 대체로 완만한 상승곡선을 유지, 1981년부터 2012년까지는 1억 이상을 기록했다. 7할 이상의 일본인이 신도 신자, 그에 버금가는 숫자의 일본인이 불교신자라고 하는 것은 일본인의 1년이나 일생을 이렇게 설명하게 한다. 박용구 「凹형 문화론과 일본인의 종교의식」으로부터 인용한다.

> 일본인의 1년 생활을 살펴보면 1월1일에는 신사참배에 나서고 2월 입춘 전날節分에는 신사나 절에 간다. 춘분이나 추분을 전후에서는 보리사菩提寺나 공원묘지에 가서 조상의 성묘를 행한다. 여름의 오본お盆에도 조상공양이란 중요한 행사가 행해져 스님들이 1년 중 가장 바쁜 시간을 보낸다. 여름 축제나 가을 축제는 신사는 물론 절에서도 행한다. 그리고 크리스마스로 떠들썩하고 섣달 그믐날에는 제야의 종을 치러 절에 간다.

---

1 C. 스콧 리틀턴 저, 박규태 역(2007) 『일본 정신의 고향 신도』 유토피아, p.15.

2 文化庁文化部宗務課(2015.3) 「宗教関連統計に関する資料集(文化庁 「平成26年度宗教法人等の運営に係る調査」委託業務)」www.bunka.go.jp/tokei_hakusho_shuppan/.../index.html 검색일: 2016.1.8

3 이 통계에서의 '신자'는 각 종교단체가 자신의 신자를 칭하는 명칭 즉 우지코(氏子), 교도, 신자, 회원, 동지, 숭경자(崇敬者), 수도자, 도인, 동인 등을 모두 포함하는 것이라고 한다. 文化庁文化部宗務課, p.11.

/ 다른 한편, 일본인의 일생을 살펴보면 태어난 후 첫 의식으로 신사에 참배하러 간다. 시치고산七五三은 신사는 물론 절에서도 행하고 있다. 입시철이 되면 텐진샤天神寺를 비롯해 합격기원이 가능한 곳이라면 어떤 신사나 불당이라도 참배한다. 결혼식은 교회에서 행하고 임종은 절에 의뢰해서 장례식을 치른다.[4]

국어교과서에서도 중요한 공간이라 할 수 있는 '집'에 주목하여 보강하자면 아직도 많은 일본 집 안에는 조상의 위폐를 안치한 부쓰단(仏壇)과 가미다나(神棚)가 있다. 부쓰단은 죽은 조상을 부처, 즉 호토케(仏)로 섬기기 위한 불교의 제단이고 가미다나는 죽은 조상을 가미로 숭배하기 위한 신도의 제단이다. 하루 중 신성하다고 여겨지는 이른 아침에 공물을 바친다. 종파에 따라서는 신년의례로 조상의 가이묘(戒名) 즉 불교식 법명이 적힌 위패와 가미다나를 불태우고 새 것으로 바꾸는 의식을 행하기도 한다. 새해를 맞기 위한 연말의 집안 대청소 또한 집안을 정화하여 신성한 곳으로 만든다는 신도적 의미가 있다.[5] 한편 위의 인용에서 교회에서 결혼식을 행한다고 했는데 이것은 물론 신앙의 표현은 아니다. 웨딩드레스를 입는 서양식 결혼식 스타일을 젊은 세대가 선호해서이며, 신사에서 결혼식을 올리는 '신전결혼'도 행해지고 있다.

그러나 흥미로운 것은 일본인 개개인을 대상으로 행한 조사에 의한 결과는 위의 통계와 어긋난다는 사실이다. 같은 자료집에 수록되어 있는 「일본인의 국민성 조사」(통계수리연구소)[6]를 보자. "신앙,

---

4 김태정 외(2007) 『일본인의 삶과 종교』 제이앤씨, pp.293-294.
5 리틀턴, p.96.

혹은 신심(信心)을 가지고 있는가?"라는 질문에 대해 28%가 "갖고 있다, 믿고 있다", 72%가 "갖고 있지 않다, 믿고 있지 않다, 관심이 없다"라고 답하고 있기 때문이다(p.54).[7] 반면 "저 세상을 믿는가?"라는 질문에는 "믿는다" 40%, "어느 쪽인지 못 정하겠다" 19%, "믿지 않는다" 33%, "그 외" 1%, "모르겠다" 6%로 정확하게 믿지 않는다고 답하는 사람은 33%였다. 약 반세기 전인 1958년과 비교하면 저 세상을 "믿는다"가 배로 증가하고 "믿지 않는다"는 거의 반으로 줄어 큰 변화를 보이고 있다(p.58). 또한 흥미로운 것은 내세에 대한 의식과 연관이 있을 것이라 여겨지는 선조에 대한 의식이다. 선조를 "숭상하는가"라는 질문에 "숭상하는 편" 65%(1953년은 77%), "보통이다" 22%(15%), "숭상하지 않는 편"11%(5%) "그 외" 0%(1%) "모르겠다" 1%(2%)로 나타나고 있다. 괄호 안의 1953년 수치와 비교하면 약간 저하되었다고는 하지만 저 세상을 믿는다는 대답과 비슷한 수치를 기록하며 여전히 강세를 보이고 있다(p.61). 또 같은 자료집에 수록되어 있는 「일본인의 의식」조사(NHK 방송문화연구소)[8]을 보아도 선조 숭배는 일본인의 종교적 행동의 중심을 이루고 있는 것을 알 수 있다. "종교나 신앙에 관계된다고 생각되는 사항 중 당신이 행하고 있는 것" 중 가장 많은 것은 "1년에 1, 2회 성묘를 한다"가 72.0%로

---

6 統計数理研究所가 행하는 「日本人の国民性調査」는 1953년부터 5년마다 실시하고 있음. 위의 수치는 2013년 조사 결과임. 인용은 文化庁文化部宗務課, pp.54-62.

7 2008년 「요미우리신문 전국여론조사」에 "뭔가 종교를 믿는가"라는 질문에 '믿는다' 26.1%, '믿지 않는다' 71.9%, '대답하지 않음' 2.1%로 비슷한 수치를 보이고 있다. 文化庁文化部宗務課, pp.63-64.

8 NHK방송문화연구소에서는 1973년부터 5년면마다 「日本人の意識」조사를 실시하고 있다. 위의 수치는 2013년 조사 결과임. 文化庁文化部宗務課, p.65.

압도적 1위이고 2위 "부적(お守り・おふだ)" 34.7, 3위 "기원(祈願)" 28.7, 4위 "제비뽑기・역술・점(おみくじ・易・占い)" 24.8, 5위 "기도(お祈り)" 11.8, 6위 "예배・포교" 11.4, 7위 "성전(聖典)・경전을 때때로 읽는다" 6.0%의 비율을 보이고 있다.

이상을 정리하면 일본인은 약 7할이 종교나 신앙을 가지고 있지 않다고 답하고 약 3할의 사람이 종교가 있다고 답하지만, 9할에 가까운 사람이 죽은 조상을 보통 혹은 그 이상으로 숭상하며 그 현실적인 행동으로 7할 이상이 조상의 성묘를 하고 있으며 7할에 가까운 숫자의 사람이 내세가 있거나 있을지도 모른다고 생각하고 있다는 것이 통계가 보여주는 사실이다. 7할이란 숫자는 신도의 신자로 집계되는 숫자에 거의 근접하는 숫자이다. 7할이 전부 겹치는 사람이라고 볼 수는 없지만 많은 일본인에게 종교적 믿음이란 내세, 더 구체적으로 말하면 죽음 이후의 육체를 떠난 영혼의 존재를 믿는다는 것이며, 이것이 그대로 죽은 조상을 숭상한다는 것으로 이어진다고 볼 수 있다. 결국 일본인의 종교적 인식의 핵심은 인간의 영혼, 일본식으로 말하면 다마(霊)[9]의 존재에 대한 믿음으로 수렴한다고 보인다. 나아가 일본인은 이 다마가 인간에게만 있다고 생각하지는 않는다. 자연현상, 동물, 식물, 심지어는 무생물에도 다마는 존재할 수 있기에 바늘 같은 무생물도 공양의 대상이 된다. 일본의 신화, 전설에는 그 표징들이 가득하며 근현대 문학이나 영화 등의 대중매체 속에서도

9 다마(霊)→「다마시이(たましい)1」과 같음. 「다마시이(たましい)」1 살아 있는 것 속에 깃들어, 마음의 활동을 관장한다고 생각되어진 것. 예부터 육체를 떠나서도 존재하며 불멸의 존재로 믿어져 왔다. 영혼. 혼. 大辞泉 http://dictionary.goo.ne.jp/jn/138763/meaning/m0u/ 검색일16.1.20

그 이야기들은 리메이크되고 있다. 이 연원은 일본인들의 7할이 신자로 집계되는 신도의 본질 그 자체로 거슬러 올라가야 하는 문제이다.

2. 『고사기(古事記)』에 나타난 일본인의 생사관

인간의 영혼이 사후에도 존재한다고 일본인의 믿음은 언제부터 시작된 것일까? 물론 TV보도에서 유가족이, 천국에서 보고 있을 누구누구, 운운하는 것은 서양문화의 영향이 있겠지만, 앞의 통계 수치로 보면 기독교의 교의에 입각한 신앙의 고백인 경우는 매우 드물 것 같다. 그렇다면 인과응보의 원리로 작동하는 내세를 강조하며 윤회와 환생을 믿는 불교의 영향인 걸까? 그 영향이 전혀 없다고는 할 수 없겠지만 다마의 존재에 대한 믿음은 원시 종교에서 일본의 고유의 종교로 자리 잡은 신도로 그 시원을 거슬러 올라가야 한다.

712년에 성립한 『고사기(古事記)』는 문학서이며 역사서이지만 신도(神道)의 고대 텍스트이기도 하다. 『고사기(古事記)』에는 일본 황실의 조상신 아마테라스오미카미를 낳는 이자나기 신이 죽은 아내 이자나미 신을 다시 이 세상으로 불러오기 위해 황천(黃泉)으로 가는 모습이 그려져 있는데 죽음과 삶에 대한 일본 고대인의 믿음을 엿볼 수 있다.

아내가 보고 싶어 황천까지 찾아온 이자나기 신은 이자나미 신에게 둘이서 나라를 만드는 일이 아직 완성이 안 되었으니 함께 돌아가

자고 한다. 이 말에 이자나미 신은 당신이 너무 늦게 오는 바람에 이미 황천에서 식사를 해버려서 황천의 신과 의논을 해야 하니 절대로 들여다보지 말하고 부탁을 한다. 금기는 깨어지는 법. 인내하지 못한 이자나기 신은 문을 열고 구더기가 들끓은 사체의 모습으로 변해 버린 아내를 보고 만다. 여기서부터 이야기는 반전한다. 이자나기 신은 줄행랑을 치고 자신의 부끄러운 보습을 보았다며 이자나미 신은 황전의 추녀와 뇌신과 병사를 보내 뒤쫓게 한다. 이자나기 신은 소지하고 있던 신성한 물건들을 사용해 그들을 따돌리는데 마지막에는 이자나미 신이 추격해온다. 이자나기는 거대한 바위를 끌어와 아내와 자기 사이를 가로막고 부부의 연을 끊는다고 최후통첩을 하고 그에 맞서 이자나미는 다음과 같이 저주를 퍼붓는다. 강용자 역으로 인용하겠다.

> "사랑스러운 당신 어째서 그랬습니까? 이제부터 당신 나라의 사람들을 하루에 1000명씩 죽여버리겠어요!
>
> "사랑스러운 나의 아내가 그렇게 한다면, 나는 하루에 1500명을 낳을 거요."[10]

이자나미의 저주도 대단하지만 이자나기는 그를 능가하는 기세이다. 생과 사의 극명한 대결 구도를 보여준다. 남녀의 갈등이라는 관점에서도 읽을 수 있는 신화이지만 삶과 죽음에 대한 일본인의 원초적인 믿음을 읽어낼 수 있다. 사후의 영혼에 대한 믿음, 이생으로의

---

10 오노 야스마로(大安萬侶) 저, 강용자 역(2014)『고사기』지식을만드는지식, pp.25-26. 이하 인용에서는 페이지만 표기하겠음.

귀환의 소망과 그 불가능성. 죽음에 대한 혐오와 현세 및 생명에 대한 강한 집착이다. 아자나기는 이생으로의 귀환을 도와준 복숭아 열매에게도 이렇게 명령하며 이름을 하사한다.

> "복숭아여, 지금 나를 도와주었듯이, 앞으로도 아시하라노나카쓰국(주: 다카마가하라와 황천국에 대응되는 하나의 세계로, 모든 살아 있는 생물이 사는 현실의 세계다.)[11]에 있는 모든 사람들이 고통스러워할 때에 도와주워라." (p.25)

이자나기의 관심은 철저하게 생명 있는 자, 이생으로 향하고 있는 것을 알 수 있다.

물론 신도는 시대를 거쳐 외국으로부터 들어온 종교 도교, 불교, 유교 특히 불교의 영향을 받으며 변화해 왔기 때문에 원시 그대로의 모습을 유지하고 있는 것은 아니다. 그러나 일본의 원초적 상상력과 원초적 가치관이 담겨 있다고 볼 수 있는 신도의 근간에 영혼의 존재에 대한 믿음, 내세가 아닌 이생의 삶에 대한 강한 집착이 있다는 것은 국어교과서 문학작품의 주제적 특징을 이해하는 데 매우 도움이 된다.

한편 일본인의 금생 지향은 내세관에도 영향을 미친다. 내세는 통상 시간적 개념으로 부각되기 쉬운데 일본인에게 내세는 공간적 개념이 강하다. 일본인은 죽은 혼이 존재하는 타계를 기독교와 같이

11 인용의 주는 강용자 역 『고사기』의 각주임. 강용자가 원전으로 삼은 구라노 겐지(倉野憲司)・다케다 유키치(武田祐吉) 校注 『古事記』(岩波書店)의 주를 그대로 강용자가 번역해 놓은 것임.

육체적 생명을 갖고 있는 산 자들의 공간과 격절된 공간으로 보지는 않는다. 현실과 죽은 혼의 내세의 경계는 불분명하다. 다니가와 겐이치(谷川健一)에 의하면 일본의 고대인들은 사체를 버리는 공간인 마을 변두리의 산이나 근해의 작은 섬을 타계로 보았으며 타계 관념이 발전하면서 신과 조상영의 나라는 바다 저편으로 미화하여 투영되기도 했다고 한다.[12] 미화되든 꺼려지든 일본인들은 산자들의 공간과 멀지 않는 곳에 타계가 있다고 생각하며 세상을 금방 떠난 사자(死者)의 영은 거칠지만 시간이 흐르면 순화되어 개성을 잃고 집단적인 조상영이 되어 후손을 지켜준다고 생각한다. 그러기에 날마다 집 안의 불단(佛壇)이나 가미다나(神棚)에 공물을 바치며 조상에게 기원하고 오본(お盆)이 되면 조상의 영혼을 집으로 맞아 공양하고 다시 떠나보내는 것이다.

현대의 대중예술 속에서도 이생과 내세의 경계는 불분명하고 이자나미에게는 불가능했던 월경 또한 가능하다. 산자의 세상에 죽은 조상이나 가족의 영이 생전의 모습으로 나타나는 일은 소설이나 영화, 드라마에서 식상할 정도로 자주 쓰이는 수법이다. 허구뿐만이 아니라 실제로도 일본인들 가운데는 애정을 쏟았던 가족이 죽은 경우 산자의 공간 속에 죽은 가족의 혼이 머물러 있을 것이라고 생각하는 사람들이 있는 것 같다. 죽은 자녀의 방을 그대로 두거나 식사 때 그 자녀의 젓가락을 그대로 놓아두거나 하는 일도 방송 등을 통해 볼 수 있기 때문이다. 이렇게 고대부터 현대까지 일본인에게 내세는

12 谷川健一(1996)『日本の神々』岩波新書618, pp.165-167. 한글 번역서도 나와 았음. 조재국(2014)『일본의 신들』연세대학교 대학출판문화원.

독립적이 않으며 오히려 현세를 지향하는 듯하다.

이상 『고사기』에 나타나 있는 다마 즉 영혼 에 대한 믿음과 금생에 대한 지향을 살펴보았다. 이를 바탕으로 신도의 핵심 이념에 대해 고찰하기로 한다.

3. 신도의 핵심 이념 - '화(和)'의 이데아

일본 문화청이 발행한 『종교연감(宗教年鑑)』(2013)에 의하면 신도는 이렇게 정의된다. 이하 일본 문헌의 인용은 필자가 한글로 번역하여 인용하며 필요하다고 판단되는 경우만 원어를 병기하겠다.

> 신도란 일본민족 고유의 신과 신령에 대한 신념을 토대로 하여 발생, 전개되어 온 종교의 총칭이다. 또 신도라고 말할 때 신과 신령에 대한 신념이나 전통적인 종교적 실천뿐만 아니라 널리 생활 속에 전승되고 있는 태도나 사고방식도 포함하기도 한다.[13]

일본민족이 상고로부터 계승해온 신에 대한 믿음과 종교적 실천, 나아가 관련된 생활 태도나 사고방식까지 신도라고 정의하고 있다. 즉 가미(다른 종교의 신과의 혼동을 피하기 위해 앞으로 '가미'로 지칭하겠다)를 둘러싼 전통문화 전반을 폭넓게 지칭하고 있는 것을 알

---

13 文化庁編(2015)『宗教年鑑平成26年版』ヤマノ印刷株式会社, p.2.

수 있다. 그렇다면 먼저 신도에서 말하는 가미의 정의에 대해 살펴보자. 세 가지의 설을 소개하겠다. 근세의 국학자이며 신도 학자인 모토오리 노리나가(本居宣長), 근대의 신도 학자인 무라오카 쓰네쓰구(村岡典嗣), 종교학자로 일본의 종교 전반에 대해 폭넓은 이해를 가지고 있는 고이케 나가유키(小池長之)의 설이다.

그런데 대저 가미(神)라는 것은 옛 고전(『고사기』『일본서기』등 신도의 경전: 주)에 보이는 하늘과 땅의 모든 신들을 비롯하여, 그 제사하는 사당에 계신 영혼(御霊)들도 포함하며 또 사람은 말할 것도 없고 조수목초(鳥獣木草)의 종류들, 바다 산 등 그 외에도 무엇이든지 범상치 않게 뛰어난 힘이 있어 두려운 것을 가미라고 하는 것이다. 뛰어나다는 것은 존귀한 것, 좋은 것, 놀라운 것 등의 뛰어난 것만을 말하는 것이 아니라 나쁜 것, 괴이한 것 등이라도 세상에 뛰어나게 두려운 것을 가미라고 하는 것이다.

さて凡(すべ)て迦微(かみ)とは、古御典(いにしえのみふみども)に見えたる天地(あめつち)の諸々(もろもろ)の神たちを始めて、其の祀(まつ)れる社(やしろ)に坐(いま)す御霊(みたま)をも申し、又(また)人はさらに云(いわ)ず、鳥獣木草のたぐひ海山など、其余(そのほか)何にまれ、尋常(よのつね)ならずすぐれたる徳(こと)のありて、可畏(かしこ)き物(もの)を迦微(かみ)とは云(いう)なり。すぐれたるとは、尊きこと善きこと、功(く)しきことなどの、優れたるのみを云(いう)に非ず、悪(あし)きもの怪(あや)しきものなども、よにすぐれて可畏(かしこ)きをば、神と云なり (本居宣長『古事記伝』)[14]

우주 삼라만상 가운데 위력을 발현하는 존재는 무엇이든 가미가 될 수

14 다음 책에서 재인용함. 佐治芳彦(1990)『日本神道の謎』日本文芸社 p.35.

> 있다. 『古事記』의 야오요로즈노카미(八白萬神)가 그것이다. 가미(神)는 어원상 가미(上)와 통하는데 선악, 귀천, 강약, 대소와는 상관없으며, 반드시 초인간적일 필요도 없다. (村岡典嗣)[15]

> 1. 모습이 보이지 않는다. 2. 뛰어난 능력이 있다. / 신이란, 우리 가까이 계시는, 뛰어난 능력을 갖고 있는 존재로 필요에 따라 인간이 기원하면 그 소원을 받아들여 인간의 협력자가 되고 인간 생활에 은혜를 베푸는 존재이다. (小池長之)[16]

세 가지 정의를 인용했는데 공통되는 것은 '위력', '능력'인 것을 알 수 있다. 필자가 밑줄로 강조한 곳을 보면 노리나가의 원문에서는 "すぐれたる德" 즉 "뛰어난 힘"의 '힘'에 '德'이란 한자를 사용하고 있다. 하지만 '德'에 '일(事)' 또는 '일함'을 의미하는 "こと"가 후리가나로 달려 있으며 문맥상으로도 이 '德'은 일할 수 있는 힘, 능력을 의미한다고 보아야 할 것이다. 세 정의에서 다른 점도 있다. 고이케는 인간에게 은혜를 베푸는 기원의 대상임을 강조하고 있지만 다른 두 사람은 반드시 선한 일만을 하는 존재로는 보고 있지 않다는 점이다. 특히 노리나가의 정의는 가장 오래 되었지만 연구자들 사이에 자주 인용되고 있는 권위 있는 정의인데 범상치 않고 뛰어난 힘을 가지고 있어 인간으로 하여금 두려움, 경외의 감정을 느끼게 하는 것은 선악 간에 어떤 존재이든지 신으로 받아들여 신앙하는 것을 신도의 본질로 보고 있다. 또 주목하고 싶은 것은 정령신앙과의 관련이다. 고이

15 무라오카 쓰네쓰구 저, 박규태 역(1998) 『일본 신도사』 예문서원, pp.194-195.
16 小池長之(2001) 『日本宗教の常識100』 日本文芸社, p.20.

케는 정령신앙에 대해서는 직접적인 언급을 하고 있지는 않지만 노리나가와 무라오카는 가미의 정의의 기저에는 정령신앙의 사고가 있음을 인정하고 있다.

그렇다면 이런 신에 대한 신념하에 여러 가지 종교적 실천을 낳은 신도의 핵심 이념은 무엇일까? 다각적으로 이해하기 위해 다음 두 저서를 중심으로 살펴보고자 한다. 하나는 앞에서도 인용한 서양의 종교학자인 리틀턴이 쓴 『일본 정신의 고향 신도』이다. 또 하나는 『일본신도론』(1990)이다. 신도의 사제이며 연구자인 세 사람, 사쿠라이 가쓰노신(桜井勝之進)[17]과 니시카와 마사타미(西川順士),[18] 소노다 미노루(薗田稔)[19]가 대담의 형식으로 신도의 교의에 대하여

---

17 가쓰라이 가쓰노신(桜井勝之進, 1909-2005) 신관 집안 출신으로 다가타이샤(多賀大社)의 구지(宮司)였음. 1931년 고가쿠칸(皇學館)대학의 전신인 진구코가쿠칸(神宮皇学館)을 졸업함. 신사본청(神社本庁) 총장을 역임한 후 고가쿠칸(皇學館)대학 이사장에 취임. 1990년 신사본청으로부터 장로(長老)의 칭호를 받음. 1990년 「이세신궁의 조형과 전개(伊勢神宮の祖型と展開)」로 아시야(芦屋)대학에서 학술박사학위를 취득함. 저서 『伊勢神宮』 등. 참고로 구지(宮司)란 신사의 제사를 맡은 신관의 최고위이며, 일본에서 일본 신사 전체를 총괄하는 신도본청의 신직 자격을 취득할 수 있는 학교는 고가쿠간대학(皇学館大学)과 고쿠가쿠인(国学院)대학, 두 대학뿐이다. 고가쿠칸대학은 1882년 메이지정부 태정관(太政官)이 설치한 국학(国学)의 연구・교육기관인 황전강구소(皇典講究所)를 모체로 하는 대학이다. 고쿠가쿠인대학은 황전강구소가 교육사업의 확대를 도모하고자 1890년에 창설한 국학계의 학생 양성기관인 국학원(國學院)을 기원으로 한다. 1920년 대학령에 의해 대학으로 승격하고 전후 1948년 현행 학제에 의해 대학이되었다. https://ja.wikipedia.org/wiki/%E6%AB%BB%E4%BA%95%E5%8B%9D%E4%B9%8B%E9%80%B2 검색일: 2016.1.19

18 니시카와 마사타미(西川順士, 1905-) 역시 진구코가쿠관 출신으로 고가쿠칸대학의 교수를 역임했다. 고카쿠칸대학 명예 교수. 저서 『근대의 신궁(近代の神宮)』등. 책 속에서 부친이 신사의 신관(神主)이라 밝히고 있음(p.26).

19 소노다 미노루(薗田稔, 1936-) 종교학자. 종교학과 민속학의 시점을 도입한 신도 연구, 일본 종교사 연구를 행하고 있음. 도쿄대학 종교학과 졸업. 동대학 대학원 박사과정을 수료하고 고쿠가쿠인대학 교수, 교토대학(京都大学) 교수, 고쿠가쿠인

설명하고 있는 책이다. 신도 내부의 이해를 세 사람이 상호보완적으로 잘 전달하고 있다. 먼저 리틀턴의 저서 『일본 정신의 고향 신도』로부터 인용한다. 그는 신도의 핵심을 불교와 비교하며 설명해 간다.

> 폭 넓게 보자면 신도는 출산과 생식, 다산의 촉진. 영적 정화, 물질적이고 현실적인 복지 문제가 주된 관심거리이다. 반면에 불교는, 현실 문제를 도외시하지는 않지만 구원이라든가, 사후 세계의 가능성을 강조함으로써 불멸성에 대한 인류의 관심과 그 맥을 같이 한다. 그래서인지 대부분의 일본인들은 불교식 장례관습을 선호한다. (p.15)… 신도 신학의 핵심에는, 자연과 인간관계 안에 원래부터 '화和'(온유한 조화)가 내재되어 있으며 이런 상태를 깨뜨리는 것은 무엇이건 좋지 않다는 생각이 깔려 있다. (p.70)… 불교의 관점에서 보자면 과실은 욕망 때문에 생기는 것이므로 욕망을 버리는 것이 구원의 열쇠가 된다. 이처럼 개개인의 욕망을 억제해야 한다는 불교의 주장이, 화和를 불러오고 유지하는 방식으로 집단에 종속할 것을 요구하는 신도적인 윤리 전통을 보완해준다. / '화'에 기여하는 것은 무엇이든 선善하고, '화'를 해치는 행위나 감정이나 욕망 따위는 근본적으로 악한 것이라고 여긴다. 이와 같은 관념은 자연과 인간의 관계에도 적용되며, 인간 영역과 자연 영역 사이의 균형을 유지하기 위한 신도의 뿌리 깊은 관심사에도 두루 스며 있다. (pp.72-73)

신도에서는 온유한 조화 즉, 자연 속의 평화로운 조화, 인간 사이의

대학과 고가쿠칸대학 석좌교수를 역임했다. 2015년 2월 현재 교토대학 명예교수이며 지치부신사(秩父神社)의 구지(宮司)이기도 하다. 저서 『마쓰리의 현상학(祭りの現象学)』 등. https://ja.wikipedia.org/wiki/%E8%96%97%E7%94%B0%E7%A8%94 검색일: 2016.1.21. 지치부신사(秩父神社) 홈페이지에서 확인 가능한 최근의 자료로는 2013년 12월에 발행된 「秩父神社社報」48호에 소노다구지의 글이 게재되어 있음.

평화로운 화합, 자연과 인간 사이의 평화로운 조화 그 자체가 이데아이며 그것에 기여하는 것이 선으로 받아들여지고 있다는 것이다.[20] 이 사고 방식에서는 현재의 평화를 깨더라고 추구해야 하는 절대적인 선의 존재는 상정되지 않는다. 반드시 선한 존재도 악한 존재도 아닌 위력이 있는 존재라는 신의 관념에서 출발하여 그 위력 있는 존재와 조화를 이루는 것이 삶의 이데아가 되고 그 평화로운 조화의 추구가 삶의 모든 영역으로 확대되었다고 생각된다. 따라서 사회의 평화를 위해서는 개인의 욕망의 억압이 선이 될 수 있으며 나아가 자연과의 조화를 위해서도 인간의 욕망은 억압될 수 있다는 윤리가 성립한다. 이런 윤리를 불교가 강화했지만 조화라는 선의 추구는 현세에서 달성되어야 하는 이데아이므로 신도는 현세의 행복에, 불교는 내세의 가능성에 관심이 있어 대조적이라고 설명하고 있다.

한편 신도 내부의 사제는 신도가 갖는 이런 현세중심이야말로 다른 종교가 대체할 수 없는 역할이라고 주장한다.

> 그 경우 중요한 것은 가미와 그를 둘러싼 주민의 세계, 그것이 해마다 안심입명(安心立命)의 세계를 구축해가려면 어떻게 하면 될까, 하는 발상이 모든 것을 흡수하거나 배제하거나 하는 것입니다. 이것을 불교로 할 수 있을까, 혹은 다른 종교로 할 수 있는가하면 못합니다.… 그런 의미에서 어떤 취락사회든 하나로 뭉쳐진 사회를 어떻게 안온하게 살게 할 수

---

20 조화가 깨어졌을 때의 회복의 장치 또한 신도에는 존재한다. 오하라이(御祓い) 즉 더러움을 제거하는 정화 의식이다. 신사의 참배객이 신사 경내의 데미즈야(手水屋)에서 손과 입을 씻는 행위가 대표적이다. 신관인 구지(宮司)나 간누시(神主)가 사카키라는 나뭇가지를 흔드는 예식을 통해 오하라이를 행하기도 한다. 혼례식이나 악귀에 홀린 경우에도 영적 부정을 제거하기 위해 오하라이을 행한다.

> 있을까, 하는 기본적인 논리가 신도를 여기까지 이르게 했을 것으로 생각합니다. 설령 조금 이질적인 것이라도 하나의 공동체 안에서 분열의 요소가 되지 않으면 역시 받아들인다. 이건 어떤 의미에서는 에고입니다. 한 지역의 의미로 말하면 에고이지만 지역 자체는 하나로 뭉쳐져, 전체를 위해 신사가 그런 것을 흡수하면서 점차 지금의 형태가 되었다고 것으로, 배제의 논리만은 신도에 적합하지 않다고 생각합니다.[21]

신도가 신사신도로 발전하는 과정에서의 논리가 가미와 그를 둘러싼 주민의 "안심입명의 세계"였다고 주장하고 있다. 신도는 이 평화로운 세계를 깨는 것은 배제해 왔으며 그렇지 않은 것은 흡수하여 조화를 이루며 발전해 왔다는 것이다. 가미와 인간 공동체의 평화로운 삶의 향유가 신도의 지상과제이며 그에 준거하여 선악의 취사선택이 이루어졌다는 주장이다. 선택한 어휘는 다르지만 앞의 리틀턴의 설명과 내용은 거의 흡사하다.

집단에 대한 개인의 귀속성이 중시되고 공동체의 평화를 최우선하는 이런 논리는 신도 형성기의 사회적, 경제적 상황에 그 연원이 있다. 신도는 고대부터 완성된 체계를 가지고 갖추고 있었던 것이 아니다. 외부로부터 유입된 종교사상에 영향을 받으며 일본의 사회 문화 속에서 형성되고 변천하며 오늘에 이르렀다. 무라오카는 신도의 역사를 제1기 고대(나라 시대 이전), 제2기 중세(헤이안~무로마치), 제3기 근세전기, 제4기 근세후기(메이지 시대 초엽까지)로 나누며[22] 제1

---

21 櫻井勝之進・西川順士・薗田稔(1990) 『日本神道論』 学生社, pp.194-195.

22 각 시기의 특징에 대해 무라오카는 이렇게 설명한다. 제1기는 고신도로서 발전기이며 2기는 신도가 불교 및 유교의 영향을 받아 학설로서 습합한 시기, 3기는 불교의 영향에서 벗어나면서 이전보다 더 한층 유교와 융합하게 된 시기미고. 제4기는 신

기의 신도, 즉 불교(538-552년 전래: 필자 주)와 습합하기 전의 신도를 고신도라고 부른다. 그런데 이 고신도의 초기 즉 신도의 발생 시기는 나라시대 이전인 선사시대로 거슬러 올라간다. 일본의 선사시대는 주로 채집생활에 의존하던 조몬(縄文)시대(BC1만년경~BC300년)와 일본열도에 대규모로 이주한 도래인들을 중심으로 본격적인 벼농사가 시작된 야요히(弥生)시대(BC300년경~AD300년경)로 구분된다. 일반적으로 야요이시대에 농사와 함께 농경의례가 시작되면서 원시 신도인 가미 신앙이 형성되기 시작한다고 본다. 이 시대의 무덤 출토품 중에는 이세 신궁(내궁의 제신은 일본 황실의 조상신인 아마테라스오미카미 ; 필자 주)의 건축양식과 비슷한 도자기, 다산과 풍요를 나타내는 여성상등 뚜렷한 도상적(圖像的) 증거들이 나타나기 때문이다.[23] 즉 본격적인 농경사회가 시작된 시점과 원시 신도의 형

도가 학문과 신앙 면에서 독립한 시대라고 한다. 무라오카, pp.19-20.

각 시대의 특징에 대해서 리틀턴은 이렇게 설명한다. 불교가 유입된 후(538-552) 592년 섭정 쇼토쿠 태자는 불교를 황실의 국교로 정한다. 그러나 불교는 신사 옆에 나란히 절을 짓는 등 신사와 갈등 없이 공존을 지향하며 헤이안 시대에는 신도의 신을 불교의 진언종의 양부(금강계과 태장계의 양부)의 교리로 설명하는 '료부신토(両部神道)'가 탄생한다. 1549년 기독교가 전래되어 오다 노부나가의 후원 하에 포교활동이 활발히 펼쳐지지만 그 사후 성립한 도쿠가와 정권에서는 기독교는 포교가 금지되고 불교가 융성하게 되고 주자학, 도교도 중요한 역할을 하게 된다. 그러나 근세 후기 국학자 모토오리 노리나가와 신도학자들에 의해 신도 고전에 대한 연구가 활발해지면서 황실의 의례가 강조된다. 이런 신도 부흥운동은 메이지유신으로 황실이 다시 정권에 복귀하는 주요한 동인으로 작용했다. 메이지 유신 후 기독교 선교사의 포교가 재개되지만 1871년 신도는 일본의 공식 종교(국가신도)가 되고 천황은 현인신(現人神)으로 숭경되고 1912년 일본 정부는 신도에 기초한 13개 종파(교파신도)를 공식 승인했다. 국가 이데올로기의 중심 교의로 기능하게 된 국가신도는 1945년까지 지속되었다. 패전 후 천황의 인간 선언 후 신도는 각 지역의 신사가 중심이 되는 옛 모습으로 돌아갔다. 그러나 현대에서도 신도는 많은 일본인이 호감을 보이고 있고 신사는 일본인의 종교적 행위 및 절기 문화 속에 깊게 침투한 전통문화의 근저지이기도 하고 거대한 경제 주체이기도 하다. 리틀턴, pp.19-26, pp.62-64.

성 시기가 겹쳐지며 노동집약적 농업에서의 협업의 필요성이 신도의 공동체 중심, 현세 중심 논리를 발생시킨 것이라고 추론할 수 있다.[24]

이상, 신도의 핵심이념에 대해 알아보았다. 신도는 보이지 않지만 뛰어난 위력을 행사하는 가미를 중심으로 공동체의 평화, 현세의 행복 추구에 핵심이 있으며 '화(和)'에 기여하는가, 아닌가로 선악이 변별되며 그 배경에는 신도가 발생한 농경시대의 협업의 필요성이 있다는 것을 확인할 수 있었다. 신도는 절대적인 선의 추구가 지상명제가 아닌 것이다.

본장에서는 두 가지의 문제 제기를 하였다. 초등 국어교과서 문학테마의 특징인 생태영역의 중시, 쾌감과 미적 감각 중시의 배경을 밝히는 것이다. 좀 더 자세히 말하면 왜 인간과 자연의 공생, 특히 인간의 마음을 갖은 동물과의 공생을 그리는 작품이 많은가, 두 번째는 삶 속에서 감성적 추구, 심미적 추구를 진리의 추구, 선의 추구보다도 상대적으로 중요시하는 것은 어디에서 연유하는 것일까, 라는 의문이었다.

이상의 고찰을 통하여 두 번째 의문에 대한 해답이 제시되었다. 7할을 넘는 일본인이 그 신자로 보고되고 있는 신도의 핵심 이념은 절대적 선의 추구에 초점이 있는 것이 아니라 가미와 공동체의 '화'의 추구, 현세의 행복 추구에 있으며 이것이 일본인의 기본적인 가치관으로 계승되고 있기 때문이라고 추론할 수 있다. 첫 번째 의문 또한 '화'의 이데아가 자연과 인간 사이에도 추구된다는 것을 상기하면 이

---

23 리플턴, p.20.
24 리틀턴, pp.15-16.

해하기 쉽다. 다만 여기에는 고신도 이래 일본 문화 속에 면면히 이어지고 있는 애니미즘의 상상력이 작동하고 있다고 생각된다. 인간뿐만 아니라 동, 식물, 무생물에게도 다마(霊)가 있다고 하는 상상력이 현대의 생태주의의 세례를 받으며 소생한 것이다.

4. 신도의 애니미즘

앞에서 무라오카에 의한 신도사 구분을 소개하며 1기 즉 나라(奈良) 시대 이전의 신도를 고신도(古神道)라고 한다고 했다. 김후련의 「고대 천황신화의 성립과 그 변용」에 의하면 고신도의 가미 신앙의 특징은 애니미즘과 샤머니즘의 융합에 있다.

> 일본의 자연종교는 선사시대인 조몬 시대(기원전1만년경~300년경)부터 시작된다. 조몬 시대는 산, 바위, 나무, 숲과 같은 자연경물을 숭배하는 자연숭배와 만물에 깃든 정령을 숭배하는 애니미즘이 주류를 이루던 시대였다. 조몬 시대에 이어 야요이 시대(기원전 300년경~기원후 300년경)가 도래하고 일본열도에 대규모로 이주한 도래인들을 중심으로 벼농사가 시작된다. 농경과 관련된 농경의례가 시작되면서 원시신도인 가미신앙이 형성되기 시작한다. / 자연만물에 신이 깃들어 있다고 생각하며 신의 서열이나 등급을 매기지 않았던 종래의 신앙형태와는 달리, 대륙에서 샤머니즘이 유입되면서 인격신 개념이 발생한다. 그러자 애니미즘을 근간으로 한 일본의 자연신들이 인격신(=조상신)으로 서서히 탈바꿈하기

> 시작한다. 신도와 불교의 신불神佛습합이 있기 전에, 애니미즘의 자연신과 샤머니즘의 인격신의 습합이 먼저 이루어진다. 신도 성립 이전 단계의 일본의 가미 신앙은 이처럼 애니미즘과 샤머니즘의 신신神神습합으로 이루어진 것이다.[25]

만물에 정령이 깃들어 있다는 조몬 시대 이래의 애니미즘이 샤머니즘과 습합하며 조상신 숭배가 생겨나며 원시신도가 발생했다고 보고 있다. 이후 고대국가가 성립되고 신도는 불교라는 타자와의 만남을 통해 체계화시켜 나가게 되었다고 한다.

그러므로 제1기 고신도(古神道)의 시기는 원시적 단계 즉 외래 종교사상 즉 유교와 불교가 전래되기 이전의 자생적 신도의 고유성과 순수성을 내포하고 있어 순수 신도라고도 할 수 있는데 고신도의 발전과정을 규명하는 데 사용되는 자료는 다음의 책들이다. 역사서이지만 문학서로서의 성격이 강한 『고사기(古事記)』(712년)와 중국을 의식하여 편찬한 한문체 역사서 『일본서기(日本書紀)』(720년), 지방의 유래, 지형, 산물, 전설 등을 담은 각종 지리서 『풍토기(風土記)』(8C경), 기도문이라고 할 수 있는 각종 노리토(祝詞) 등이다. 이들 문헌들은 제1기 말엽에 성립되었지만 고래의 전승이 그대로 보존되어 있거나 신도의 발전 과정 및 단계가 함축되어 있어 신도의 고전이라 할 수 있기 때문이다.[26] 『고사기』는 앞에서 인용한 바 있다.

---

25 김태정 외, p.308.

26 신도(神道)라는 단어가 등장하는 것은 『日本書紀』로 불교와 대비하거나 대항하는 용어로 사용되고 있다. 요메이(用明) 천황(585-587)에 대한 기술 "天皇は仏法を信じ神道を尊んだ(信仏法尊神道)"(巻第二十一)와 고토쿠(孝徳) 천황(645-654)에 대한 기술 "仏法を尊び、神道を軽んじた。(尊仏法軽神道)"(巻第二十五)에 나온

가미의 정의의 캐논을 제시했다고 할 수 있는 모토오리 노리나가 역시 이들 문헌을 통해 신도의 본질을 연구했다. 앞에서 지적했듯이 노리나가는 가미 신앙의 기저에 정령신앙의 사고가 있음을 인정하고 있다. 노리나가에 대해서는 국가신도로의 길을 터놓았다는 과실도 지적되고 있지만[27] 그가 정의한 가미의 개념은 신도의 본질을 예리하게 지적한 것으로 여전히 연구자들에게 지지되고 있다. 지지하는 사람 중에 민속학자 다니가와 겐이치(谷川健一)가 있다. 앞에서 일본인의 내세관에 대해 설명하며 잠시 언급한 바 있다.

다니가와는 노리나가가 신도의 본질을 중도에서 왜곡시켰다는 점은 비판하지만 정령신앙이 신도의 본질임을 지적한 점은 평가한다. 다니가와 자신은 신사신도, 국가신도로 제도화되기 이전의 일본인의 민간신앙의 모습을 밝히는 작업을 수행해 왔다. 그를 위해 규슈, 오키나와 등 중앙으로부터 멀리 떨어져 있었던 지역들, 즉 신사신도, 국가신도로부터 밀려나 있던 지역에 그 흔적을 찾아다니며 조사하는 필드워크를 행했다. 그 집대성이라 할 수 있는『일본의 신들(日本の神々)』에서 노리나가의 정의를 지지하며 다음과 같이 말한다.

다. 후자 뒤에는 "(生国魂社の樹をくるの類がこれである。)"라고 이어진다. 현대어 역은 야마다 무네무쓰 역에 의함. 山田宗睦　訳(1992)『日本書紀(中)』教育社新書〈原本現代訳〉40, p.265 /『日本書紀(下)』教育社新書〈原本現代訳〉41, p.51.

27 노리나가는 신도를 왜곡시켰다는 비난도 받고 있다. 저서『나오비노미타마(直毘靈)』에서 '신조황조절대(神祖皇祖絶對)'라는 입장의 또 하나의 신도본질론을 내세워 신조(神祖)-황조(皇祖)-천황(天皇)-인민(人民)이라는 수직적인 관계를 종교적으로 설정했기 때문이다. 이것이 천황제를 옹호하는 정치적 이데올로기를 성립시켜 막부 말에서 메이지 이후 아시아태평양전쟁까지 일본인을 지배하게 된다. 아마테라스오미카미의 자손인 스메라미코도 즉 현인신인 천황에 봉사하는 일이 일본민족이 조상 대대로 지켜온 '생활원리'인 신도를 따르는 길이라고 민중에게 선전되고 교육된 것이다.

> 일본의 가미(神)의 연원을 거슬러 올라가면 서양에서 볼 수 있는 신(神)처럼 의지와 인격을 갖춘 존재와는 매우 다른 존재를 신(가미)이라고 부르고 있다는 사실을 알 수 있다. 신도(神道)학자 모토오리 노리나가(本居宣長: 1730-1801)는 "두려운 것(可畏こきもの)"을 신이라고 말했다(『古事記伝』). 이것은 탁월한 정의로 이 이상 일본의 가미의 본질을 표현하기는 어렵다. 『일본서기(日本書紀)』는 "두려운" 존재의 예로 호랑이, 늑대, 뱀을 들고 있지만, 경외와 공포의 감정을 불러일으키는 것들은 물론 훨씬 더 많다. 의지나 인격도 없이 공중에 떠다니는 눈에 보이지 않는 정령들도 "두려운 것" 가운데 하나이며, 그 중에는 특별히 선의나 악의를 가진 것도 아니면서 사람에게 붙어서 복을 주는 것이 있는가 하면 해를 주는 것도 있다.[28]

모든 두려운 것들 그 속에는 이미 호랑이 등의 동물들이 들어 있으며, 의지도 인격도 없는 떠다니는 정령도 포함된다고 말하고 있다. 이어서 다니가와는 고대의 정령신앙의 하나로 고대인은 바람도 요괴 중 하나로 생각했다고 소개한다. '감기 들다'는 뜻의 일본어가 '風邪をひく'(사악한 바람을 끌어들이다 ; 필자 주)인 것을 상기하면 쉽게 이해된다. 다니가와는 전통문화의 담지자로서의 신사와 지명에 착목한다. 특히 수많은 풍설을 참아내고 일본의 역사와 전통문화를 오늘날까지 전해준 "작은 가미들"에 주목한다. 오래된 신사의 귀퉁이에 놓여 있는 가미, 농촌과 어촌에 남아 있는 가미, 수목 아래에 가미의 처소임을 나타내는 돌을 놓은 것뿐인 남쪽 섬의 가미들이다. 나아가 이들 작은 가미들과 정령들은 고대인의 애니미즘의 정신의 산물임을

28 谷川健一, p.2. 이하 인용에서는 페이지만 표기하겠다.

『일본서기』 등을 인용하며 설명한다.

> 아주 먼 옛날에 삼라만상이 정령(애니마)를 지니고 있던 시대에 식물이나 암석도 말을 잘 하고, 밤은 불꽃처럼 술렁거리고, 낮은 사바에가 끓듯이 들끓는 세상이 있었다. 존재하는 것들이 모두 선의를 가진 것들만은 아니었다. 밤은 반딧불처럼 반짝이고, 요상한 가미가 있는가 하면 낮에는 사바에와 같은 악신들이 어슬렁거린다. 사바에는 벼 해충인 멸구를 말한다. 가장 얌전한 존재로 보이는 물거품조차 자신의 의견을 주장하며 이의를 제기하였다. 일본 열도 어디를 가도 동식물은 말할 것도 없고, 암석, 불, 물까지도 인간과 똑 같이 희로애락의 감정을 드러내며 생생하게 움직이고 있는 광경을 『일본서기』는 다음과 같이 묘사한다.
>
> 아시하라노나카쓰쿠니는 바위뿌리, 나무그루, 풀잎도 또한 말을 잘 한다. 밤은 불똥이 튀는 것처럼 환하고 낮에는 파리 떼처럼 들끓는다.
> (p.62)

위의 설명은 4학년 상권에 실린 「모키치의 고양이」에 나오는 도깨비 들판의 장면을 연상시킨다. 무질서하게 번쩍거리며 술을 좋아하고 자신들의 말을 듣지 않는 고양이를 죽이려고 하는 악의에 찬 그 도깨비들이 실은 인간들이 버린 쓰레기였다는 설정이었다. 애니미즘과 생태주의의 절묘한 융합이라 할 수 있다.

또 사지 요시히코(佐治芳彦) 또한 노리나가가 지적한 정령신앙이 신도의 본질을 나타낸 뛰어난 견해라고 평가한다.

> 이것(노리나가의 정의: 필자 주)은 조몬 이전으로 거슬러 올라가는 애

> 니미즘적인 신도본질론이며 정령신앙이야말로 대단히 뛰어난 견해라고 나는 생각한다. 그것은 신앙의 대상이 본질적으로 타와 다르기 때문에 숭고하게 여겨지며 신성시되는 것이 아니라 만물에는 이미 숭고하고도 신성한 영혼이 깃들어 있기에 존귀하게 여겨야 한다는 애니미즘의 주장이다.[29]

사지는 신도의 본질을, 신성한 영혼, 다마가 모든 만물에 깃들어 있음으로 모든 만물이 존귀하다고 보는 인식에 있다고 주장한다. 생태주의에서 말하는 녹색 낭만주의와 통하는 가치관이다. 가미의 핵심 개념인 두려운 '위력', '능력'보다 애니미즘을 신도의 본질로 보고 있는 것이다. 어디에 방점을 두느냐의 차이는 있을 수 있으나 애니미즘이 신도의 간과할 수 없는 측면임이 확인 가능하다.

그러나 현대의 신도 내부에서는 신도 본질론에 대해 원시신앙인 애니미즘과는 거리를 두려고 한다. 또한 애니미즘의 자연스런 귀결이라 할 수 있는 자연숭배에 대해서도 역시 거리를 두려는 듯하다.

4. 애니미즘에서 생명주의로

일반적으로는 신도(神道)라고 하면 자연숭배와 조상숭배를 떠올린다. 신도의 잘 알려진 자연숭배의 하나가 산악신앙이다. 예를 들면

---

29 佐治芳彦(1990)『日本神道の謎』日本文芸社, p.64.

후지산을 영산(靈山)으로 숭배하는 근세의 후지코(冨士講)[30]를 들 수 있다. 후지코는 메이지 이후 후소교(扶桑教) 등 4개의 종파로 나뉘어졌고 국가신도와는 별도의 교파신도(教派神道)로 분류되었다. 후지코를 연 가쿠교(角行)가 수행했다고 하는 장소인 히토아나 후지코 유적(人穴富士講遺跡)은 후지산과 함께 유네스코의 세계문화유산으로 등록되어 있다.

그러나 자연숭배에 대해서 신도 내부의 연구자는 신도는 자연숭배와는 다르다고 말한다. 또 사지 요시히코가 신도의 본질로 주장하는 보편적인 애니미즘과도 미묘하게 간격이 있다. 사쿠라이 외 2인의 견해를 들어보자. 『일본신도론』 제4장 '제의의 본지(祭りの本旨)'에서 신도는 자연숭배인가, 라는 문제를 다룬다. 먼저 사쿠라이가 신도

30 후지코(富士講) "후지산을 신앙의 대상으로 삼는 계(契) 단체. 후지산을 멀리 바라보며 종교적인 감개를 품는 것은 예로부터 있었음에 틀림없지만 중세에는 슈겐도(修験道)를 중심으로 관동과 동해지방에 후지산 신앙이 형성되었다. 근세 초기에 하세가와 가쿠교(長谷川角行)가 교의를 정립하여 포교를 위해 신도(信徒) 조직을 만들었다. 후지산 등배(登拝)와 기진(寄進)이 주요 목적이다. 그 후 지키교 미로쿠(食行身禄)가 조직의 발전을 꾀하여 에도를 중심으로 상인과 농민에게 널리 포교했다. 선도자(先達)가 영험을 설파하고 신도를 모으고 그 선도자의 인솔 하에 후지산을 등산한다. 신도는 등배에 앞서 3일 또는 7일의 정진결제를 행한 후 흰옷을 입고 방울과 금강 지팡이를 짚고 "육근청정, 영산청천(六根清浄お山は晴天)"라고 암송하며 수행자로서 수행을 위해 후지산을 집단 등산한다. 실제로 등산을 못하는 사람들을 위해서는 마을 안에 후지총(富士塚) 등 요배소(遙拝所)를 설치했다. 관동지방에는 지금도 후지산을 본뜬 후지총이나 등배기념 석탑이 많이 있으며 지명으로 남은 것도 많다. 에도시대에는 '에도 팔백팔계'라고 일컬어질 정도로 성행하여 교파는 미로쿠파와 고세이(光清)파로 나누어졌는데 미로쿠파가 우세했다. 에도시대 말기 막부의 탄압을 받았다. 메이지 이후는 교파신도로 재생하여, 후소교(扶桑教), 짓코교(実行教), 마루야마교(丸山教), 후지교(富士教)의 여러 파로 나뉘었다. 1923년 관동대지진 이후 후지코는 격감했다. 현대는 개인으로 오르는 사람도 있고, 여성도 오르지만 옛 복장을 고수하는 사람도 있다." [井之口章次] 『岩科小一郎著『富士講の歴史——江戸庶民の山岳信仰』(1983・名著出版) 출전: 小学館 日本大百科全書(ニッポニカ).

는 자연물 그 자체를 숭배하는 것이 아니라고 말한다. 자연의 모든 나무, 모든 돌을 보고 절하는 것이 아니라 숭배의 대상이 되는 "특정 집단의 신성체(神聖体)의 상징으로서 나무가 있고, 돌이 있다"(p.210)고 설명한다. 니시카와 또한 이집트인의 태양신 숭배를 비근한 예로 거론하며 태양이 규칙적으로 순환하는 현상 속에 "자신들의 생명의 영원을 발견"하는 것이라고 설명한다. 소노다는 두 사람의 의견을 수용하며 '생명'을 키워드로 하여 일본인의 자연관을 풀어간다. 종교에는 원시인이든 현대인이든 생명의 문제가 기본에 있다, 물론 자신을 중심으로 한 생명의 문제이지만 이런 생명관으로 세계를 보게 되면 생명의 소재, 생명의 영위를 자연현상 속에서도 찾게 된다, 라고 하며 일본인의 자연관을 서양의 자연관과 비교하며 설명한다.

> 이 경우의 자연은 지금 서구 근대에서 나온 네이처라는 말의 의미와는 다릅니다. 화조풍월(花鳥風月), 설월화(雪月花)라는 말 속에 일본인이 추구해 온 것입니다. 그러나 그것은 역시 자연을 생명이 있는 것으로 보는 것입니다. 예를 들면 바위나 나무를 표시로 하여 그것이 생명이다. 혹 다른 말로 표현하면 일본인이라면 다마(霊), 미타마(御霊)라고 생각합니다. 그런 것이 깃드는 곳, 빙의물이란 형태로 보는 것입니다. 그러므로 거대하여 압도당할 정도의 커다란 폭포라든지 커다란 바위라든지, 이것은 바위 그 자체의 문제가 아닌 것입니다. 거기에 생명을 보는 것입니다. 거기에 가미가 깃들어 계시는 것이 아닐까, 하는 발상이라고 생각합니다. / 생명이라는 것은 생각하지 않지만 인간의 환경으로서 대단히 적합하다는 의미에서의 자연은 아니지요. 인간을 제외한 의미의 자연도 아니고, 우리가 사용할 대상으로의 자연도 아닌 것입니다. 대상은 일견 자연이기는 하지만 자연숭배인가 하면 그렇지는 않다고 생각합니다. … 실제로 인

> 간의 힘이 미치지 않기에 위대하다, 라는 발상은 없었습니다. 오히려 인간이 그 속에서 살며 풍요로워지기 위해 인공이 상당히 가해졌습니다. … 그렇게 인공을 가했지만 일본의 경우 자연을 인공의 대상으로, 인간 이외의 것이라고 구별하지는 않는다. 오히려 가장 가미의 은혜로 가득 찬 환경으로서, 풍토로서 생각해 왔다. 그런 점이 일본의 자연과 인간의 관계의 큰 특징일 거라고 생각합니다. 그런 속에서 역시 가미를 발견하는 것이 아닐까 생각합니다.… 그 풍경 속에는 역시 중심이 있다. 혹은 좌표가 있다. 그 좌표에 해당하는 곳에 실은 다마가 돌아가는 곳, 혹은 가미가 강림하는 곳, 포인트가 있는 것입니다. 그 포인트가 점점 신사의 형태를 취한다든지 신체산(神体山)적인 것이 된다든지 혹은 가미가 오시는 강의 원류가 되는 것이다. 소위 산하(山河)라는 것이 그 고장에 사는 사람에게는 입체적인 것입니다. (pp.212-215)

긴 인용이 되었다. 요약하자면 인간 또한 그 속에 포함되는 자연 속에는 생명의 가미가 있고 자연은 그 은혜로 충만하다. 그 가미가 강림했다고 보이는 자연물이 있다. 신도가 자연물을 숭배하는 것처럼 보일지 모르지만 실은 그 자연물 속에 깃든 생명의 가미를 제사한다는 것이다. 자연물은 가미가 내림(來臨)하는 매우 숭고한 가미의 성소, 신도의 표현으로는 신체(神體)가 될 수 있다는 것이다. 적시하고는 있지 않지만 가미를 생명과 동일시하고 있다는 것을 알 수 있다.

풍경의 중심이 되는 특정 자연물이 가미가 깃드는 곳이 될 수 있다는 현대의 신도 사제의 설명은 자연계의 모든 사물에는 영적・생명적인 것이 있으며 자연계의 여러 현상도 영적・생명적인 것의 작용으로 보는 원시 신앙인 애니미즘[31]과는 많이 다르다. 노리나가의 가미의 정의에 보이는 애니미즘으로부터 신도의 교리는 과학과 형이상학의 세례를 받으며 생명주의로 변모한 듯하다. 그렇다고는 하나 자연 현상 속에 가미를 발견하고 자연 속에 나타난 가미를 섬긴다는 신도의 기본적인 생각은 변함이 없다. 그렇다면 신도에는 구체적으로 어떤 애니미즘의 표징들이 있는지 살펴보자.

6. 애니미즘의 표징들

먼저, 여전히 가미의 반열에 속하는 동물의 정령이 있고 그 거룩한 동물을 가미로 제사하는 신사들이 있다. 늑대 신, 사슴 신 등 동물을 신으로 섬기는 신사는 여전히 존재한다. 동경에도 오우메시(青梅市) 무사시미타케신사(武蔵御嶽神社) 경내에는 늑대를 가미로 제사하는 오오쿠치마가미샤 (大口真神社)가 있고 에도가와쿠(江戸川区) 시시보네(鹿骨)에는 사슴을 신으로 제사하는 시시미즈카신사(鹿見塚神社)가 존재한다.

다음으로 가미의 반열에서는 내려왔지만 신성한 영역에 속하는 동물들이 있다. 신사 경내에 들어가면 볼 수 있는 고마이누(狛犬)와, 권속(眷属)이다. 고마이누는 가공의 동물로 신전 입구 좌우에 한 쌍

---

31 애니미즘(animism) 「명사」『종교』자연계의 모든 사물에는 영적・생명적인 것이 있으며, 자연계의 여러 현상도 영적・생명적인 것의 작용으로 보는 세계관 또는 원시 신앙. ≒유령관・정령 신앙. 국립국어원『표준국어대사전』http://stdweb2.korean.go.kr/search/View.jsp (검색일:16.1.7)

으로 놓여 사귀로부터 신전을 수호하는 영수(靈獣)이다. 이집트, 인도의 사자가 기원이지만 중국으로부터 한반도를 경유하여 들어와서 고려견(高麗犬)이라고도 표기한다. 원래는 사자와 고마이누가 한 쌍으로 들어왔는데 지금은 양쪽 다 고마이누로 불린다. 도리이 옆 등에서 볼 수 있다. 한편 권속(眷属)은 가미의 사자인데 권속에 대한 의미부여는 다양하다. 도야마 하루히코(外山晴彦)의 설명을 참조하겠다.

> 그럼 왜 권속이란 것이 놓이는 걸까? 일본의 가미는 예로부터 그 모습이 보이지 않는 '유체(幽体)'가 특징이다. 가미는 결코 모습을 보이지 않는다. 가미가 오셔도 인간은 그 존재를 확인할 수 없다. 그래서 가미가 인간에게 보이는 형태로 보낸 사자가 권속이라 해석된다.… 권속이라 해도 그것을 지정한 신사에 따라 각각 가미의 사자로서의 무게는 다르다. '가미의 일족'이나 '가미의 화신'으로 간주되거나, '가미에 준하는 것'으로 간주되거나, 한 단 내려가 '가미의 심부름꾼'으로 간주되는 등 다채롭다. 단순히 '괴롭히면 안 되는 생물' 정도로 간주되는 권속도 있다. / 가미 그 자체에 가장 가까운 것은 미미네(三峰)신사, 료가미(両神)신사 등 지치부(秩父)지역을 중심으로 신앙되는 늑대이다. 여기서 늑대는 오오구치노마가미(大口之真神)라는 신명이 부여된다. 오오가미(狼)는 오오가미(大神)로서 독자의 신견신앙을 발전시켜 왔다.[32]

권속은 늑대와 같이 가미의 화신으로 가미와 동등하게 여겨지는 것도 있지만 그리 존중되지 않은 것도 있어 다양한 등급이 있는 것을 알 수 있다. 도야마는 가미의 여러 사자들과 그 유래를 표로 정리해

32 外山晴彦・『サライ』編集部編((2002)『歴史がわかる、腑に落ちる　神社の見方』小学館, pp.72-73.

놓았는데 권속으로 소개되는 동물은 멧돼지, 뱀, 닭, 여우, 비둘기, 사슴[33], 소, 까마귀, 토끼, 원숭이, 거북이, 뱀장어, 늑대이다(p.79). 이중 가장 잘 알려진 것이 일본에 3만개가 있는 이나리(稲荷神社)신사의 권속인 여우일 것이다. 벼이삭을 어깨에 짊어진 오곡신 우카노미타마노카미(倉稲魂神)을 태우고 있는 여우의 형상으로 구상화되기도 한다.

다음은 일본 각 지역에 습관으로 전해지거나 구비나 기록으로 전해지는 애니미즘의 표징들을 살펴보겠다. 다니가와의 두 저서에 소개된 이야기를 중심으로 살펴보겠다. 페이지만 써 둔 것은 『일본의 신들』(1999)로부터의 인용이다.

야마가타(山形)현의 쇼나이(庄内) 지방에서는 12월15일, 그 해에 잡힌 연어들의 정령이 "오오스게, 고스케 지금 지나간다"라고 외치며 강을 거슬러 올라가는데 그 소리를 듣는 사람은 3일 안에 반드시 죽는다. 그래서 그 날은 고기잡이를 멈추고, 귀를 막고, 떡을 먹고 술을 마시며 연어 정령이 외치는 소리가 들리지 않도록 소란을 피운다고 한다. 스게란 큰 연어를 말한다고 한다.[34]

---

33 관광 명소로 잘 알려진 나라현(奈良県) 나라시(奈良市) 나라공원 일대에는 약 1,200마리의 사슴이 가스가타이샤(春日大社)의 '신록(神鹿)'으로 보호되고 있다. 1957년 '나라의 사슴'이 국정천연기념물로 지정된 후 포획이 금지되어 온 것이다. 대상은 나라공원을 포함한, 2005년 시초손(市町村) 합병 전의 구 나라시 전역이다. 하지만 사슴에 의한 농작물 피해가 심각해져 1985년 문화청으로부터 문화재 현상변경(現状変更) 허가를 얻은 후 포획이 가능하게 되었다. 그러나 포획에는 찬반의 의견이 있어 신청은 없다고 한다. 가스가타이샤는 후지와라(藤原) 가문이 씨족 신을 모시기 위해 768년 창건한 신사로 제신 중 하나인 다케미카즈치노미코토(武甕槌命)가 흰 사슴을 타고 왔다고 하여 사슴은 신의 사자로 숭경되고 있다.

34 谷川健一(1998)『続 日本の地名 — 動物地名をたずねて』岩波新書 559, p.1.

상어를 먹지 않는 곳이 일본열도 남쪽 섬에는 많다고 한다. 유래가 되는 이야기로는 미야코지마(宮古島)섬을 처음으로 통일한 나카소네 투유마 겐가(仲宗根豊見親玄雅 なかそね とぅゆみゃげんが)이야기가 유명하다고 한다. 바다에 표류하고 있을 때 상어가 와서 그를 등에 업어 살려주었다는 것. 그래서 나카소네 투유마 겐가는 사바 소씨 겐가(鯖祖氏玄雅)라고 불렀다고 류큐(琉球)의 정사인 『(球陽)』에 기술되어 있다고 한다. 사바는 오카나와에서 상어를 뜻하므로 상어를 선조로 하는 씨족이라는 의미가 된다(pp.156-157).

야나기다 구니오(柳田国男)의 『도노이야기(遠野物語)』에는, 도노 분지가 호수였을 때 연어를 타고 게센(気仙) 항구를 통해 들어온 사람이 도노 동네를 세운 집안의 시조라는 전승이 기술되어 있다고 한다. 그래서 개척자 집안인 미야(宮) 씨 집에서는 지금도 연어를 먹지 않는다고 한다. 또 근세시대 이야기로는 도노의 뒷동네에 사는 의사집 외동딸이 갑자기 사라진 후 몇 년이 지나 배수구에서 연어 한 마리가 튀어나왔는데 집안사람들은 그 연어를 딸의 화신일 거라고 생각해 그때부터는 연어를 절대 먹지 않기로 했다고 한다. 다니가와는 집안의 혈통과 연어의 인연을 믿기에 만들어진 이야기라고 보고 있다(p.156).

스케일이 큰 이야기도 있다. 『미야코지마구기(宮古島旧記)』에는 잔어를 먹으려하다가 섬이 사라진 이야기가 기록되어 있다고 한다. 미야코지마에서 멀리 떨어진 시모지지마(下地島)섬에서 어느 날 어부가 사람 얼굴을 한 물고기를 낚았다. 석쇠에 구워 먹으려 준비를 하는데 바다저편에서 “요나타마”라고 부르는 소리가 들려왔다. 그 소리에 물고기가, 정말 불에 탈 것 같아, 라고 외치니 그를 구하기 위해 큰 쓰나미가 닥쳐와 섬이 순식간에 없어졌다는 것이다. 요나는 바다란 뜻이므로 요나타마는 바다 영혼(海霊)이란 뜻이다. 미야코 지방에서는 잔어를 바다의 주인으로 믿은 것이다(p.150).

다니가와는 정령 신앙이 모태가 되어서 나타난 이와 같은 종족영(宗族靈), 어왕(魚王), 해령(海靈) 같은 영적 존재가 가미의 하위적 존재로 밀려나게 된 연유에 대해 이렇게 설명한다.

> 요나타마와 교환 가능했던 말은 와다쓰미(海の靈)이며 야마쓰미(山の霊)와 같이 자연을 지배하는 위력 있는 신령이다. 거기에는 어류 전체의 왕인 동물영의 냄새가 배여 있다. / 후세에 와다쓰미는 바다라는 존재를 의미하는 말로 변화한다. 그리고 와다쓰미를 다스리는 와다쓰미노카미가 등장한다. "미"라는 위력에 더하여 "가미"이라는 호칭을 덧붙이게 되었다. / 와다쓰미노카미는 어부들에게 풍어를 약속하고 항해자를 풍랑으로부터 보호하는 은혜로운 신이지만, 다른 한편 와다쓰미노카미의 등장으로 "두려운 것"으로 불린 동물들의 신적 위엄은 상실된다. 해령 또는 바다 주인의 위치에 있었던 모든 동물은 와다쓰미노카미를 따르는 자들이 되고 해신을 태우는 역할로 만족해야 했다. (pp.152-153)

일본의 가미가 인간화되고, 신격화함에 따라 추상화되면서 애니미즘에 기반을 둔 거룩한 동물 신들이 원래의 신적 위엄(神威)를 잃어버리고 가미의 조력자, 심부름꾼으로 하락하는 변화가 있어났다고 보는 것이다.

애니미즘의 표징임과 동시에 후퇴라고도 볼 수 있는 변화를 다니가와는 이류혼인담(異類婚姻譚)으로도 설명한다. 교과서에 실린 「설녀」도 눈의 정령과 인간이 결혼하므로 이류혼인담에 속한다. 물론 인간이 인간과 다른 종류의 존재와 결혼한다는 이류혼인담은 세계적으로 분포하는 설화 유형이다. 세계적으로는 그 기원을, 고대의 족외혼에 의한 신앙과 생활양식의 차이에서 찾는 설이 있다고 한다. 그러나 다니가와는 이류혼인담을, 동물을 신으로 여기며 선조로 섬기던 시대의 기억의 흔적이라고 보며 선조와의 일체감을 혼인을 통해 이루고자 하는 것이라고 주장한다.[35]

다니가와의 주장이 설득력이 있는 이유가 있다. 이류혼인담이라고 같은 이름으로 불리지만 서양의 경우는 원래 인간이었는데 저주나 마법에 걸려서 동물이 된 상대와 인간이 결혼을 한다든지 신이 동물의 모습으로 여인을 찾아간다든지 아니면 요정이 인간으로 바뀌었다든지 하는 유형이 많은 데 비해 일본은 '학부인' '여우부인' '물고기부인' 등 원래가 동물인데 인간의 모습으로 바뀌어 인간과 혼인을 하는 유형이 많기 때문이다.[36] 특히 다니가와는 동물 부인들이 사라져가는

35 인간에게는 선조와 한 몸이 되어 선조의 삶을 자신이 살아나가고자 하는 욕망이 있고 그 소박한 방법이 죽은 사람의 고기나 뼈를 먹는 행위 또는 상대와 혼인하여 교합하는 것이라고 한다. 일본 본토에서 장례식을 '뼈물기' '뼈 씹기'로 부른다든지 오카나와에서 장례식에서 돼지고기를 먹는 것은 그 흔적이라고 한다. 다니가와(1999), pp.155-156.

36 『도노모노가타리(遠野物語)』 69화는 오시라사마라는 신의 기원에 대해 노파가 들려주었다는 이야기인데 이류혼인담이 골격이다. 옛날 어느 곳에 가난한 농부가 아내는 죽고 어여쁜 딸과 둘이 살았는데 그 딸이 집에서 기르는 말과 부부가 된다. 이것을 안 아버지가 말을 뽕나무에 달아 죽이고 사실을 안 딸은 죽은 말의 목을 껴안고 슬피 운다. 그 모습에 화가 난 농부가 말을 목을 치자 딸이 그 목을 타고 하늘로 올라갔고 이것이 오사라사마 신의 기원이라는 이야기다.
柳田国男(1960) 『遠野物語・山の人生』岩波文庫

모습에 주목한다. 학부인의 경우는 인간 편에서 애석한 마음으로 뒤를 쫓아가지만 여우 부인이나 물고기 부인의 경우는 그렇지가 않다는 것이다. 예를 보자.

> 가리마다의 어부가 해변에서 예쁜 물고기를 발견해 잡아와서 길렀더니 아름다운 여자가 되었다. 둘은 부부가 되었고 둘 사이에 아이가 생겼다. 부부싸움을 할 때 남자가 처를 향해 너는 가리마다 해변에서 잡아온 물고기야, 원래는 인간이 아니었어, 라고 모욕을 주었다. 그러자 처는 그렇다면 자신은 바다로 돌아가겠다고 하며 해변으로 내려갔다. 처는 바닷물에 허리까지 잠기자 "정말로 가도 좋아?"라고 남편에게 확인했다. 남편은 "가"라고 했다. 부인은 목까지 물에 잠겼을 때 또 다시 미련이 남는 듯 남편에게 물었다. 남편은 같은 대답을 했다. 그러자 부인은 잔어의 모습으로 바뀌어 바다 저편으로 사라져버렸다고 한다. (p.160)

동물 부인은 가기 싫어하는 마음이 역력한데 인간 남편은 전혀 애석해하지 않는 것을 알 수 있다. 다니가와는 학부인과 물고기부인에 대한 인간 남편의 태도 차이를 "천상의 동물과 지상의 동물에 대한 의식의 차이"로 보며 "지상의 거룩한 동물들이 인간에게 예속되는 과정에서 생긴 의식의 차이"라고 분석한다. 동물 부인은 아니지만 교과서에 실린 「설녀」의 경우도 슬픔이 분명하게 묘사되어 있는 것은 설녀 쪽이었다. 가미의 인간화, 신격화, 추상화와 함께 동물의 신적 위엄이 소멸되어 왔다는 다니가와의 지적은 동물의 정령뿐만이 아니라 다른 자연의 정령에도 확대 해석될 수 있을 것이다.

7. 맺음말

이상 신도에 관하여, 일본 초등 국어교과서 문학 텍스트의 문화적 배경으로 주목하여 고찰하였다. 신도는 자연 속에 보이는, 뛰어난 힘이 있어 두려운 모든 것을 선악 간에 가미로 숭경하며 그 가미를 중심으로 인간 공동체의 화목과 가미의 은총으로 넘치는 자연과의 조화를 추구하는 현세 중심의 종교라 할 수 있다. 또한 인간뿐만이 아니라 모든 자연 만물에 정령이 깃들어 있다는 애니미즘의 사고를 기반으로 한다고 할 수 있다. 현세의 행복 추구와 애니미즘이 핵심이라고 할 수 있다.

이 두 가지 신도의 특징은 교과서 문학작품 테마의 두드러진 두 가지 특징, 즉 생태영역의 중시와 쾌감 및 미적 감각의 중시를 이해하는 열쇠가 된다. 인간과 자연의 공생, 특히 인간의 마음을 갖는 동물과의 가족 같은 관계를 지향하는 작품이 많은 것은 자연과의 화(和)를 중요시 하는 신도의 사고방식과 호응한다. 또 인간의 마음을 갖는 동물이라는 설정 또한 동물도 사람처럼 다마(靈), 영혼을 가지고 있다는 신도의 믿음을 이해하면 자연스럽게 납득된다. 「왜냐면 왜냐면 할머니」 「여우 곤」 「모키치의 고양이」 등 동물과의 유사 가족적 생활을 그린 작품은 애니미즘을 기반으로 한 고신도적인 삶의 축소판이라고도 할 수 있다. 「바다의 목숨」에서 다이스케가 거대 구에에게 아버지라고 부른 것은 앞에서 살펴본 애니미즘의 표징들을 생각할 때 그 극치라고 할 수는 있지만 신도적 논리에 어긋나는 일은 아니다.

또한 두 번째 특징 즉 삶 속에서 감성적 추구, 심미적 추구를 진리의 추구, 선의 추구보다도 상대적으로 중요시하는 것 또한 신도의 가미의 개념과 신도의 지향점을 알면 의문이 해결된다. 신도에서는 선하든 악하든 두려운 위력을 가진 가미와 화목을 이루어 은총을 누리고 화를 벗어나 공동체의 삶을 평화롭게, 행복하게 유지하는 것이 지상명제이기 때문이다. 환원하면 그것을 희생하면서까지 추구해야 할 진리도 선도 없는 것이다. 현세의 행복을 추구하는 신도의 본질상, '쾌'의 추구는 공동체의 평화를 해치지 않는 한 마땅히 추구되어야 할 삶의 가치인 것이다.

신도의 가미가 샤머니즘과 만나고 도교, 불교, 유교 등 타 종교와 만나고 이성 과학의 시대를 거치면서 신도 내부에서는 애니미즘적인 사고방식이 퇴색하고 생명주의로의 변모를 시도하고 있는 것 같다. 그러나 애니미즘과 '쾌'를 중심으로 하는 신도적인 가치관은 일본인의 삶과 문화 심층에 면면히 흐르며 고갈하지 않는 것 같다. 게다가 현대는 포스트모더니즘의 시대이다. 인간의 이성이 불신되고, 중심과 절대가 의심되며, 지구환경에 대한 관심으로 생태주의가 점점 보편적인 가치로 확대되고 있는 오늘날이다. 일본 문화 심층의 이 복류수(伏流水)가 분출하여 21세기라는 새로운 세기의 흐름과 합류하는 것은 자연스러운 일이기도 한 것 같다. 시야를 조금 넓혀 보며 국어 교과서의 문학 공간만이 아니다. 일본이 발신하고 세계가 환영하는 일본 문화의 한 축을 이루고 있는 것이 이미 애니미즘의 상상력이다.

〈이웃집 토토로(隣のトトロ)〉〈센과 치히로의 행방불명(千と千尋の神隠し)〉 등에 그려진 미야자키 하야오 애니메이션의 세계관, 포켓몬스타(ポケモン)의 증강현실은 「고사기」에 그려진 애니미즘의 세계관과 깊게 공명한다.

물론 초등학교 국어교과서에 수록할 수 있는 문학작품은 어느 정도 제한적일 수 있다. 또 어린이들이 동물을 좋아한다는 인지발달상의 배경도 있겠다. 하지만 그런 이유만으로는 설명할 수 없을 정도로 일본 초등학교 국어교과서에는 애니미즘의 상상력이 넘실거리고 있고 그 배후에는 고찰한 바와 같은 문화적 배경이 있다. 문제는 그 반대급부로 국어교과서 공간에서 리얼리즘의 정신이 상대적 빈곤에 내몰린다는 점이다. 국어교과서 문학작품 속에 현재의 일본 사회 속의 리얼한 어린이의 모습은 보이지 않는다. 몸싸움을 하는 모습, 말다툼을 하는 모습은 외국 작가의 작품 속에나 등장한다. 국어교과서 공간 속의 애니미즘의 상상력의 공과(功過)에 대해서는 다른 나라의 교과서와의 비교를 통한 조명도 필요할 것 같다. 앞으로의 과제로 삼고 싶다.

참고문헌

〈텍스트〉

宮地裕ほか(2011)『こくご一上　かざぐるま』, 光村図書出版

_________(2011)『こくご一下　ともだち』, 光村図書出版

_________(2011)『こくご二上　たんぽぽ』, 光村図書出版

_________(2011)『こくご一下　赤とんぼ』, 光村図書出版

_________(2011)『国語三上　わかば』, 光村図書出版

_________(2011)『国語三下　あおぞら』, 光村図書出版

_________(2011)『国語四上　かがやき』, 光村図書出版

_________(2011)『国語四下　はばたき』, 光村図書出版

_________(2011)『国語五　銀河』, 光村図書出版

_________(2011)『国語六　創造』, 光村図書出版

〈단행본〉

고모리 요이치(小森陽一)・다카하시 데쓰야(高橋哲哉) 편(1998), 이규수 역(1999)『국가주의를 넘어서』, 도서출판삼인

김태정 외(2007)『일본인의 삶과 종교』, 제이앤씨

노성환 역주(1987)『日本古事記』상, 예진

루스 베네딕트(Ruth, Benedict) 저(1946), 김윤식・오인석 역(2007)『국화와 칼(The Chrysanthemum and the Sword: Patterns of Japanese Culture)』, 을유문화사

___________________________(1934), 김열규 역(1993)『문화의 패턴(Pattera of culture)』, 까치

마에다 아이 저, 신지숙 역(2010)『문학 텍스트 입문』, 제이앤씨

무라오카 쓰네쓰구 저, 박규태 역(1998)『일본 신도사』, 예문서원

백송종・조주희 공역주(2007)『일본초등학교 1학년 국어교과서선』, 다락원

오노 야스마로(大安萬侶) 저, 강용자 역(2014)『고사기』, 지식을만드는지식

이종성 편(2011)『베스트성경』, 성서원

제라르 주네트 저, 권택영 역(1992)『서사 담론』, 교보문고

C. 스콧 리틀턴 저, 박규태 역(2007)『일본 정신의 고향 신도』, 유토피아

芥川竜之介(1968)『芥川竜之介全集』第十巻, 角川書店
石原千秋(2005)『国語教科書の思想』, ちくま新書 563
________(2009)『国語教科書の日本』, 筑摩新書 806
学研教育出版編(2013)『もう一度読みたい 教科書の泣ける名作』, 学研教育出版
倉野憲司校注(1995)『古事記』, 岩波文庫
小池長之(2001)『日本宗教の常識100』, 日本文芸社
櫻井勝之進・西川順土・薗田稔(1990)『日本神道論』, 学生社
佐治芳彦(1990)『日本神道の謎』, 日本文芸社
続橋達雄(1987)『賢治童話の展開-生前発表の作品』, 大日本図書
高田瑞穂(1963)『反自然主義文学』. 有精堂
武田祐吉訳注1977)『新訂古事記』, 角川文庫
谷川健一(1996)『日本の神々』, 岩波新書 618
________(1998)『続 日本の地名 ― 動物地名をたずねて』岩波新書 559
鶴見和子編(1975)「遠野物語」『柳田国男集』近代日本思想大系14, 筑摩書房
外山晴彦・『サライ』編集部編((2002)『歴史がわかる、腑に落ちる 神社の見方』小学館
内外教育編集部編(2010)「2011年度小学校教科書採択状況文科省まとめ」『内外教育』6045 時事通信社
______________(2015)「15年度小学校教科書採択状況-文科省まとめ」『データで読む 2014~2015調査・統計解説集』, 時事通信社
二宮皓ほか(2010)『こんなに違う!世界の国語教科書』, メディアヤファクトリー新書002
萩原作太郎(1991)『新文芸読本萩原作太郎』, 河出書房新社
福嶋隆史(2012)『国語が子どもをダメにする』, 中公新書ラクレ426
文化庁編(2015)『宗教年鑑平成26年版』, ヤマノ印刷株式会社
宮地裕ほか(2012)『国語1』, 光村図書出版
森鴎外(1973)『鴎外全集』16巻, 岩波書店
文部科学省(2006)『小学校学習指導要領　解説　国語編』東洋館出版社
八木重吉(2000)『八木重吉全集 第一巻(詩集 秋の瞳・詩稿Ⅰ)』増補改訂版, 筑摩 書房
________(2000)『八木重吉全集 第二巻(詩集　貧しき信徒秋の瞳・詩稿Ⅱ)』増補 改訂版, 筑摩書房

柳田国男(1960) 『遠野物語・山の人生』 岩波文庫
山田宗睦訳(1992) 『日本書紀(中)』, 教育社新書 〈原本現代訳〉 40
_________(1992) 『日本書紀(下)』, 教育社新書 〈原本現代訳〉 41
吉本隆明(1968) 「憑人論」『共同幻想論』, 河出書房新社
渡辺実校注(1997) 『新日本古典文学体系25枕草子』, 岩波書店

〈학술잡지〉
구니이 유타카(2011) 「한일 도덕교육 교육과정 '목표'에 나타난 인간상의 시대 적 특징 비교연구」『일어일문학연구』 78집 2호
권현진(2007) 「일본어의 가족호칭 사용 변화에 대한 연구 -일본 초등학교 국어교과 서대화체 문장을 중심으로 -」『일어일문학연구』 62권 2호
김용의(2011) 「『도노 모노가타리(遠野物語)』를 통해 본 인간과 자연의 공생 관계」 『일어일문학연구』 78집 2호
송희복(2009) 「한일(韓日) 초등학교 국어 교과서에 수록된 동시와 동화」『한국문예 창작』 8-2
신지숙(2014) 「일본초등학교 1학년 국어교과서의 구성과 문학작품 교재의 특징」 『일본연구』 60호
_____(2014) 「일본초등학교 2학년 국어교과서 문학교재의 특징 - 테마를 중심으로-」 『일본언어문화』 27집
_____(2015) 「일본초등학교 3학년 국어교과서 문학교재의 특징-테마 분석을 중심 으로-」『일본어문학』 69집
_____(2015) 「일본초등학교 4학년 국어교과서 문학교재의 특징 - 테마를 중심으로-」 『일본연구』 64호
_____(2015) 「라후카디오 한Hearn, Lafcadio 「雪女」와 마쓰타니 미요코(松谷みよ子) 「雪女」 수용으로 본 문학텍스트 수용과 사회문화적 토양의 관계」『일본 연구』 65호 한국외국어대학교 일본연구소
_____(2016) 「일본초등학교 5학년 국어교과서 문학교재의 특징 - 테마를 중심으로-」, 『일어일문학연구』 96집, 2권
_____(2016) 「일본 초등학교 국어교과서 문학 공간 속의 젠더 이미지」『일본연구』 68호
심은정(1998) 「한일 국어교과서의 전래동화 교재 연구」『동일어문연구』 13
_____(2005) 「한, 일 전래동화 비교연구 -일본 소학교 국어교과서에 실린 [줄지 않는 볏단(へらない稲束)]을 중심으로-」『일어일문학연구』 55

이미숙(2013) 「한, 일 초등학교 국어교과서의 삽화에 나타난 사회, 문화적 가치관 연구-저, 중, 고학년의 변화에. 주목하여-」『일본학보』 95

이시준・장경남・공상철(2013) 「일본의 물고기각시담(魚女房譚)에 관한 고찰」『일어일문학연구』 86집 2호

이은숙(1997) 「의음어・의태어의 고찰 - 日本初等學校 國語教科書를 中心으로 -」『일어일문학』 8

우찬삼・김상미(2006) 「일본 초등학교 국어교과서의 한자 어휘 분석」『교육연구』 13권 2호

板倉知愛(2009) 「児童文学における動物の役割--小学校国語科の物語教材を中心に」『常葉国文』31,常葉学園短期大学日本語日本文学

奥田俊博(2012.3) 「小学校国語科における比喩表現の指導について」『九州共立大学研究紀要』 2(2)

亀岡泰子(1997.7) 「詩教材における解釈の多義性をどう考えるか : 谷川俊太郎「どきん」を中心に」『岐阜大学教育学部研究報告. 人文科学』 46(1)

小林正行ほか7人(2014) 「[伝統的な言語文化]の学習指導改善－落語教材の検討を通して」『群馬大学教育実践研究』31

半田淳子(2013) 「学習指導要領の改訂と小中学校の国語教科書が抱える課題」『教育研究』 55, 国際基督教大学教育研修所

武者小路実篤(1918) 「新しい生活に入る道」『白樺』5月号

箕野聡子(2000.12) 「スタジオジブリと近代文学－『千と千尋の神隠し』と泉鏡花『龍潭譚』」『神戸海星女子学院大学研究紀要』39, 神戸海星女子学院大学研究委員会

吉村裕美・中河督裕(2008) 「三年峠と三年坂―韓国・日本そして京都―」『佛教大学総合研究所紀要別冊 京都における日本近代文学の生成と展開』, 佛教大学総合研究所

〈인터넷 자료〉

국립민속박물관 홈페이지 검색어: 열두 띠 이야기
http://www.nfm.go.kr/Data/cTktw03.jsp(검색일: 2016.8.24)

네이버 지식백과 검색어: 자이언트그루퍼 [Giant Grouper]
http://terms.naver.com/entry.nhn?docId=968159&cid=46678&categoryId=46678 (검색일: 2016.7.20)

ウィキペディア 검색어: 桜井勝之進, 薗田稔
https://ja.wikipedia.org(검색일: 2016.1.19., 2016.1.21.)
北原白秋朗読「赤い鳥小鳥」解説
http://hakusyu.net/Entry/81/ (검색일: 2013.9.21)
教育基本法
http://law.e-gov.go.jp/htmldata/H18/H18HO120.html
大辞林特別ページ言葉の世界1-4 擬声語・擬態語-大辞林第三版
http://daijirin.dual-d.net/extra/giseigo_gitaigo.html(검색일: 2015.3.12)
東書文庫蔵書検索 검색어: ごん狐
http://www.tosho-bunko.jp/search/(검색일: 2015.4.30)
デジタル大辞泉 검색어: いちだい(一代), くえ, たま(霊)
http://dictionary.goo.ne.jp(검색일: 2015.12.16.)
どうでもいいこと M野の日々と52文字以上 검색어: 宮沢堅治「幻灯」の謎
http://blog.goo.ne.jp/i3d5a6i2/e/008952f57865aea578018167b8705609(검색일: 2016.7.20.)
新美南吉記念館のホームページ
http://www.nankichi.gr.jp/index.htm(검색일: 2015.6.17.)
コトバンク 검색어: 富士講
https://kotobank.jp/ 〉 日本大百科全書(ニッポニカ)
文部科学省 홈페이지 검색어: 新学習指導要領
http://www.mext.go.jp/a_menu/shotou/new-cs/idea/index.htm(검색일: 2014.4.2.)
www.mext.go.jp/a_menu/shotou/new-cs/youryou/syo/koku.htm(검색일: 2015.3.27.)
검색어:学習指導要領とは何か？
http://www.mext.go.jp/a_menu/shotou/new-cs/idea/1304372.htm(검색일: 2017.5)
검색어: (2015年4月) 平成26年度教科用図書検定結果の概要〉 (参考)教科書の検定・採択・使用の周期
http://www.mext.go.jp/a_menu/shotou/kyoukasho/kentei/1356470.htm
文化庁 홈페이지 검색어:「宗教関連統計に関する資料集 (文化庁「平成26年度宗教法人等の運営に係る調査」委託業務)」
www.bunka.go.jp/tokei_hakusho_shuppan/.../index.html(검색일:

2016.1.8.)

「われは草なり」高見順＝浜上実践の修正追試＝

http://www.d2.dion.ne.jp/~kimura_t/sinozyugyou/warehakusanari-si.PDF

One Of The Broken 私的拾遺集

https://oneofthebroken.wordpress.com/2012/07/(검색일: 2015.2.26)

TOSSランド 검색어: われは草なり(高見順)を読み解く!

http://

www.tos-land.net/teaching_plan/contents/13000(검색일: 2015.8.24.)

〈작가 색인〉

ㅅ

ㅇ

ㅈ

ㅎ

〈작품 색인〉

ㅅ

ㅇ

ㅈ

ㅊ

ㅋ

ㅍ

ㅎ

〈주제 색인〉

ㄱ

ㅇ

ㅈ

ㅊ

ㅌ

ㅍ

ㅎ

애니미즘의 상상력

일본 초등 국어교과서 연구

초판인쇄 2017년 06월 19일
초판발행 2017년 06월 26일

저　　자 신지숙
발 행 처 제이앤씨
발 행 인 윤석현
등　　록 제7-220호

우편주소 서울시 도봉구 우이천로 353 성주빌딩 3F
대표전화 (02)992－3253
전편주송 (02)991－1285
전자우편 jncbook@daum.net
홈페이지 http://www.jncbms.co.kr
책임편집 차수연

ISBN 979-11-5917-063-8 93830 정가 19,000원